유럽이 건넌 말들

일러두기
1. 책명은 《 》로, 영화·음악·조약·협약·논문·보고서 명은 홑꺾쇠 〈 〉로 묶었다.
2. 직접인용 문구는 겹따옴표 " "로, 간접인용과 혼잣말, 강조 문구는 홑따옴표 ' '로 표기했다.
3. 인명과 지명은 외래어 표기법을 따랐고 관용적으로 쓰이는 이름은 그대로 표기했다. 원어
   명은 본문에서 처음 나오는 위치에 표기했다.

EUROPE

유럽이 건넨 말들

권용진 지음

영광과 몰락이 교차하는 유럽 도시 산책

폴란드 · 체코 · 독일 · 오스트리아 · 헝가리

초록비책공방

독자에게 건네는 글

유럽에 첫발을 내디딘 순간 뉴스와 영화, 책과 사진에서 보고 상상해왔던 풍경과 사람이 눈 앞에 펼쳐집니다. '파리지앵'이 된 듯 카페에 앉아 커피를 마시고 '런던 신사'처럼 비 오는 날 장우산을 펼치고 걸어 봅니다. 곤돌라와 카약을 타고 바다와 호수의 광활함을, 케이블카와 산악열차를 타고 유럽 산악의 웅장함을, 마차와 트램을 타고 도시의 고풍스러움을 즐깁니다. 전망 좋은 곳을 발견하면 멋진 포즈를 취하며 사진을 남깁니다. 여행하는 틈틈이 유명하다는 장소에 들러 맥주나 와인을 맛봅니다. 그러다 한 번쯤 이런 생각이 들지도 모르겠습니다.

"다 사람 사는 곳이네."

특별하다고 동경한 것들이 차차 익숙해지면서 어느새 비슷하게 보이고 여행이 권태로워집니다. 지극히 자연스러운 현상입니다. 유럽은 이웃한 국가끼리 밀접히 교류하며 하나의 문화권을 형성해온 터라 건물, 거리, 사람, 풍경이 엇비슷합니다. 이국적인 새로움은 처음 며칠뿐 오히려 여행이 끝난 후 돌아와서 보는 내 나라의 정경이 새롭게 느껴집니다.

'아는 만큼 보인다'는데 이것만으론 충분하지 않습니다. '보아야 알게' 됩니다. 유럽 여행 중 느끼는 권태로움은 여행하며 떠오르는 수많은 물음표를 탐구하지 않고 그저 둘러보다 발걸음을 돌리기 때문입니다. 그렇다면 유럽을 여행하며 권태를 이겨내고 알찬 시간을 보낼 방법은 무엇일까요? 저는 하나의 답으로 '그랜드 투어Grand Tour'를 제시합니다. 17세기 중반, 영국 명망가의 자제들은 성년이 되기 전 프랑스, 이탈리아 등을 여행하며 견문을 넓혔습니다. 게으름을 피운 사람도 적지 않았겠지만 섬나라 영국에서 머물기보단 대륙의 선진 문물을 보며 시간을 보내는 편이 유익했을 것입니다. 보고 듣고 느낀 모든 바가 어떤 방식으로든 자기 삶과 영국의 발전에 도움이 되었겠지요.

여행은 공부와 떼려야 뗄 수 없고 유럽 여행은 더욱 그렇습니다. 아는 것이 많을수록 여행지에서 더 많이 발견하고 느낄 수 있습니다. 그렇지만 여행을 꼭 공부와 연관시켜야 할까요? '아름다움' 자체를 감상하거나 휴양하기 위한 여행도 있지 않을까요? 맞습니다. 여행지마다 여행의 모양이 다릅니다. 그러나 적어도 유럽에서는 많이 공부할수록 즐거워지고, 많이 볼수록 더 공부하고 싶어집니다. 역사가 스며든 예술 작품과 건축물과 온갖 문물이 도시를 이루기 때문입니다. 기왕 하는 여행이라면 각 도시에 얽힌 이야기를 탐구하여 여행을 지적 자산으로 삼으면 어떨까요? 아는 만큼 보일 것이고, 보면서 더 알게 될 것입니다. 지적 여행의 뿌듯함이 권태로움을 놀아낼지도 모르죠.

이 책은 베를린 훔볼트 대학교 교환학생의 막바지인 2019년 7월 중순부터 8월 초까지 3주 동안 중동부 유럽 5개국 폴란드·체코·독일·오스트리아·헝가리를 여행하며 남긴 기록입니다. 여행을 통해 생각이 한층 열렸습니다. 내디딘 장소들이 통념상의 유럽과 많이 달랐던 덕입니다. 프랑스·영국 같은 서유럽과 달리 중동부 유럽은 유럽 문명이 자행한 야만의 흔적이 온전히 남아있었습니다. 미래를 향한 희망과 활기와 함께 불안과 분노도 느껴졌습니다. 1부, 2부, 5부에서 다룬 폴란드, 체코, 헝가리는 굴곡진 역사를 가슴에 묻은 채 각자 다른 방식으로 재기를 도모하고 있었습니다. 3부 독일은 눈부신 발전의 이면에 죄악과 죄의식, 파괴와 폐허를 함께 안고 있었습니다. 4부 오스트리아는 옛 제국의 영광과 상처가 도시 전체에서 묻어났습니다.

중세부터 근현대까지의 시간을 훑으며 저는 '그랜드 투어'를 즐기고 싶은 이들이 알아두면 좋을 유럽 역사와 시사 지식을 이 책에 담았습니다. 여기에 부족하지만 학부 시절 전공을 살려 정치외교학적 관심사와 의견을 솔직하게 덧붙였습니다. 여행 중에는 알지 못했으나 알았다면 좋았을 정보는 사후에 보충했습니다. 다소 개인적이고 주관적 감상과 주장도 담겨 있습니다. 여행한 순서대로 서술하였기에 한 권의 완결된 역사서처럼 내용이 물 흐르듯 체계적이지는 않지만, 대신 도시별로 중심 테마가 드러나도록 묶어 흥미에 따라 골라 읽을 수 있게 했습니다.

전부 가보지는 못했지만 유명하고 의미 있는 장소를 중심으로 다녔고 잘 알려지지 않은 장소는 따로 찾아가 그에 얽힌 이야기를 녹여냈습니다. 책에 실린 여행 사진은 직접 찍은 것으로 풍광은 아름답지만 많이 어설픕니다. 그저 여행가의 시선을 느껴보길 바라며 넣었습니다. 모쪼록 이 책이 여러분의 유럽 여행을 보다 풍성하게 만들기를 바랍니다. 유럽 여행을 꿈꾸며 여행 계획을 세우거나 유럽을 추억하며 사유를 확장한다면 글쓴이로서 행복할 것입니다.

책이 나오기까지 도와주신 분들께 감사드립니다. 초록비 책공방 윤주용 대표님, 류정화 편집자님 덕분에 부족한 원고가 멋진 책으로 탄생할 수 있었습니다. 미디어토마토에서 운영하는 뉴스북 관계자와 구독자님들께도 감사 인사를 전합니다. 덕분에 여행 글을 연재할 수 있었고, 특히 '자연화'님께서는 수시로 의견을 보내 글에 통찰력을 더해주셨습니다. 이 여행을 함께 한 뒤 학자의 길을 걷고 있는 친구 이경구를 비롯하여 늘 저에게 영감을 불어넣는 소중한 사람들에게 감사를 전합니다. 제가 무엇을 하든 아낌없이 응원해주는 가족에게 무한한 사랑을 전합니다. 끝으로 저를 사랑으로 키워주시고 이 책의 탄생에 누구보다 기뻐하셨을 할머니, 할아버지께 이 책을 바칩니다.

차 례

EUROPE

★★★★★

1부
동유럽의 오뚝이

폴란드

★★★★★

오뚝이처럼 다시 일어선
동유럽의 강자

중동부 유럽 일주를 시작하다

교환 학생의 막바지, 친구와 중동부 유럽 일주를 시작했다. 동유럽 국가들은 '동구권'이라는 이름으로 묶여 소련의 핍박을 받았고 억압적이고 비효율적인 공산주의 시스템을 몸소 겪으며 공산주의의 영향을 크게 받았다. 그러나 그들은 특색 있는 자국의 문화를 포기하지 않았고 소련으로부터 해방된 후에도 민족 문화가 계속해서 발전하고 있다.

폴란드의 수도 바르샤바는 이번 여행의 출발점이었다. 폴란드는 러시아와 독일 사이에 있으면서 발트해와 접한 나라로, 한반도 1.4배 면적에 인구는 약 4,100만 명이다. 국교는 없으나 대다수가 가톨릭 신자이며 화폐 단위는 '즈워티*PLN*'이다.

바르샤바의 첫인상은 다소 거칠었다. 바르샤바 버스터미널에 도착하니 이미 캄캄한 밤이었다. 버스에서 내리자, 자욱한 담배 연기를 내뿜으며 서 있던 청소년들과 허름한 옷차림의 아저씨들이 우리가 지나가는 모습을 노려보는 듯했다. 우리는 터미널을 부리나케 빠져나와 택시를 탔다. 다행히 폴란드는 서유럽이나 한국보다 물가가 저렴해서 웬만한 거리는 택시 타고 다닐 만했다. 동유럽의 우버 택시, 볼트*를 타고 숙소에 도착해 잠을 청했다.

스탈린의 '선물', 문화과학궁전

다음날 가장 먼저 찾은 곳은 문화과학궁전이다. 소련이 폴란드를 점령했을 때 '소련 인민의 선물'이라며 증여한 237m 높이 마천루다. 소련 체제 선전을 위해 스탈린*Iosif Vissarionovich Stalin 1878~1953*이 러시아 모스크바에 세운 칙칙한 일곱 채의 마천루를 영국 브라이턴에 있는 세븐 시스터즈에 빗대어 '스탈린의 세븐 시스터즈'라고 부르는데, 문화과학궁전도 이런 '스탈린 건축 양식'으로 건축되었다. 건물은 일단 높이 쌓고 보자는 고딕 주의에 사회주의 체제 특유의 억지스러운 검소함이 더해져 기괴하

◆ 유럽의 승차공유업체 플랫폼, 볼트(Bolt). 미국에 우버가 있다면 유럽에는 볼트가 있다.

문화과학궁전.
완공 이래 철거하기엔 아깝고 남겨두기엔 불편한 계륵 같은 존재다.

다. 완공되었을 때는 바르샤바의 80~90%가 깡그리 잿더미로 변한 제2차 세계대전 이후다.

폴란드 국민에게 위안이 되었을까? 말이 선물이지 점령의 악몽을 떠올리게 하는 건물이다. 제2차 세계대전 중 폴란드를 점령한 소련은 폴란드인을 정치적으로 탄압하고 종종 학살도 자행했다. 문화과학궁전이 지금까지 남아있는 이유는 공산 정권 붕괴 후 재건의 상징이 필요한 상황에서 랜드마크로 대체할 만한 적당한 건물이 없었기 때문이다. 현재 각종 박물관과 공연장을 갖춘 폴란드 최대 문화 복합 공간으로 일정한 몫을 해내고 있지만 폴란드 사람들은 여전히 이 건물을 보기 꺼려 한다.

이 건물 앞에서 의미심장한 광경을 보았다. 한쪽 벽에 어떤 남자의 사진 액자가 세워져 있고 그 주위로 등불과 꽃이 놓여 있었다. 진보 운동가 피오트르 슈체츠니_Piotr Szczesny 1963~2017_를 추모하는 공간이었다. 2017년 10월 그는 법과정의당의 언론 탄압, 시민의 자유 구속, 권위주의적 공권력 행사, 소수자 차별 등을 규탄하며 이 자리에서 분신했다. 옛 억압의 상징 앞에 새로운 억압의 희생양이 놓여 있는 셈이다. 뒤에서 자세히 언급하겠지만 현재 유럽 전역에 극우의 물결이 일고 있다. 폴란드도 극우로 분류되는 법과정의당이 집권하고 있다. 좌파 엘리트를 타도하자고 민중에 호소하면서 득세한 극우 세력이 이제 권위주의와 결탁하여 도리어 민중의 권리를 위협하고 있다. 여행 초반에 그 일민을 목격하게 되어 정신이 바짝 들었다.

폴란드의 저항 정신, 바르샤바 봉기 박물관

다음은 바르샤바 봉기 박물관에 들러 폴란드인, 특히 바르샤바 시민의 대(對) 나치·소련 투쟁사를 살펴보기로 했다.

독일의 기세가 꺾인 1944년 폴란드는 바르샤바를 기준으로 독일과 소련에 분할 점령되었다. 이에 지하에서 활동하던 폴란드 저항군이 '우리 손으로 바르샤바를 해방한다'라는 뚜렷한 목표 아래 독일을 상대로 '바르샤바 봉기'를 일으켰다.

봉기를 일으키기 전, 저항군은 미국, 영국, 소련 등 연합국의 지원 약속을 받아두었다. 그런데 우위를 점하고 있던 소련이 약속한 협공도 하지 않고 저항군의 지원 요청도 묵살했다. 사실 소련은 애초부터 지원 약속을 지킬 의사가 없었다. 저항군이 봉기에 성공하면 폴란드에 대한 주도권을 잃을 수도 있었기 때문이다. 소련은 미국과 영국의 보급 작전을 방해하는 등 노골적으로 방관했고, 저항군은 일부 지역에서 해방구를 확보했으나 결국 독일군에 궤멸당하고 말았다.

박물관에서 우리는 점령군, 특히 소련에 대한 분노와 저항 정신을 살펴볼 수 있었다. 소련을 대하는 어조는 매우 격앙되어 있었는데, 스탈린을 '소련 악의 화신Soviet incarnation of evil'이라고 규정하고 폴란드 저항군은 조국을 위해 자신을 기꺼이 희생한 사도로 묘사했다. 단순한 이념적·국가적 선전에 그치지 않고 저항군 개개인, 남겨진 가족의 고뇌와 사연을 소개하여 추모에도 공을 들였다. 어느 저항군 병사가 전투에 앞서 한 선서문이 전시되어 있었는데 마지막 문장이 강렬했다.

"So help me god(그러니 신이여, 나를 도우소서)."

현실적이고 딱딱한 내용이 주를 이루지만 위로에도 신경을 썼다. 또한 저항 운동 선전을 위한 인쇄소나 벙커, 땅굴을 실제 모습대로 구현해놓아 폴란드 레지스탕스가 벌인 무장·문화 투쟁을 실감이 나게 기록·재현했다.

땅굴을 지나며 당시의 답답함과 긴박감을 온몸으로 느낄 수 있었고, 도시 대부분이 파괴되어 폐허 그 자체였던 바르샤바의 재건 과정을 영상으로도 보았다. 폴란드가 겪은 고난, 재건을 위해 기울인 노력, 폴란드 국민의 저항 정신을 고스란히 바르샤바 봉기 박물관에서 확인할 수 있었다.

폐허를 딛고 활기를 되찾은 구시가지

✕

숙연해진 마음으로 박물관을 나와 언덕에 자리한 구시가지로 가기 위해 트램에 올랐다. 현대식 도로에서 벗어나 낡은 돌계단을 한참 오르니 완전히 다른 세상이 눈앞에 펼쳐졌다. 지그문트 3세 바사 기둥을 중심으로 잠보키 광장이 우릴 반겼고 성곽 사이로 쑥 뻗은 거리와 바르샤바 왕궁, 성당, 카페와 식당, 호텔 등 예스러운 건물들이 광장 주위로 펼쳐져 있었다.

그런데 어딘가 모르게 어색했다. 분명 분위기는 예스러운데 건물 외관은 낡은 구석 없이 새것처럼 보였기 때문이다. 사연인즉슨, 제2차 세계대전 중 소실된 구시가의 거리와 건물 전체를 1945년 이후 재조성한 것이었다. 도시가 겪은 고난은 쓸쓸했지만 거리는 화사했고 사람들의 미소는 마음이 벅찰 정도로 환했다.

구시가에는 바르샤바의 상징인 인어 동상이 있다. 어부에게 도움을 받은 인어가 바르샤바*의 수호자가 되었다는 전설을 기리기 위해 세운 동상이다. 인어 동상은 어부의 수호자로 칼과 방패를 쥐고 있었다.

오후 내내 느긋하게 구시가지에 머물며 저녁을 먹었다. 한국인은 거의 없어서 이국에 온 기분을 한껏 즐길 수 있었다. 시장 광장은 여느 유럽 도시의 광장과 마찬가지로 발 디딜 틈 없이 붐볐고 식당마다 테라스 좌석이 빼곡히 들어섰다. 거리 곳곳에서 다양한 공연이 펼쳐졌다. 마침 저녁노을이 뜨겁게 빛나 정열을 더했다.

시장 광장에서 외곽으로 나가니 바르바칸이 등장했다. 바르바칸은 폴란드와 체코 등지의 항아리 모양 성채를 부르는 말이다. 1540년 완공되어 화약고나 감옥으로 활용했다고 한다. 그

◆ 바르샤바에 흐르는 비스와(Wisła)강이 발트해로 흘러 들어간다. 내륙 지방이면서도 바르샤바가 예부터 어업이 활발한 이유다. '바르샤바' 어원에 대해서는 바르스라는 어부와 그의 아내 사바가 정착한 도시라 하여 '바르샤바'로 정했다는 설화가 전해진다. 바르샤바는 바르스(Wars)와 사바(Sawa)의 합성어다.

칼과 방패를 쥐고 있는 어부의 수호자, 인어 동상

바르샤바에서 사진을 남기기에 좋은 장소, 바르바칸

러고 보니 성벽 밖에 돌출된 형태가 군사적 목적을 다분히 드러내며 구시가지를 둘러싼 성곽과 함께 고풍스러운 광경을 연출하고 있었다. 물론 바르바칸과 성곽도 제2차 세계대전 때 완파되었다가 1954년에 복원되었다. 전쟁을 피해 간 지역의 바르바칸은 시간의 흐름에 자연스레 훼손되어 옛 구조를 보기 어렵다고 하는데 이곳은 옛 성곽과 이어진 옛날 구조를 그대로 복원해서 몹시 흥미로웠다. 사람들이 성벽에 올라 사진을 남기고 있었다. 우리도 경관에 반해서 사진을 찍었다.

대통령궁은 러시아를 정조준하고 있다

방향을 돌려 다시 구시가지 중심을 통과해 대통령궁에 들렀다. 대통령궁 정문 앞에는 추모비가 있었는데 2010년 전용기가 추락하여 '카틴 숲 학살' 70주년 추모제에 참석하려던 카친스키 대통령Lech Kaczynski 1949~2010과 대통령 비서실장, 외교·군사 고위직 다수를 포함한 탑승자 전원 96명이 사망한 사건을 기리기 위한 것이다.

'카틴 숲 학살'은 소련 비밀경찰NKVD이 1940년 4~5월 소련에 비협조적인 폴란드 포로 2만 2천여 명을 총살한 사건이다. 1941년 나치 독일이 소련이 지배하던 폴란드 영토를 점령해가던 중 카틴 숲에서 학살 흔적을 발견하면서 세상에 알려졌다. 당시 소련은 나치의 만행이라며 부인했고 연합국은 이를 비밀에 부쳤다. 나치 격퇴를 위해 소련과의 연합이 절실했기 때문이다. 그러나 냉전이 시작되자 미국과 영국은 '카딘 숲 학살'이 소련의 소행이라고 공표하여 체제 경쟁에 활용했다(현재 러시아는 이를 NKVD의 일탈로 치부하며 국가적 책임을 인정하지 않고 있다).

추모제에 참석하려던 대통령과 그 참모들의 죽음은 폴란드 국민에게 큰 충격이었다. 폴란드는 이원집정부제*를 채택하고 있기에 대통령의 실권이 우리나라만큼 크지 않다. 그러나 카친스키는 김영삼·김대중과 같은 위상을 지닌 민주화 지도자여서 인기가 매우 높았고, 국민적 지지가 높은 상황에서 그의 죽음은 반러 여론을 더욱 활활 타오르게 했다.

대통령궁의 차분한 외관과는 달리 가슴 아픈 속사정을 떠올리니 단정한 건물이 비장해 보였다. 바르샤바는 폴란드의 파괴와 재건, 외세 저항의 역사를 고스란히 담고 있었다. 이곳에서 폴란드 사람들의 에너지를 엿보았다.

◆ 이원집정부제 : 행정부 수반의 권한이 대통령(국가원수)과 총리에게 나뉘어 있는, 즉 대통령제와 의원 내각제의 요소가 결합된 두 제도의 절충식.

크라쿠프

폴란드의 영광스럽던 시간

포용과 번영의 도시 크라쿠프

바르샤바가 제2차 세계대전과 냉전기의 흔적을 안고 있다면 크라쿠프는 중세 폴란드의 경관을 지니고 있다. 크라쿠프는 피아스트 왕조 시절인 1038년부터 1596년까지 폴란드(폴란드-리투아니아 연방)의 수도였다. 당대 선진 문물을 수용한 최전선이기에 볼거리가 풍성하다. 또한 소금 광산으로 유명한 비엘리치카, 동유럽의 알프스라 불리는 자코파네, 아우슈비츠 강제 수용소가 있는 오시비엥침이 근처에 있어 근교 도시 여행의 거점으로 주목받고 있다.

아침 일찍 바벨성으로 향했다. 도착하자 난공불락의 둥그런 성벽이 모습을 드러냈다. 바벨성은 크라쿠프가 수도일 적에

바벨성 정원의 모습.
다양한 건축 양식이 모여있는 바벨성. 크라쿠프에 가면 비교적 덜 붐비는 오전에 가보자.

왕들의 거주지였다. 중세부터 르네상스 시대까지 성내 건물들을 차례로 세웠기에 서로 다른 건축 양식이 공존하고 있다. 다양한 꽃을 심어 아기자기하게 꾸며놓은 정원과 비스와강을 낀 경치가 수려하다. 한가한 오전에 들러 느긋하게 분위기를 느끼기에 좋았다.

크라쿠프를 크게 발전시킨 인물은 '대왕'으로 불리는 카지미에시 3세 *Kazimierz III. 1333~1370*이다. 폴란드는 피아스트 왕조가 시작된 960년 이래 신성로마제국과 보헤미아 공국(오늘날 체코), 헝가리와 튜턴 기사단♦ 등 주변 세력에게 끊임없이 시달렸다. 카지미에시 3세는 외교적 수완을 발휘하여 튜턴 기사단과 보헤미아 공국 등 서북쪽의 강대 세력에 일정 영토를 넘겨주는 대신 폴란드 왕국의 독립을 확보하고 우크라이나 동남쪽으로 영토를 확장하였다. 그는 종래 종교 세력과 귀족 사이의 세력 갈등을 봉합하고 새롭게 편입된 영토와 민족을 통합하기 위해 종교적 관용 정책을 펼쳤다.

폴란드 내 안정과 번영을 가져온 카지미에시 3세는 독일인, 체코인, 심지어 박해받던 유대인도 포용했다. 주로 고리대금업에 종사한 유대인은 종교적 이유로 고리대금업을 천시했던 중세 유럽에선 설 자리가 없었다. 하지만 현명한 통치자라면 이들을 배척하기보다 도시 발전에 이용하는 편이 낫다고 판단했

♦ 튜턴 기사단은 십자군전쟁을 계기로 형성된 독일계 기사수도회로 동유럽 식민화에 열을 올려 폴란드의 가장 큰 위협이 되었다.

을 것이다. 크라쿠프는 카지미에시 3세의 선구안에 힘입어 유대인 지구가 성장하며 도시가 크게 발전했다.

수도의 위용을 뽐내는 구시가

✖

크라쿠프 구시가지로 발걸음을 돌려 야기엘론스키 대학교로 향했다. 이 대학은 1364년 카지미에시 3세가 설립한 폴란드에서 가장 오래된 최고의 고등 교육 기관이다. 지구가 태양 주위를 공전한다는 '지동설'을 주장한 코페르니쿠스, 최초의 슬라브계 교황이자 냉전기 동유럽 자유주의 운동을 지원한 요한 바오로 2세가 이 학교 출신이다.

다음으로 리네크 광장을 찾았다. 여느 구시가 광장이 그렇듯 이곳 역시 작은 시장을 중심으로 커다란 광장이 조성되어 중심지로 기능했다. 광장의 중앙에는 1555년에 지어진 거대한 직물회관이 자리했고 주위에는 높은 탑과 성당이 서 있었다. 옛 수도의 중심답게 장엄하고 화려했다. 바르샤바 구시가에서는 복원한 건물밖에 보지 못해서 아쉬웠지만, 크라쿠프 구시가에서는 폴란드의 아늑한 옛 정취를 고스란히 느낄 수 있었다.

직물회관은 르네상스식 기둥과 아치로 장식되어 찬찬히 살펴보는 맛이 있었다. 내부는 잡화 시장으로 오밀조밀한 상품이 다양해서 쇼핑할 생각이 없더라도 구경해 볼 만하다. 직물회관 옆에는 시청 시계탑이 서 있었고 광장의 3분의 1을 차지했

폴란드

다는 거대한 시청사는 소실되고 없지만 주변에 교회나 종탑, 지하 박물관 등 관광할 곳이 많았다.

특히 성모 승천 교회는 규모나 건축 디자인 면에서 압도적으로 멋졌다. 안으로 들어가니 유독 성상과 로마 신상이 많이 보였는데, 대부분 금으로 칠해져 있어 무척 화려했다. 외세 침략으로 고통을 받았어도 한때 번영했다는 영광의 징표인지 아니면 사치의 흔적인지는 해석에 따라 다르게 보이겠지만, 여하튼 폴란드 교회가 대부분 그러했으며 어느 쪽이든 귀족과 외세에 지배당한 도시의 숙명이 드러나 있었다.

교회를 나와 광장을 가로지르는데 엄청난 비둘기 떼가 직물회관 주위를 날아다녔다. 사람을 아랑곳하지 않고 옆과 위를 스치듯이 날아올라 상당히 위협적이었다. 날씨도 우중충해서 세상의 종말을 앞둔 기분이 들었다. 나름 진귀한 광경이었다.

다사다난한 옛 수도 크라쿠프

✕

14세기 이래 왕권이 그리 강하지 않던 폴란드는 귀족(제후)이 모여 왕을 선출했다. 피아스트 왕조 뒤에 들어선 야기에우워 왕조가 막을 내린 1572년까지 선거는 왕위 상속에 대한 형식적 승인을 위한 것이었고 정치 질서는 비교적 안정적이었다. 그러나 왕조 멸망 후 구심점이 사라지자, 폴란드 귀족들은 선거를 실질화하여 폴란드의 결합을 유지하기로 했다. 특정 가문의 왕

평화로운 구시가 광장의 성모 승천 교회와
그렇지 못한 위협적인 새 떼

위 세습을 금지하여 귀족들이 왕권을 강력하게 통제하고 자신들만의 회의체에서 왕을 선출했다.

그러나 초기의 이상과는 다르게 제후들은 끊임없이 왕권을 노리고 반란을 획책했고, 대외적으로는 스웨덴, 프로이센, 러시아, 오스트리아 등의 강대국과 충돌하여 국력이 소진되었다. 결국 18세기 말 독일(프로이센), 러시아, 오스트리아 '3강'이 폴란드 국토를 세 차례에 걸쳐 분할 점령하면서 리투아니아와의 연방 형태로 존속하던 폴란드 왕국은 멸망을 맞았고 크라쿠프는 러시아, 프로이센, 다시 러시아에 차례로 편입되면서 수도의 지위를 상실했다. 이때부터 폴란드의 수도는 크라쿠프에서 바르샤바로 옮겨졌다.

이후 크라쿠프는 폴란드 독립운동의 거점이 되어 많은 우여곡절을 겪었다. 독립을 향한 열망으로 1846년 2월 오스트리아를 상대로 '크라쿠프 봉기'를 일으켰으나 귀족과 지주만으로 구성된 봉기 세력은 문제가 많았고 결국 귀족과 지주에게 가혹하게 착취당한 농노들이 오스트리아 편에 가담하여 1,000명에 가까운 지주를 살해했다. 이렇게 봉기는 허무하게 막을 내렸다. 하지만 크라쿠프는 오스트리아 제국이 쇠약해지면서 1860년대에 자치권을 부여받고 '폴란드의 아테네'로 불리며 문화와 예술의 중심지로 제2의 전성기를 맞았다. 크라쿠프의 거리와 건축물은 대부분 그때 새롭게 단장했다.

그러나 잠깐의 평화가 끝나고 제2차 세계대전이 발발했다. 크라쿠프는 프로이센의 후신인 나치 독일에 다시 점령당했으나 불행인지 다행인지 독일의 총독부가 들어서는 바람에 파괴는 면했다. 덕분에 심하게 파괴된 바르샤바와 달리 크라쿠프는 거의 원상태로 남을 수 있었다. 냉전 시절에는 도시가 방치되어 발전이 지체되었지만, 냉전 종식 후에는 폴란드의 옛 영광을 간직한 유서 깊은 도시로 주목받기 시작했다.

쉰들러 공장은 선착순

크라쿠프는 영화 〈쉰들러 리스트〉의 실제 배경이자 촬영지이기도 하다. 영화 주인공이자 실제 인물인 오스카 쉰들러*Oskar Schindler 1928~1974*가 1,000명 넘는 유대인을 고용하여 나치로부터 보호한 공장이 이곳에 있다.

　오스카 쉰들러는 군수품을 생산해 나치에 조달하던 사업가로 전 재산을 털어 1,200여 명의 유대인을 구출한 일화로 유명하다. 원래 쉰들러는 나치 당원이자 노동법을 피해 나치에 잡혀간 유대인 여성과 어린이를 부려 먹은 약탈적 기업가였다. 그러나 어느 순간 유대인들의 처지에 눈을 뜨고는 급기야 나치가 그들을 아우슈비츠로 이송하려 하자 전 재산을 로비 자금으로 쏟아부으며 보호했다. 그는 나치당원으로서는 유일하게 유대인의 영웅으로 추앙받으며 유대인의 성지 예루살렘 시온산에 묻혔나.

　4시 반쯤 쉰들러 공장 박물관 앞에 도착했다. 그런데 이게

웬일, 매표소 창구에 "Ticket is sold out(매진)."이라는 팻말이 세워져 있는 것이 아닌가. 알고 보니 쉰들러 공장 입장권은 매일 인원수를 제한하여 판매하고 있었다. 내부는 볼 수 없었다. 아쉬운 대로 입구에 전시된 쉰들러가 생산한 대포 하나를 유심히 살펴보다 허탈하게 발걸음을 돌렸다.

스탈린 힘의 원천, 그루지야 음식

쉰들러 공장 방문이 무위로 돌아가자 급격히 배가 고파졌다. 하루 종일 먹은 것이라곤 피자 한 조각과 젤라토 한 컵이 전부였다. 그때 지도에서 그루지야 음식점을 발견했다. 그루지야는 조지아의 옛 명칭인데 북쪽에는 러시아, 남쪽에는 튀르키예와 국경을 접하고 있는 나라다. 스탈린이 이곳 출신이다.

치즈 빵에 해당하는 '하차뿌리'와 고기만두 '낀깔리', 꼬치구이 '므츠바디(샤슬릭)'를 주문했다. 예상 외로 느끼하지 않고 구수하고 담백했다. 스탈린이 철권을 휘두른 원동력이 이 음식 때문인가 싶은 생각이 들 만큼 맛있었다.

어느새 해가 져서 하늘이 새카매졌고 거리에는 흐릿한 주황색 전등이 켜졌다. 눈에 띄는 외상없이 발전한 크라쿠프는 폴란드의 영광스러운 시절을 담고 있었다. 우리는 주전부리를 사들고 숙소에 돌아왔다.

오시비엥침

아우슈비츠의 기억은
어떻게 이어지는가

'아우슈비츠 수용소'를 향하여

크라쿠프를 떠나 '아우슈비츠 수용소'로 잘 알려진 오시비엥침
으로 향했다. 오시비엥침은 폴란드어 지명이고, 우리가 익숙한
아우슈비츠 *Auschwitz* 는 독일어 지명이다. 폴란드에서는 오시비엥
침으로 부르는 것이 맞다. 그러나 예외적으로 '아우슈비츠 수용
소'는 독일어 그대로 부른다.

아우슈비츠 수용소는 나치가 세운 강제 수용소 중 가장
크다. 현재 유네스코 세계 문화유산에 등재되어 있으며 박물관
으로 활용되고 있다. 이곳에서 유대인 110만여 명, 폴란드인 15
만여 명, 집시 2만 3,000여 명, 소련군 포로 1만 5,000여 녕, 기
타 포로 2만 5,000여 명이 학살당했다.

폴란드는 유럽의 뿌리 깊은 반유대주의를 무릅쓰고 유대인을 전략적으로 포용한 나라이다. 특히 오시비엥침 근교 대도시인 크라쿠프가 유대인을 적극적으로 수용하여 이곳에도 많은 유대인이 거주하고 있었다. 동시에 이곳은 동서로 철로가 이어진 지리적 요충지였던 터라 안타깝게도 인구 구성과 지리적 이점으로 인해 히틀러Adolf Hitler 1889~1945가 학살극을 벌인 무대가 되고 말았다. 우리는 그 비극의 현장을 찾아가 보기로 했다.

크라쿠프에서 셔틀버스를 타고 오시비엥침까지 달려갔다. 이곳을 방문하려면 사전 예약을 해야 한다. 우리는 영어 가이드를 신청해두어서 무전기와 이어폰을 받아 가이드를 찾아가야 했다. 다양한 언어의 가이드 투어 행렬이 뒤섞여 있어서 잠시 헤맸으나 무사히 영어 가이드 일행을 발견할 수 있었다.

제1수용소의 숨 막히는 풍경

✳

수용소 입구에 있는 "Arbeit macht Freiheit."라는 표지판은 "노동이 너희를 자유롭게 하리라."라는 뜻이다. 자유라는 거창한 말로 강제 노동을 포장하고 있다. 모든 압제는 자유를 가장하여 찾아오는데 그 극단이 이곳이었다. 수용소 건물들은 홀로코스트를 다루는 영화에서 봤던 그대로였다. 칙칙한 진흙 색 벽돌, 닭장 같은 창살, 닿을 수 없는 하늘을 비추는 높은 창문, 숨 막히도록 단정한 잔디, 형식적으로 심어둔 짧고 마른 나무들이

"Arbeit macht Freiheit." 자유가 너희를 자유롭게 하리라.
2019년, 앙겔라 메르켈 독일 총리도 이 입구를 통해 입장했다.

눈에 들어왔다.

그 주위로 처진 높은 철조망이 평화로워 보이는 이 공간의 본질을 폭로하고 있었다. 과거에는 철조망에 고압 전류가 흘러 수용자들의 탈출을 막았다고 한다. 감시 초소는 수용소 통로가 훤히 내려다보이는 곳에 자리했다. 옷가지와 시체를 태우는 데 활용했을 화로도 있었다.

풀과 나무는 푸르렀지만 수용소 구조물이 자아내는 강박적인 평화로움 때문에 답답했다. 홀로코스트 피해자들이 받았을 핍박을 상상하니 구역질이 났다. 가이드의 말마따나 우울증에 걸려 가이드 일을 그만두는 이들이 나올 만했다. 우리가 만난 가이드는 누군가는 이 일을 꼭 해야 하기에 책임을 다하는 중이라고 했다. 아마 이곳의 설계자는 위압감과 공포를 통해 수용자의 정신을 붕괴시키려 했을 것이다. 실제로 그랬다면 그 의도는 적중했다. 후일 양심과 집념으로 공포를 극복한 이들이 자신들을 규탄하고 있을 줄은 예상 못 했겠지만 말이다.

숙소 건물 사이에 단번에 쓰임새를 파악할 수 있는 공간이 하나 있었다. 건물 사이에 모래가 깔려 있고 사람 키보다 훨씬 높은 담장으로 막혀 있는 공간, 바로 영화에서만 보던 '총살형' 집행장이다. 담장 아래 다소 이질적인 회색 비석이 세워져 있었는데, 그 앞에 꽃다발이 정갈히 놓여 있는 걸 보니 후대에 세운 추모비인 듯하다. 희생자의 육체적 삶이 허무하게 끝나는 순간이 연상되어 눈을 질끈 감았다.

제1수용소에 있는 감시 초소. 이곳에서 아래를 훤히 내려다 봤겠지.

제1수용소 희생자를 추모하며 세운 추모비에 꽃다발이 놓여있다.

쓸쓸한 수용자 막사

제1수용소의 막사와 가스실에 들어섰다. 수용자들이 생활하던 막사 내부는 박물관처럼 되어 있었다. 처음 들어선 방에는 희생자들의 사진과 이름이 벽을 가득 채우고 있었다. 통로를 따라 한 바퀴 돌았다. 비통하게 죽음을 맞았을 그들의 눈동자를 바라보니 마음이 천근같이 무거워졌다. '사람 대 사람'으로 마주하니 숫자로 보았을 때와 느낌이 천지 차이였다. 좁은 방들은 건성으로 마련한 기숙사 분위기를 풍겼다. 침대만 다닥다닥 붙어 있을 뿐 다른 가구는 없었다.

나치는 물자 부족을 해결하기 위해 수용자들의 소유품을 빠짐없이 빼앗았다. 이어지는 몇몇 방에는 수용자들로부터 강탈한 신발, 가방, 안경, 지팡이, 목발, 가재도구 등이 한가득 쌓여 있었다. 그중 머리카락이 무더기로 쌓여 있는 전시실이 가장 충격적이었다. 나치는 머리카락을 팔거나 섬유질을 뽑아내 물자를 마련했다. 사람의 피부와 뼈는 금방 썩지만 머리카락은 오래 남는다. 피해자의 신체 일부를 실제 맞닥뜨리니 이전에는 느끼지 못했던 끔찍함이 몰려왔다. 그들도 살아있을 때는 이름이 불리던 사람이었다. 하지만 죽고 나서는 숫자와 물건으로 남았다. 우리도 그들을 숫자와 물건으로 기억한다. 역사의 이름 모를 피해자의 운명이란 참 슬프다.

홀로코스트 희생자의 사진이 수용소 막사의 벽을 가득 채우고 있다.

수용자들로부터 빼앗은 신발, 모자 등

가스실, 효율성이 낳은 지옥

제1수용소 구역의 가스실은 원형 그대로 보존된 내부를 볼 수 있었다. 당시 피해자들은 '샤워하라'는 명령에 따라 입장했다. 가스실로 들어가기 전 옷을 벗어두는 공간이 있고 그 공간을 지나면 목욕탕 샤워실과 똑같이 생긴 가스실이 나온다. 천장에는 네모난 구멍이 뚫려 있는데 그 구멍으로 치클론B라는 독가스가 흘러 들어왔을 것이다.

어느 정도 마음의 준비를 하고 입장했지만 연민과 공포가 상상을 초월했다. 천장에 뚫린 구멍으로 빛이 들어왔다. 과거에는 빛과 가스가 동시에 들어왔을 것이다. 가스가 주입되기 직전의 상황을 떠올리니 숨이 막혔다. 갈증에 지쳐 물이 쏟아지기만을 기다렸다가 죽음을 직감하고 울부짖었을 사람들, 아무것도 모르고 들어가서 다시는 세상 빛을 보지 못했을 어린아이들. 영상 매체란 얄궂기도 하지. 영화와 다큐멘터리에서 본 숱한 얼굴들이 머릿속을 이리저리 휘저었다. 똑같은 옷으로 갈아입혔다가 발가벗겨 한 줌 재로 변한 사람들. 슬펐다. 비극의 재현은 인간의 상상력을 만나 슬픔을 전염시킨다.

물자 부족에 시달린 나치는 최소 비용으로 최대 물자를 확보하고 최단 시간에 최대 다수를 몰살할 '효율적인' 처리 방식으로 가스실을 택했다. 재활용할 수 있는 옷은 자발적으로 벗게 만들고, 샤워를 가장해 독가스를 살포하는 방식. 폴란드 출신 사회학자 지그문트 바우만이 통찰했듯이 홀로코스트는 "합

제1수용소 가스실, 천장으로 가스가 주입되었다.

리적인 고려에서 생겨났고 형식과 목표에 충실한 관료 조직에 의해 생성되었다."

관료적 타성에 젖어 자신의 행위를 도덕적으로 성찰하지 못하는 사람을 독일 정치사상가 한나 아렌트는 '악의 평범성'이라 했다. 그가 이스라엘 예루살렘에서 아돌프 아이히만*Adolf Eichmann 1906~1962*의 재판을 참관하면서 떠올린 개념이다. 홀로코스트 수송의 총책임자로 해외 도피 생활을 하다가 이스라엘 정보기관에 납치되어 재판정에 끌려 나온 아이히만은 재판정에서 자신은 공무원으로서 주어진 일을 수행했을 뿐이라고 항변했다. 하지만 그가 행한 일은 너무도 거대하고 명백한 '악'이었다.

이로부터 아렌트는 자신이 하는 행위를 비판적으로 성찰하지 않는 행태, 즉 무사유 자체만으로도 악이 될 수 있다고 주장하며 '악의 평범성'이라는 개념을 고안했다. 아무리 선한 사람이라도 타성에 젖어 행동하다 보면 자기 행동의 의미를 놓치기 일쑤이고 도덕적으로 방심하면 누구든 악을 저지를 수 있다는 의미이다. 악은 특별하지 않다. 악은 성찰 없는 가치와 결합하여 온다. 어쩌면 지금 우리도 거대한 구조 안에서 '악의 평범성'에 물들어 있는 건 아닌지 생각이 깊어졌다.

◆ 《현대성과 홀로코스트》 지그문트 바우만 지음, 정일준 옮김, 새물결

나치가 대학살을 '비밀리에' 벌인 이유

나치는 왜 막대한 돈과 시간과 사람을 투입해 은밀한 대학살을 벌였을까? 통치 정당성을 확보할 용도로 동원한 반유대주의, 인종주의가 되레 독일에 부담으로 작용했기 때문이다. 나치는 제1차 세계대전 패전 후 배상금 문제 등으로 누적된 불만을 유대인과 공산주의자에게 투사하여 대중의 지지를 얻었다. 즉 집권 후에는 정책을 통해 이 기대에 부응해야 했다.

그런데 사회적 격리에 해당하는 유대인 강제 수용까지는 지지했더라도 학살은 차원이 달랐다. 독일인에게 유대인은 얄미운 존재지만 이웃이기도 했다. 대중은 집단 학살에 경악할 것이 틀림없었다. 국제 사회의 눈초리도 신경 쓰였다. 반인류적 행위로 인해 전선이 걷잡을 수 없이 확대될 수도 있었다. 나치 수뇌부 일부에서 반대 목소리도 나왔다. 그러나 강제 수용소에 가둬둘 수만도 없는 노릇이었다. 비용을 감당할 여력이 없었기 때문이다. 나치 독일이 동원한 반유대주의가 도리어 그들에게 덫이 되었다.

결국 '은밀한 대학살'을 수행하기에 이르렀다. 홀로코스트 관련 문서는 '일급비밀'로 취급받았고 직위가 높을수록 문서가 아닌 구두로 명령을 하달했다. 누설되더라도 꼬리를 자르고 책임을 회피하기 위해서다. 학살을 '특수치료'라고 부르는 등 암구호도 사용했다. 국민들이 공감하리라고 여겼다면 극비리에 수행할 필요가 없었을 것이다.

가해자와 피해자가 공동의 역사를 만들어가는 법

제1수용소 관람을 마친 뒤 셔틀버스를 타고 약 3.5㎞를 이동해 제2수용소 아우슈비츠-비르케나우로 향했다. 버스에서 내려 제2수용소 입구로 들어서면 탁 트인 평지가 펼쳐지는데, 그 한복판에 당시 사람과 물자를 실어 날랐을 철로가 깔려 있고 그 위에 적갈색 나무판자로 된 열차 한 량이 우두커니 서 있다. 2017년 독일 정부가 사죄의 의미로 기증한 열차라고 한다.

　독일은 매년 600~1,200억 원을 아우슈비츠 보존 기금으로 지원하고 있다. 이것만으로도 독일이 책임을 회피하지 않고 이곳의 역사적 가치를 지지한다는 인상을 받았다. 사실 그것만으로도 유적지의 상징성과 접근성은 커질 수 있다. 홀로코스트가 객관적 역사로 인식되려면 피해자의 일방적 호소가 아니라 가해자의 인정과 반성이 전제되어야 하기 때문이다. 아우슈비츠-비르케나우는 그 모범적인 사례였다.

제2수용소, 아우슈비츠-비르케나우

제2수용소에는 관람객 안전과 사료 보호 차원에서 출입을 통제한 구역이 많았다. 출입 불가능한 철조망 너머 광활한 초원에 건물 잔해가 숱하게 널려 있었다. 나치는 패색이 짙어질 무렵 증거를 인멸하고자 했다. 그러나 모든 흔적을 불태우기엔 시간

독일이 제2수용소에 기증한 열차

제2수용소, 폭파된 가스실

제2수용소 추모비. 과거가 헛되지 않으리라 이곳에선 믿게 된다.

이 부족했다. 결국 제2수용소는 대부분 불에 탔지만 제1수용소는 거의 그대로 남긴 채 퇴각했다.

독일군이 전소시킨 건물 잔해, 열악한 막사, 희생자 추모 비석을 차례로 둘러보았다. 가스실은 어설프게 불타 얼마나 급했는지 알 수 있었다. 출입 차단 줄 바깥으로 튀어나온 땅에 반쯤 묻혀 있던 가스실 기둥은 주의하지 않으면 걸려 넘어질 것만 같았다. 이 역사가 머나먼 과거가 아니라 '현재'임을 상기시키기 위해 의도적으로 놔두었을 것이다.

원형 그대로 남아있던 피수용자 막사는 제1수용소보다 훨씬 열악했다. 막사 하나에 수백 명이 들어차게끔 침대가 빼곡히 배치되어 있었다. 무성의한 막사는 여름에는 덥고 겨울에는 추우며 빛과 바람은 잘 들지 않고 빗물이 샜을 듯했다. 그리 더운 날이 아니었는데도 숨이 턱턱 막힐 지경이었다.

독일군 개개인은 누군가에겐 좋은 부모이고 배우자이며 친구였을 것이다. 평상시 평범한 장소였다면 인간을 짐승처럼 대하며 천연덕스럽게 생활하지 못했을 것이다. 그러나 비인격적인 시스템에 길든 인간은 양심이 마비되고 양심이 마비된 인간은 기계나 다름없다. 인간을 인간으로서가 아니라 관리 주체와 대상으로 취급하기 때문이다.

수용소 구석에 자리한 추모비에는 유럽 각국 정상이 남긴 사과와 추모 글귀가 있었다. 그 앞에는 활짝 핀 꽃다발들이 놓여 검게 그을리고 무너진 선물 산해와 대비되었다. 인류의 일원으로서 희생자들에게 미안했고 다른 한편으론 각국의 애도와 관심이 사그라지지 않았다는 사실에 고무되었다. 새까맣게 타버린 과거를 발판 삼아 인류는 새로운 역사를 쓰고 있다. 역사가 어느 방향으로 흘러갈지는 모르지만 적어도 이곳에서는 과거가 헛되지 않으리라 믿게 된다.

역사를 논하려면 폭넓게 체험하라

오시비엥침 수용소 답사를 통해 밖에서 하는 '공부'와 안으로 들어가는 '체험'은 차원이 다르다는 걸 실감했다. 두 눈으로 보고 두 발로 밟지 않으면 그곳에서 벌어진 일을 상상할 수 없다. 상상이 허술하면 타자에게 의도치 않은 상처를 주기 쉽다. 오시비엥침에는 활자와 숫자가 알려주지 않는 홀로코스트의 진실이 있었다. 희생자들의 얼굴, 공간, 물건을 통해 그 시대가 생생히 다가왔다.

베를린에서 학과 수업 때 홀로코스트를 분석할 기회가 있었다. 조사에 따르면 독일 학생의 홀로코스트에 대한 책임 의식은 오시비엥침 수용소 견학 후에 극적으로 높아진다고 한다. 독일 학생이 아니어도 비슷할 것이다. 외부인인 우리도 깊은 한숨을 쉬게 되고 말투와 생각이 비장해졌으니 말이다. 역사를 제대로 논하려면 폭넓은 체험은 필수다.

브로츠와프

공산당을 무너뜨린 난쟁이들

다문화 도시, 브로츠와프

브로츠와프는 동유럽 최대의 '다문화 도시'이다. 비옥한 슐레지엔 지방의 중심 도시로 폴란드에서 네 번째로 크다. 예로부터 광물과 천연자원이 풍부하고 오데르강을 끼고 있어 도시를 이루기에 유리했던 만큼 강대국들의 각축장이 되었고, 체코계(보헤미아), 독일계(합스부르크, 프로이센), 폴란드계가 번갈아 지배했다. 혼란스러웠지만 덕분에 여러 문화가 섞여 다채로운 경관을 자랑한다.

브로츠와프는 체코어로 브라티슬라프*Vratislav*, 독일어로 브레슬라우*Breslau*, 폴란드어로 브로츠와프라고 불린다. 사실상 독일계 주민이 세운 도시였으나 제2차 세계대전 이후 소련 치하

브로츠와프 구시가지.
뾰족하고 날렵한 건물의 생김새가 여느 폴란드 도시와는 달랐다.

에서 독일인을 강제 추방하여 지금은 폴란드인만 산다.

중앙 광장의 중부 유럽풍 건물들

브로츠와프 구시가지는 납작하고 펑퍼진 느낌의 건물이 많던 여느 폴란드 도시와는 다른 분위기였다. 독일에서 자주 본 날렵하고 뾰족한 생김새를 이곳 옛 건물에서도 찾아볼 수 있어 독일이 이곳에 끼친 영향을 실감할 수 있었다.

구시가지 중앙 광장에는 50여 채의 건물이 다양한 양식과 빛깔을 뽐냈다. 그중 유명한 건물은 시청사와 성 엘리자베스 성당이다. 13세기에 지어진 시청사는 지붕 위에 거대한 시계탑이 세워져 있다. 증축과 개축을 거듭하여 건물 부분마다 색깔과 스타일이 제각각이다. 브로츠와프에서 오래되고 거대한 성 엘리자베스 성당은 여러 차례 파괴되어 128m이던 높이가 91m로 줄어들었다. 복원 중이라 내부는 볼 수 없었다.

중앙 광장은 건물로 둘러싸였는데도 탁 트인 느낌을 주었다. 사람들은 노을을 조명 삼아 한여름의 저녁을 만끽하고 있었고, 크라쿠프와 바르샤바에서는 당최 볼 수 없었던 한국인도 볼 수 있었다. 동유럽 도시 중에서는 브로츠와프가 프라하, 부다페스트와 함께 여행 접근성이 좋아서 그런 듯하다. 밤공기는 선선했다.

브로츠와프 구시가지. 오랜만에 도시 분위기에 집중하는 시간을 가졌다.

난쟁이 동상과 폴란드 민주화 운동

✳

<u>브로츠와프</u> 곳곳에서 만날 수 있는 익살스러운 난쟁이 동상은 약 400여 구가 저마다 이름이 붙여져 도시의 마스코트 역할을 한다. 찾아다니며 사진을 찍는 소소한 재미가 있다. 그런데 귀여운 난쟁이들의 이면에 폴란드의 깊은 사연이 숨어 있다.

폴란드는 제2차 세계대전 직후 소련 공산당의 지배를 받았다. 소련의 강압으로 영토 상당 부분을 벨라루스, 리투아니아 등에 넘겨주었고 1947년 총선으로 괴뢰 정부가 수립되었다. 이후 1956년 정권의 탄압과 열악한 노동·경제 환경에 분노한 민중이 바르샤바 서쪽 포즈난에서 '포즈난 항쟁'을 일으켰고 그후에도 불황이 올 때마다 민중은 들고일어섰다. 하지만 일시적으로 분노를 표출하고 해산할 뿐이었다. 그러다 1980년 '폴란드 자유 노조 *Solidarno* (연대 노조)'가 결성되면서 비로소 조직적이고 지속적인 반정부 운동이 시작되었다.

<u>브로츠와프</u>의 난쟁이들은 연대 노조의 투쟁 방식을 상징한다. 연대 노조는 1989년 폴란드가 민주화될 때까지 반정부 투쟁을 이끌었다. 이 조직을 상징하는 색깔은 오렌지색이다. 연대 노조의 한 분파는 당국의 검열과 탄압을 피할 방법을 고민하다가 <u>브로츠와프</u>에서 '오렌지 얼터너티브 *Orange Alternative*'를 개시하기로 했다. 건물 외벽에 난쟁이를 주인공으로 한 체제 비판 그림을 그리고 난쟁이 모자를 쓴 채 시위한 이 운동은 우리나라 3.1운동이 다른 아시아 국가의 민족정신을 일깨웠듯 동유럽의

시내 곳곳에서 만나는 난쟁이 동상들
어찌 사진을 남기지 않을 수 있을까?

자유 투쟁에 영감을 주었다. 난쟁이는 곧 동유럽 민주화의 상징이 되었다. 난쟁이기 민주화 운동에서 한 역할은 오렌지 얼터너티브의 지도자 발데마르 피드리흐*Valdemar Fydrych 1953~*의 말에서 엿볼 수 있다.

"폴란드에서 자유를 느낄 수 있는 공간은 딱 세 곳밖에 없다. 첫째는 교회인데, 그곳에선 신자들만 자유롭다. 둘째는 감옥인데, 감옥에 갈 수 있는 사람은 한정되어 있다. 셋째는 거리인데, 이곳이 가장 자유롭다. (…) 만약 경찰이 당신에게 '왜 난쟁이들의 불법적인 모임에 참여했는가?'라고 묻는다면 그 경찰과 정색하고 대화할 수 있을까?"

이 말인즉, 난쟁이 같은 익살스러운 상징을 내걸고 투쟁하면 공권력과의 충돌을 피할 수 있다는 뜻이다. 시위대가 '유머'를 던졌는데 경찰이 '다큐'로 받으면 경찰만 우스워지지 않겠는가. 특유의 익살스러움 덕분에 난쟁이들은 공산당에게 아주 커다란 위협이 되었다.

폴란드가 민주화된 후 예술가 토마스 모체크는 오렌지 얼터너티브를 기념하는 의미에서 난쟁이를 조각하였다. 그리고 2005년 8월 조각한 난쟁이 동상 몇 구를 구시가지에 처음 설치했다. 이것이 난쟁이 동상의 시초이며 이후 그 수가 불어나 현재에 이르렀다. 일각에서는 난쟁이 동상이 상업적으로 활용되어 그 의미가 퇴색되었다고 비판하지만 난쟁이의 역사적 의미는 그대로이다. 민중은 난쟁이처럼 겉으론 왜소하고 우스워 보이지만 결집하면 엄청난 힘을 발휘한다.

난쟁이는 폴란드 공산당의 특수성도 보여준다. 폴란드 공산당은 권위주의적일지언정 폭력적이지는 않았다. 당은 국민의 요구에 기민하게 반응했고 다른 동유럽 지도자들보다 현명하게 처신하여 소련으로부터 국민을 보호했다. 폴란드 지도자들은 필요하면 계엄령을 선포해서라도 민중을 억눌렀지만 막상 지지를 잃으면 한발 물러섰다. 민중이 들고일어나 소련을 불안하게 하면 양쪽을 적당히 구슬려 소련 탱크가 민중을 짓밟는 최악의 사태도 막았다. 이렇게 폴란드 공산당은 국민과 상호작용하며 다른 동유럽 국가에 비해 안정적으로 체제를 유지했다. 꽉 막힌 것으로만 보이는 공산당 치하 폴란드에서 이런 역동적인 역사가 가능했던 이유는 무엇이었을까?

대중의 마음이 공산당을 무너뜨리다

1953년 동유럽 각국을 교조주의적으로 획일화하려 했던 스탈린이 사망했다. 그의 뒤를 이은 흐루쇼프*Nikita Khrushchev 1894~1971*는 스탈린 격하 운동을 개시했다. 스탈린 잔재 청산을 필두로 개혁을 추진했고 동유럽 위성국가에 대한 통제도 완화했다. 1956년 흐루쇼프는 "사회주의는 민족적 차이와 특수성을 지우지 않고 민족·국민이 경제·문화를 전방위적으로 발전시키고 번영시키도록 보장한다."라고 선언했나.

이런 개혁 분위기를 타고 같은 해 폴란드 공업 도시 포즈난에서는 노동자들이 항쟁을 일으켰다. 시위대는 정부의 경제 정책과 자신들의 처우에 불만을 품고 노동 조건 개신과 자유 확대를 요구했다. "국민의 지지를 받을 수 있는 유일한 길은 실용적인 공산주의 정책이며 민족 정서와 감수성을 고려해야 한다."라는 구호도 내세웠다. 시위는 진압되었지만 수백 명의 사상자가 발생했고 그 여파는 폴란드 공산당 내 권력 교체까지 이어졌다. 1957년 1월 선거에서 개혁파 브와디스와프 고무우카 Władysław Gomułka 1905~1982가 94.3%의 압도적 득표율을 얻어 집권했다. 그는 폴란드가 소련의 패권을 위협하지 않을 것이라고 흐루쇼프를 설득하는 한편 내부적으로 개혁을 추진했다. 수도 바르샤바에서 소련군을 철수시키고 민중을 감시하던 공안위원회를 폐지했으며 중앙계획경제의 표본인 집단농장의 80%를 해체했다. 표현과 언론의 자유도 대폭 확대했다.

그러나 고무우카의 개혁은 소련에 순응적이었던 탓에 한계가 뚜렷했다. 비효율적인 계획 경제 정책으로 경제는 곤두박질쳤고 고무우카의 인기도 빠르게 식었다. 1970년 12월 결국 고무우카는 정계에서 은퇴했다. 후임 에드바르트 기에레크 Edward Gierek 1913~2001도 나름대로 개혁에 착수했으나 역시 계획 경제의 한계를 극복하지 못했다. 민중의 불만은 극에 달해 1976년부터 전국 노동자 파업이 이어졌고 1980년 노동자 파업이 레흐 바웬사 Lech Wałęsa 1943~를 지도자로 내세운 연대 노조 운동으로 확대되자 기에레크 또한 사임했다. 그 빈자리를 군부 출신 민족주의자 보이치에흐 야루젤스키 Wojciech W. Jaruzelsk, 1923~1989가 차지했다. 그는 기에레크, 바웬사 등 개혁파와 반정부 시위대를 탄압하고 강력한 정책을 추진하려 했으나 연이은 실정으로 인기를 잃어 1989년 연대 노조에 정권을 이양했다.

폴란드 지도자들의 운명은 폴란드 대중의 지지에 좌우되었다. 가혹한 지도자조차 자기 영달을 위해 자국민을 짓밟는 우는 범하지 않았다. 바웬사는 1983년 노벨평화상 수상에 이어 1990년 11월 초대 직선 대통령으로 선출되었다. 폴란드에 민주주의가 도래했다.

약소국 지도자에게 필요한 덕목

✕

이처럼 폴란드 현대사는 안정적인 동시에 역동적이다. 다른 동유럽 국가들은 대개 독재적인 정권에 시달리거나 반소 움직임을 적절히 제어하지 못해 소련에 짓밟혔다. 그러나 폴란드 지도자들은 소련의 심기를 거스르지 않으면서도 민중의 요구에 기민하게 반응했다. 때로 민중을 억눌렀으나 결정적 국면에서는 정치적 책임을 다하며 고비를 넘겼다. 폴란드 지도자들이 특별히 착해서가 아니다. 민중의 불만이 쌓이면 기득권에 위협이 될 수 있으니 관리에 신경을 쓴 것이다.

속물적으로 보여도 폴란드 지도자들의 처신은 제국주의에 시달리는 약소국 지도자들이 참고할 만하다. 소련이 건재할 때 폴란드는 아슬아슬한 줄타기에 성공했다. 수많은 반체제 인사가 고초를 겪긴 했지만 무고한 시민이 외세에 피를 흘리는 일은 막았다. 약소국 지도지들은 인기를 위해 반란을 부추기곤 하는데 이는 현명하지 못하다. 비난받더라도 신중히 나아가다가 확실한 기회가 보일 때 과감한 행보를 보여줄 필요가 있다.

폴란드를 보며 우리나라를 떠올려본다. 우리나라 지도자들은 미국과 중국 사이에서 어떻게 행동하고 있는가? 숙명의 라이벌이자 가장 가까운 이웃인 일본을 어떻게 대하고 있는가? 국제 사회에서 우리가 나아갈 길을 선명하게 제시하는 노력만큼 상황에 따라 유연하고 주도면밀하게 처신하는 지혜 역시 적재적소에 발휘해야 할 것이다.

폴란드에서 성매매는 범죄가 아니다

난쟁이를 구경하며 브로츠와프 구시가지를 걷는 중에 성매매 호객꾼이 두 번이나 따라왔다. 귓등으로 흘려서인지 호객을 당하는 순간에는 특별한 생각이 들지 않았다. 그런데 새삼 의아했다. 길거리에서 버젓이 성매매를 호객하다니? 이런 일이 가능한 이유는 폴란드는 성매매 비범죄화 국가이기 때문이다.

세계의 성매매 정책 경향은 크게 '금지주의', '비범죄주의', '합법적 규제주의'로 나뉜다. 우리나라는 금지주의를, 폴란드는 비범죄주의를 채택하고 있다. 금지주의는 성매매를 범죄로 여기는 태도다. 비범죄주의는 성매매를 처벌하진 않으나 합법으로도 인정하지 않는 태도다. 즉 정부가 딱히 막지도 돕지도 않는다. 보통은 폴란드처럼 성매매 자체를 처벌하지 않으나 알선 등 상업 행위는 금지한다. 그렇다면 내가 본 호객꾼들은 본인을 매매하는 것이라 문제가 없거나 문제가 있는데도 버젓이 제삼자를 매매하는 것일 터였다. 합법적 규제주의는 국가가 성매매를 직업으로 인정하고 과세·관리하는 방식이다. '공창제'라고도 부른다. 독일, 오스트리아, 스위스, 네덜란드 등에서 이를 채택하고 있다.

부작용은 고려하되 성역 없는 토론을

비범죄화라는 개념이 생소했는데 합법화보다는 비범죄화가 낫겠다는 생각이 들었다. 합법화는 '음지의 양지화'를 지향한다. 불법인 것을 합법으로 만들면 범죄가 사라질 것이라는 믿음이 바탕에 있다. 그러나 우리는 오랜 경험을 통해 소수 엘리트 관료로 구성된 정부가 시장에 뛰어든 수많은 똑똑한 행위자를 이길 수 없음을 안다. 합법화해도 또 다른 '음지'가 탄생하는 상황은 막기 어렵다. 가령 정부에서 성매매의 위생, 안전 기준 등을 만들어 규제한다면 위험을 감수해서라도 더 높은 보상을 제공하는 암시장이 형성될 수 있다. 가학적인 성행위를 제공하며 가격을 올리거나 위험을 무릅쓰고 미성년자의 성을 판매하는 식으로 말이다.

이 경우 암시장의 성 판매자들은 당장의 편익은 누릴 수 있지만, 불이익을 당하거나 큰 위험에 처했을 때 법의 도움을 구하기는 어렵다. 범죄를 신고하는 순간 자신의 위법 행위까지 드러나기 때문이다. 처음부터 암시장을 거부하면 좋겠지만 눈앞의 유혹은 뿌리치기 쉽지 않다. 개인의 도덕적 책임을 묻기 전에 그들이 위험한 암시장으로 몰리지 않도록 사회가 적절한 보상 및 보호 체계를 확립할 필요가 있다.

일체 불법화하는 금지주의도 한계가 뚜렷하다. 불법화한다 한들 누군가는 법망을 피해 계속 성매매를 할 것이다. 우리나라에서도 성매매는 금지이건만 '공공연한 비밀'로 통용된다.

이처럼 정부가 나서서 성매매를 막거나 성매매 당사자들을 보호하기 어렵다면 패러다임을 전환해 정부가 굳이 나서지 않기로 '부작위'를 해보는 건 어떨까? 성 판매자는 처벌받지 않으니 목소리를 내어 권익을 주장할 수 있다. 성 구매자도 공개할 수는 없더라도 위험에 내몰렸을 때 최소한의 법적 도움은 요청할 수 있다. 또한 정부가 장려하지 않으니 무질서나 방종으로 나아갈 공산도 작다. 허용과 장려는 엄연히 다르다. 어차피 막을 수 없다면 당사자들 간에 안전하게 거래할 수 있도록 보호하는 편이 모두에게 이롭다.

영국의 정치사상가 존 스튜어트 밀이 《자유론》에서 지적했듯이, 성역 없는 토론이 있어야 사회가 건강해진다. 이제 성매매 금지주의를 버리자는 목소리도 공론장에 나올 때가 되었다. '성적 자기 결정권'은 시대의 화두이고 성매매는 그 핵심에 맞닿아 있다.

개방된 교육의 산실, 브로츠와프 대학교

구시가지를 나와 오데르강 양안을 연결하는 다리를 건넜다. 강변 한쪽에 웅장한 건물을 환한 조명이 비추고 있었다. 브로츠와프 대학교 캠퍼스의 일부였다. 학교 재단은 1670년 예수회가 창립했지만 이 바로크 양식 건물은 18세기 초 신성로마제국 황제 레오폴트 1세 *Leopold I. 1790~1865*가 세웠다. 온갖 전쟁을 거치면서 이곳은 식품 저장고, 감옥, 병원으로 쓰였으나 제2차 세계대전이 끝난 후 폴란드인 교수진을 초빙해 학교를 다시 열었다. 그 후 20세기 초부터 노벨상 수상자 아홉 명을 배출하며 폴란드 내에서는 상당한 명문이 되었다. 이 학교 덕분에 브로츠와프는 인구의 10%가 대학생이며 교육 도시로 유명해졌다.

　미국이 최강대국으로 성장한 원동력은 수많은 인종과 문화가 빚어낸 다양성이라고 한다. 브로츠와프 대학도 활발한 문화 교류와 융합에 힘입어 명문으로 자리매김할 수 있었다. 독일, 체코와의 경계에 위치한 지리적 이점과 폴란드가 19세기까지 다사다난한 역사를 겪으며 수많은 민족과 관계를 맺은 덕택이다. 예로부터 브로츠와프 대학은 폴란드인이 전체 학생의 20%를 넘지 않았으며 19세기 말에는 유대인을 비롯해 다양한 배경을 지닌 학생들이 공부했다.

독일과 체코 경계에 위치하여 여러 민족과 교류한 덕에
명문으로 자리 잡은 브로츠와프 대학교

도시 해자와 '무명의 행인'

✕

밤늦게 숙소에 도착하여 푹 쉬고 다음 날 브로츠와프를 떠나기 전, 구시가지 남쪽을 둘러싼 도시 해자를 따라 걸으며 거리를 둘러봤다. 해자는 외적의 침입을 막아내기 위해 요새 주위에 움푹 파놓은 구덩이로 대개 물을 채워 못으로 만든다. 사람들은 평소에는 요새 밖 평지에서 농사짓고 교역하며 지내다가 유사시 요새로 들어가 해자를 경계로 적에게 대항한다. 도시의 핵심을 지키는 장치인 만큼 대개 구시가지 주변에 형성되었고 원거리 대포가 발달하기 전까지 애용하던 형식이라 유럽 곳곳에서 심심찮게 볼 수 있다.

브로츠와프 구시가지의 옛 성벽은 없어졌지만 해자는 남아있어 서울의 청계천처럼 흐르고 있었다. 주변은 공원으로 꾸며져 있어 산책하기 좋다. 브로츠와프의 과거를 상상해 보았다. 누군가는 탐내며 필사적으로 무너뜨리려 하고 또 누군가는 목숨을 걸고 지키려 하는 모습을.

버스정류장 근처에서 '무명의 행인' 동상을 마주쳤다. 1980년 폴란드 공산당 계엄령 선포 시기, 반정부 시위를 벌이다 살해되거나 실종된 이들을 추모하기 위해 2005년 설치한 동상들이다. 폴란드 사람들도 참 다사다난한 길을 걸어왔다는 생각이 들었다. 이제 체코 프라하로 넘어갈 차례였다. 프라하는 예전에 가본 적이 있어 익숙했다. 조금은 편한 마음으로 버스에 올라 잠을 청했다.

폴란드 시내 곳곳에는 제2차 세계대전과 공산당 시절 희생자를 추모하기 위한 구조물이 많다.
브로츠와프 거리에서 만난 '무명의 행인'

한국의 닮은꼴, 폴란드에서 무엇을 배울 것인가

폴란드에서 느낀 감정을 하나만 꼽으라면 '동질감'이다. 폴란드는 외세에 침략당하고 주권을 침탈당한 적이 있다는 점에서 우리나라와 상당히 닮았다. 폴란드는 덴마크, 스웨덴, 오스만 제국 등 주변 세력이 호시탐탐 노렸으며, 왕위 계승 과정에서 국경을 접하지도 않은 프랑스와 스페인의 눈치도 봐야 했다. 18세기 후반에는 프로이센, 러시아, 오스트리아라는 주변 강대국에 세 차례 걸쳐 분할 지배당했다. 한동안 제대로 된 국가 없이 지내다가 20세기 초에야 힘겹게 국가를 수립했다. 그러나 얼마 못 가 나치 독일에 정복당했고 연이어 소련의 위성 국가로 전락했다.

국민이 힘을 합쳐 나라를 다시 일으켜 세웠다는 점에서도 우리나라와 닮았다. 민중이 나치와 소련에 저항하는 등 압제와 실정에 맞서 싸우며 완성한 나라가 오늘날의 폴란드이다. 2019년 당시 폴란드는 프랑스-독일과 함께 유럽 연합 *European Union*(이하 EU)의 구심점으로 올라섰다. 산업화에 박차를 가해 동구권에서는 러시아 다음가는 강대국이자 세계 30위권 경제 대국으로 성장했으며 국내 총생산*GDP*(이하GDP) 증가세도 유럽에서 빠른 편이다. 폴란드인들은 나라를 빼앗겨 지배당하고 독재 정권에 신음하다 끝끝내 제 손으로 자치와 번영을 이루어냈다.

긴 세월 동안 폴란드는 넘어져도 오뚝이처럼 다시 일어서서 안정된 국가로 발돋움했다. 이제 깡패 국가들에 침탈당할 위험성은 낮아졌다. 그러나 경제와 인권이라는 어쩌면 더 복잡한 문제가 산더미처럼 쌓여 있다. 집권당인 법과정의당은 2022년 현재까지 법치, 언론자유를 파괴하며 인권을 유린한다고 비판받고 있다. 바르샤바 문화과학궁전 앞에 있던 추모 공간의 주인공 피오트르 슈체츠니 분신 사건도 이와 관련 있다. 2021년에는 언론 검열을 광범위하게 허용하는 '미디어법' 통과 문제로 국내 갈등이 극에 달하기도 했다. EU가 이에 대해 제재를 가하자 EU를 탈퇴하자는 목소리도 나왔다. 폴란드가 돌아서면 유럽 통합도 핵심 동력을 잃게 되니, 이는 유럽은 물론 국제 정치 질서에도 중대한 문제이다(러시아-우크라이나 전쟁에서 폴란드가 러시아에 강경하게 대적하면서 현재 EU와의 관계는 회복되는 추세이다).

한편 국내 정치·경제 면에서도 고비를 맞았다. 폴란드는 한국과 달리 자체 기술 개발 없이 경제를 발전시켰다. 유수의 한국 기업을 포함해 글로벌 기업의 공장을 유치하여 노동자를 제공하는 방식이 주를 이뤘다. 따라서 세계화가 멈추거나 후퇴한다면 나라 경제가 휘청일 수 있다. 설상가상으로 최근에는 노동 인구가 부족해져 동남아계 노동자를 대거 받아들이고 있다. 이는 국내 일자리 잠식과 문화 충돌로 이어져 반외세를 부르짖는 권위주의 정당이 집권당으로 군림하는 요인이 되었다.

폴란드가 직면한 권위주의, 이민과 민족주의, 유럽 공동체의 위기 같은 문제로부터 한국도 자유롭지 않다. 우리와 역사 경로가 유사하기에 그들의 문제 해결 과정은 좋은 참고 자료가 될 수 있다. 폴란드가 어떻게 난관을 헤쳐 나가는지 수의 깊게 지켜보며 비슷한 문제에 우리는 어떻게 대처할지 고민해보면 좋겠다.

EUROPE

★ ★ ★ ★ ★

2부

자유롭고 희망차게

체코

★ ★ ★ ★ ★

프라하

광장은 어떻게 민주주의를 움직이는가

동유럽의 사연 많은 선진국, 체코의 역사

체코의 수도 프라하에 도착했다. 체코는 흔히 '동유럽'으로 부르는 지역의 서쪽 최전선에 있는 나라다. 독일, 폴란드, 슬로바키아, 오스트리아와 국경을 맞댄다.

체코도 폴란드 못지않게 굴곡진 역사를 겪었다. 체코가 속한 보헤미아 지방은 신성로마제국에 편입되어 있었고 신성로마제국 소속 헝가리 왕이 보헤미아의 왕을 겸했다. 그러다가 1526년 헝가리가 오스만 제국에 패해 멸망하자 신성로마제국의 합스부르크 가문이 체코 왕위를 가져갔다. 이때부터 합스부르크 왕국이 체코를 지배했다. 그 사이 체코에서는 반합스부르크 민족 운동이 여러 차례 발생했고 17세기 초에는 대규모 민족 운동이 종교 개혁과 맞물려 벌어지면서 30년 전쟁으로 이어졌다. 하지만 이후에도 수 세기 동안 체코는 합스부르크의 수중에 있다가 제1차 세계대전이 끝난 1918년 마침내 독립하여 슬로바키아와 함께 체코-슬로바키아 공화국을 결성했다. 그러나 1939년 나치 독일에 점령당했고 제2차 세계대전 후에는 소련에 의해 공산주의 괴뢰국이 되었다.

우여곡절을 거쳐 1989년 '벨벳 혁명'(83쪽 참조)으로 체코는 다시 독립에 성공했고, 1993년 슬로바키아와 평화적으로 분리하여 오늘날의 체코 공화국이 되었다. 체코와 슬로바키아는 서로 다른 민족임에도 서구 열강의 '민족 국가 만들기' 과정에서 합쳐졌다. 그러나 슬로바키아 민족은 2등 민족으로 취급당하기 일쑤였고 소련으로부터 해방된 후 평화적 협상을 통해 별개의 국가로 갈라섰다. 이후 체코는 경제 부흥과 민주화에 박차를 가하여 2004년 EU에 가입했다. 그런데 유로가 아닌 체코 코루나CZK를 화폐로 사용하고 있다. EU 가입 직후에는 경제 사정이 나빠서 유로를 도입하지 못했고 지금은 조건은 갖추었으나 물가 인상, 경제 불안 등을 이유로 국민 73%가 유로 도입을 반대하고 있다.

동유럽에서 제일 잘사는 나라

체코가 속한 보헤미아, 모라비아(오늘날 체코 동쪽, 슬로바키아와 헝가리에 걸쳐 있는 지역), 실레시아(슐레지엔) 지역은 합스부르크 왕국의 핵심 산업 지역으로 유럽 대륙에서 영국 산업 혁명의 산물을 가장 빨리 수용했다. 1848년 유럽 전역이 민중 봉기에 휩싸이자 다른 동유럽 국가들과 달리 체코에서는 귀족이 아닌 평민이 주도권을 잡아 대토지 귀족을 몰아내고 산업 혁명을 이룩했다. 그 결과 방직 산업과 광업이 발달하고 빈으로 이어지는 철도가 개통되어 교통이 발달한 덕분에 지금까지 꾸준히 산업을 발달시킬 수 있었다. 체코는 20세기 초중반까지 동유럽에서 유일하게 산업화한 국가였다.

냉전기 시절, 체코는 동유럽의 최선진국이었고 군비 증강과 중공업 육성에 특히 열중했다. 당시 체코 자동차 브랜드 '스코다Skoda'는 선진 기술력을 바탕으로 냉전기 동유럽 자동차 시장을 독과점하며 입지를 탄탄히 다졌다. 지금도 체코는 중공업을 바탕으로 산업을 다변화하여 막강한 경제력을 자랑한다. 1인당 GDP가 옛 공산권 국가 중 가장 높고 GDP 상승 속도도 유럽 전체에서 가장 빠르다. 사회안전망을 잘 갖추어 실업률과 빈곤율도 낮다. 실업률은 2018년 2.2%로 거의 완전 고용을 달성했고 2021년에는 3.3%를 기록해 평균 7.3%인 EU에서 가장 낮은 수준을 유지하고 있다.

프라하의 봄은 언제 올 것인가

오후 1시경 프라하 중앙역과 구시가지 사이에 있는 바츨라프 광장에 도착했다. 바츨라프 광장은 체코 민주주의의 성지와도 같은 곳이다. '프라하의 봄'과 '벨벳 혁명'이 이곳을 무대로 일어났기 때문이다.

'프라하의 봄'은 동명의 영화와 체코 음악제의 이름으로도 유명한데, 원래는 1968년에 일어난 체코(당시 체코슬로바키아)의 자유화 운동을 일컫는다. 당시 서유럽에서는 '68혁명'◆이 일어났고 동유럽에서는 소련에 저항하는 여론이 강해지고 있었다. 체코에서는 시기적절하게 알렉산데르 둡체크*Alexander Dubček 1921~1992*가 공산당의 수장으로 선출되어 정치·경제 자유화를 추진했다. 그는 '인간의 얼굴을 한 사회주의'를 구호로 내세웠는데 이념을 강제하지 않고 개인의 행복을 최우선시하겠다는 뜻이었다. 1968년 4월 체코 공산당은 "사회주의는 단순히 착취계급의 지배로부터 노동자를 해방하는 것을 넘어 어떤 부르주아 민주주의보다도 개인의 인간적이고 풍요로운 삶을 잘 보장하는 것을 목표로 해야 한다."라고 발표했다. 둡체크는 언론과 결사의 자유 확대, 검열 완화, 소비재 생산과 서방과의 관계 개선을 행동강령으로 제시했다. 봄이 오는가 싶었다.

그러나 프라하의 봄은 너무도 짧게 막을 내렸다. 소련의 수장 레오니트 브레즈네프 *Leonid Brezhnev 1906~1982*가 1968년 8월

◆ 68혁명은 1968년 프랑스에서 일단의 대학생들이 미국의 베트남 전쟁 참전을 반대하는 시위를 벌인 데서 시작하여 전 세계로 뻗어 나간 대학생 중심의 사회운동이다. 기성세대의 성차별, 인종차별, 권위주의 등에 저항하고 미국의 베트남 전쟁 참전이나 기독교 보수주의에 반대했다.

'프라하의 봄'과 '벨벳 혁명'의 무대, 바츨라프 광장

20일 20만 명의 군인을 파견하여 둡체크를 축출하고 반소 운동을 억눌렀기 때문이다. 바츨라프 광장은 곧 소련 탱크와 소련군의 군홧발에 짓밟혔다. 브레즈네프는 "사회주의 진영 전체의 이익을 위해서 개별 국가의 주권은 제한될 수 있다."는 연설로 프라하를 향한 군사 개입을 정당화했다. 이 연설이 대변하는 소련의 개입주의 태도를 '브레즈네프 독트린' 혹은 '제한 주권론'이라 부른다.

1968년 프라하에서 벌어진 비극은 차디찬 겨울을 연상시켰고 한 외신 기자가 '프라하의 봄은 언제 올 것인가?'라는 제목의 기사를 썼다. 이로부터 '프라하의 봄'이라는 은유적 명칭이 탄생했다. 겨울의 한기를 털어내고 생동하려 몸부림치지만 꽃망울이 터지기에는 이른 엄혹한 시기, 즉 민주화 운동이 활발하지만 아직 빛을 보지는 못한 시기를 가리키는 이 명칭은 이후 '서울의 봄', '아랍의 봄' 등에도 쓰여 민주화 운동을 상징하는 보통명사가 되었다. 참고로 밀란 쿤데라의 소설 《참을 수 없는 존재의 가벼움》의 배경이 프라하의 봄이다.

소련 침공과 둡체크의 퇴진은 체코 국민의 저항 정신과 애국심을 자극했고 '프라하의 봄'은 체코 민주화 운동의 촉매제가 되었다. 모스크바로 끌려가 고초를 겪은 둡체크는 귀국하자마자 퇴진하여 유혈 사태를 방지하고자 했으나 시위대가 해산한 뒤에도 소련 침공에 반대한 얀 팔라흐 Jan Palach 1948~1969와 얀 자이츠 Jan Zajíc 1950~1969 두 청년은 바츨라프 광장에서 분신했다. 둘을 추모하는 십자가가 바츨라프 광장 정면의 체코 국립 박물

체코 국립 박물관 앞 얀 자이츠, 얀 팔라흐 추모 십자가

체코 국립 박물관 앞 얀 자이츠, 얀 팔라흐 추모 십자가. 생몰년도가 적혀 있다.

관 앞 바닥에 반쯤 묻혀 있듯이 설치되어 있다. 둘의 죽음 후 20년 간 수많은 청년이 그 뒤를 따랐다. 젊은이들의 죽음은 국민 전체를 동요시켰다.

벨벳 혁명, 20년 만에 봄이 오다

바츨라프 광장은 보헤미아의 왕 '성 바츨라프*Václav I. 907~935*'를 기리기 위해 조성했지만 또 다른 기억할 만한 바츨라프가 있다. 바로 벨벳 혁명을 주도해 체코를 소련으로부터 해방한 바츨라프 하벨*Václav Havel 1936~2011*이다. 그는 동유럽 자유화와 인권 운동을 대표하는 인물이다.

'프라하의 봄' 이후에도 바츨라프 하벨을 비롯한 반체제·민주화 운동 지도자들은 '시민 포럼'을 조직해 민주화 운동을 주도했다. 그러다가 운명의 1989년 얀 팔라흐의 분신 20주년을 맞아 그의 추모비에 헌화하려다 하벨이 구속당했다. 이를 계기로 반정부 시위가 전국으로 퍼져나가 '프라하의 봄'보다 시위 규모가 훨씬 더 커졌다. 한국으로 치면 '프라하의 봄'은 '5.18 광주 민주화 운동'에, 1989년의 '벨벳 혁명'은 '6.10 민주 항쟁'에 비견될 만하다. 이번에는 소련이 간섭하지 않았다. 개혁파 고르바초프*Mikhail Gorbachev 1931~2022*가 집권하여 국내 개혁에 여념이 없었기 때문이다. 결국 1989년 11월 체코 공산당이 통치권을 내려놓으면서 '벨벳 혁명'은 완수되었다. 혁명을 주도한 하벨은 대통령, '프라하의 봄'의 주역 둡체크는 국회의장에 선출되었다. 바야흐로 민주화 영웅들이 이끄는 새 시대가 열렸다.

바츨라프 광장에 도착했을 때 우리는 이미 땀범벅이었다. 광장의 아스팔트는 햇살에 푹 익어 용광로처럼 아지랑이를 피워냈고 아스팔트만큼 뜨거운 체코 민중의 열망과 자부심이 느껴졌다. 자유를 향한 열망만큼 시대와 장소를 초월해 사람을 북돋워주는 존재가 또 있을까.

광장과 민주주의의 관계

우리 시대의 민주주의는 활활 타오르는 한여름일까, 시원한 가을일까, 엄혹한 겨울의 초입일까. 근래 전 세계적으로 정치 상황이 혼란스럽다. 극우와 극좌, 테러리즘과 반달리즘이 활개를 치고 있다. 제2차 세계대전 이후 면면히 이어져온 대의 민주주의 체제가 위협받고 있다.

대의 민주주의는 민주주의의 일종이다. 민주주의의 다양한 갈래 중에서 안정 지향적인 축에 속한다. 곳곳에서 표출되는 수많은 의견을 대표자가 1차로 정제하고, 대표자들이 모인 의결 기구에서 2차로 선별한다. 권력을 분립해 권력 집단끼리 서로 견제하게 한다. 이렇듯 여러 단계의 심의 및 견제 절차를 내재하므로 극단적인 의견은 대개 사전에 걸러진다. 격앙된 감정을 누그러뜨릴 시간, 의견을 정제해줄 대표자, 대표자를 견제할

또 다른 대표자가 존재하기에 대의 민주주의는 대체로 급진적
인 변화보다 안정을 추구한다.

안정에 강점을 보이는 만큼 변화에는 느리다. 그렇기에 변
화에 목마른 이들은 제도 바깥, 흔히 '광장'에서 대의기구를 규
탄한다. 실재하는 광장이든 SNS 같은 가상의 광장이든 사람들
은 그곳에 모여 의견을 형성하고 표출한다. 물론 극단적인 의견
도 많다. 합리적 근거가 없거나 '정동affect'이라 부르는 감정적
판단이 지배하는 주장도 다수 섞여 있다. 그래서 광장이 이성을
마비시키고 혼란을 조장하며 대의제를 무색하게 한다고 비판하
는 사람도 적지 않다. 이성적 판단을 중시하는 대의제에 익숙하
다면 감정적인 광장은 위협적으로 보일 것이다. 하지만 둡체크
와 하벨의 투쟁 같은 '광장에서 쓰인 역사'를 떠올리면 광장의
목소리를 위협으로 단정하긴 어렵다. 우리는 대다수의 사람에
게 공감을 얻고 투쟁하는 과정이 더 나은 민주주의를 향해 가는
길이라고 믿고 있다.

다시 말해 경제적 약자와 사회적 소수자에 대한 배제를
선동하는 반민주적인 구호가 있다고 해서 광장을 '민주주의의
적'이라 매도해서는 안 되며 현명하게 활용할 방법을 궁리해야
한다. 민주주의는 수많은 투쟁이 중첩되어 쉴 새 없이 움직이는
생명체이자 민주주의의 동력이다. 체코와 한국은 비슷한 시기
에 비슷한 방식으로 민주화를 이룩했다. 한국에 광화문 광장이
있다면 체코에는 비츨라프 펑징이 있다. 두 광장의 존새를 통해
민주주의의 동력은 꺼지지 않고 이어져오고 있다.

자유를 위한 체코인의 여정

보헤미아의 위상이 엿보이는 구시가 광장

본격적인 관광에 앞서 점심으로 '콜레뇨'를 먹었다. 체코식 족
발 요리인 콜레뇨는 한국 족발과 달리 겉은 바삭하고 속은 촉촉
하다. 바츨라프 광장을 한 바퀴 도는 동안 너무 더워서 맥주를
시켰는데 콜레뇨와 궁합이 참 좋았다.

식당을 나와 조금 걸으니 '시민회관'과 '화약탑'이 나왔다.
이 두 건물은 구시가지의 관문 역할을 한다. 이중 시민회관은
1918년 체코슬로바키아가 오스트리아로부터 독립할 때 민주공
화국을 선포한 장소로 지금은 콘서트홀이나 전시회장으로 쓰인
다. 아르누보 양식의 화려한 외관이 돋보인다.

바로 옆에 위치한 화약탑은 중세 시대 구시가지를 둘러싼

콘서트홀이자 전시회장으로 쓰이는 시민회관

성벽의 13개 탑 중 핵심으로 체코 왕들의 대관식 행렬이 이 문을 통과하여 프라하성으로 진입했다. '화약탑'이라는 명칭은 18세기 전쟁 중 화약 저장고로 쓰여 붙은 이름이다. 네오고딕 양식으로 지어져 교회처럼 보인다. 이곳도 화려함이 물씬 풍겼다.

구시가지 광장은 고풍스러운 건물들이 울타리처럼 에워싸고 있었다. 건물 보존 상태도 좋고 워낙 넓어서 유럽에서 손에 꼽히는 공간이다. 광장에 둘러앉아 담소를 나누거나 사진을 찍는 사람들이 많았다. 작열하는 태양 아래 사람들의 활기가 더해져 광장에 열기를 불어넣었다.

프라하의 상징이 된 화약탑

체코 민족주의의 시조, 얀 후스

✕

광장 중심에 얀 후스 *Jan Hus 1369~1415* 동상이 있었다. 후스는 체코의 종교 개혁가로 마르틴 루터*Martin Luther 1483~1543*보다 100여 년 앞선 선구자이다. 라틴어가 아닌 체코어로 성경을 강론하고 신성로마제국에 반기를 들었다는 점에서 오늘날 체코 민족주의의 시조로 추앙받는다. 동상은 그가 이단으로 몰려 화형당한 지 500년이 되던 1915년에 세워졌다. 동상 기단에는 후스가 옥중 서신에 적었다는 글귀가 적혀 있다.

> "서로 사랑하라. 모두에게 진리를 베풀라."

체코가 민족 국가 형성에 부침을 겪고 있을 무렵 이 글귀는 체코 민족의 정의를 상징했다. 사랑은 민족의 형제애로, 진리는 민족 자치로 바뀌어 읽혔다. 체코인은 그의 가르침을 가슴에 새기고 수백 년을 분투했다.

후스가 실제로 체코 민족에 어떤 사명감을 가졌을 것 같지는 않다. 그의 시대로부터 수백 년이 지난 후에야 민족 개념이 정립되었으므로 그가 민족을 떠올려 말하지는 않았을 것이다. 그러나 그는 평범한 이들을 사랑했고 진리를 전파하려 했다. 민중은 '후스파'라는 교파를 형성하여 그를 추종했다. 그가 죽은 뒤 후스파는 제국의 탄압에 맞서 '후스 전쟁'을 벌였고 끝내 종교의 자유를 인정받았다. 이러한 배경에서 보면 체코가 민족주

구시가 광장의 얀 후스 동상.
이곳에 앉아 휴식을 취하는 이들이 많다.

의로 무장했을 때 후스는 정신적 지주로 활약했다고 볼 수 있다.

자유로운 정신의 상징, 천문 시계

구시청사에 달린 프라하 천문 시계 앞에 수많은 인파가 몰려 있었다. 1410년에 설치된 이 시계는 여전히 작동하는 천문 시계 중 가장 오래되었다. 정각이 되면 종교적, 민족적 상징을 담은 모형들이 튀어나와 퍼포먼스를 펼친다. 기독교적 상징으로 요란하게 장식되어 있어 중세의 향기가 난다. 그러나 거침없는 탐구로 근대 과학혁명의 초석을 놓은 프라하의 두 과학자를 떠올리면 이 시계가 근대의 첫차라는 생각이 든다.

후스파를 중심으로 한 저항 세력 덕에 프라하는 자유로운 지적 전통을 자랑했다. 이곳에서 두 천문학자 튀코 브라헤*Tyge Brahe 1546~1601*와 요하네스 케플러*Johannes Kepler 1571~1630*가 우주의 법칙을 자유롭게 상상하고 탐구했다. 당시에는 우주가 지구를 중심으로 돈다는 지구중심설(천동설)이 지배적이었고, 이는 교황과 황제의 절대적 권위를 상징했다. 그런데 16세기 중반 코페르니쿠스가 태양중심설(지동설, '땅-지구가 돈다는 설')을 제창하자 프라하의 두 과학자가 이를 받아들이고 성실히 관측하여 과학 혁명의 토대를 쌓았다. 태양중심설은 '인간을 위해 세상이 창조되있고 교황은 신의 내리사'라는 믿음에 균열을 냈다. 본격적으로 근대의 합리적 사고가 탯줄을 떼고 세상에 나왔다.

프라하 천문 시계.
관광객들 사이로 소매치기도 많으니 조심해야 한다.

브라헤는 별의 움직임을 관측하며 축적한 방대한 자료를 병으로 사망하기 전, 자신의 보조 연구자인 케플러에게 넘겼다. 케플러는 이를 바탕으로 태양계가 원이 아니라 타원 모양이라는 사실, 행성의 공전 속도와 주기 계산법 등을 발견하여 명확한 이론으로 제시했다. 이는 당대에는 하나의 이론에 불과했으나 한 세대 뒤에 아이작 뉴턴이 이를 수학적으로 증명하면서 비로소 '케플러 법칙'이라는 이름을 얻게 되었다. 이로써 '태양이 아니라 지구가 돈다'는 근대적 우주관이 확고한 진리로 자리 잡았다. 또한 실측 데이터에 기반한 케플러의 연구 방식이 과학계의 모범으로 남았다. 프라하 특유의 자유로운 분위기가 없었다면 근대 과학의 발전은 훨씬 늦어졌을지 모른다.

체코의 최고 명물, 카를교

골목을 가로질러 프라하의 랜드마크 '카를교'를 찾았다. 15세기에 설치되어 19세기까지 구시가와 프라하성을 잇는 유일한 다리로 지금은 보행자 전용이다.

블타바강이 한눈에 들어오고 멀리 언덕 위에 있는 프라하성이 운치 있게 모습을 드러낸다. 다리 위에는 거리의 음악가들이 흥겨운 곡을 연주하고 예술가들이 다양한 작품을 전시하고 있있다. 정식 공연장도 선시장노 아니지만 그 어느 곳보다 사람들이 무궁무진한 재능을 발산하고 있었다.

다리 난간은 각종 조각상으로 장식되어 있었고, 얀 네포무
츠키Svatý Jan Nepomucký 1345~1393 동상 앞에 사람들이 몰려 있었다.
그는 바츨라프 4세Václav IV. 1361~1419 치세의 궁정 사제였으나 왕의
미움을 사 블타바강에 던져졌다. 사정은 이러했다. 바람을 피운
왕비가 네포무츠키에게 그 사실을 고해성사했는데, 왕이 그 첩
보를 듣고는 네포무츠키를 추궁했다. 사제로서 고해성사에서
들은 내용을 지켜야 하는 네포무츠키는 끝까지 입을 떼지 않았
고 화가 난 왕은 그를 강에 던져 버렸다. 후일 네포무츠키는 가
톨릭 성인으로 추대되어 그의 죽음은 순교로 승화되었다. 그는
정치권력의 압력에 맞서 종교인으로서 의무를 성실히 이행한
표본이 되었다.

동상의 발등이 지나치게 반질반질하다. 그의 발을 만지며
소원을 빌면 이루어진다는 속설 탓이다. 나도 놓칠 수 없어서
발등을 쓰다듬으며 소원을 빌었다. 비밀을 가슴에 묻고 블타바
강과 하나가 된 네포무츠키의 영혼이 그 소원을 들었을지는 모
르겠다.

카를교의 진정한 하이라이트는 노을이다. 해 질 무렵 카를
교에서 프라하성을 바라보면 최고의 풍경을 감상할 수 있다. 프
라하에서 가장 높이 있는 프라하성은 강 주변의 저지대에서 바
라보면 높고 뾰족한 지붕들이 마치 날카로운 산봉우리처럼 보
인다. 노을이 지면 그림자에 잠긴 그 뾰족한 지붕들이 주황빛
낙조와 앙상블을 이루며 도시를 장엄하게 물들인다.

카를교 바로 아래의 블타바강이 운치를 더한다. 유람선이나

얀 네포무츠키 동상. 소원을 비밀로 해주세요.

해질녘 강 건너에서 바라본 프라하성

보트를 타고 강바람을 맞으며 노을을 보려는 사람도 많다. 이 시간의 카를교는 붐벼서 자리를 잡기 어려우니 멋진 사진을 찍으려면 하늘이 붉어지기 전에 다리 난간이나 강 건너편에 진을 쳐야 한다. 사람들에게 방해받지 않고 경치를 온전히 감상하려면 그보다 훨씬 일찍 가는 편이 좋다. 봐도 봐도 또 보고 싶을 만큼 아름다운 곳이다.

존 레넌을 따라 자유와 평화를 노래하다

말라 스트라나는 구시가지에서 카를교를 건너면 나오는 구역의 이름이다. '레넌 벽'이 이곳에 있다. 비틀스 멤버 존 레넌의 이름을 따왔으나 그와 직접적인 연관은 없다. 단지 자유를 향한 그의 신념이 이곳에서 면면히 이어질 뿐이다.

공산주의 정권이 민중을 억압하던 1960년대, 학생들은 이 벽에다 반정부 메시지를 적고 시위를 벌였다. 한국 민주화 운동 당시 대학생들이 군경을 피해 교회와 절로 숨어들었듯이 체코 젊은이들은 정권을 비판하다가 경찰이 출동하면 곧장 맞은 편에 있는 프랑스 대사관으로 달려가 담장을 타고 올랐다. 담장부터 프랑스 영토이니 경찰도 함부로 건들지 못했다.

1980년에 존 레넌이 피살되자 사람들이 그가 쓴 노랫말을 벽에 적기 시작하면서 '레넌 벽'이라는 이름을 갖게 되었다. 이때부터 사랑과 평화, 자유를 요구하는 목소리가 이 벽을 통해 전

레넌 벽. 레넌의 초상 위에 수많은 낙서가 덧칠되어 있다. 걱정할 것은 없다.
레넌 초상은 매번 새로 그려진다.

파되었고 지금도 사람들은 자유와 평화를 노래하고 있다.

"Love and Peace"라는 구호가 주로 눈에 띄었다. "Fxxk Brexit", "EU Forever"라는 낙서, 자유 진영 인사들을 중국 본토에 소환하는 법안이 발의되어 반정부투쟁이 한창이던 2019년 홍콩에 관한 "Withdraw the extradition bill from HK(홍콩에서 송환법을 철회하라)", "HK Police=GANG"같은 정치구호도 있었다. 시의적절한 구호가 이곳에 쏟아진 모습을 보며 모두가 레넌을 따라 코스모폴리탄이 될 수 있다는 희망을 보았다.

아름다움에 서린 30년 전쟁의 흉터

프라하성, 성 비투스 대성당

✕

프라하 둘째 날의 키워드는 '30년 전쟁'이었다. 이날 오후 드레스덴으로 출발하기 전까지 우리는 (전)근대 유럽에서 뜨거운 전쟁 중 하나인 30년 전쟁의 자취를 따라가기로 했다. 먼저 전쟁의 발단 '프라하 창문 밖 투척 사건'이 발생한 프라하성을 찾았다. 프라하성 내에는 제3광장을 중심으로 구왕궁, 대통령 관저, 바실라카, 정원 등 여러 가지 볼거리가 있었다.

그중 성 비투스 대성당이 제일 화려했다. 1344년 카를 4세 *Karel IV. 1316~1378*의 명으로 짓기 시작하여 600년이 지난 1929년에 와서야 완공된 프라하의 자존심 같은 건물이다. 흥미롭게도 신민을 강제 동원하지 않고 돈을 주고 고용하여 지었다. 성당 내

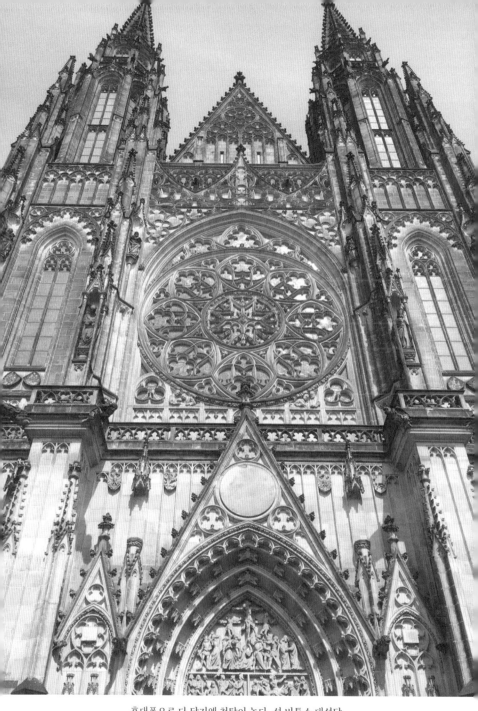

휴대폰으로 다 담기엔 첨탑이 높다. 성 비투스 대성당

부 한쪽에는 그들이 소속된 길드의 이름이 새겨져 있다.

하늘 높이 뻗은 성 비투스 성당의 첨탑은 규모가 어마어마해 휴대폰으로는 한 화면에 담기 어려웠다. 어렵게 사진을 찍은 후 성당 안으로 입장했다. 성 바츨라프 예배당의 스테인드글라스와 기독교 유물이 눈부시게 화려했다. 순은 2톤으로 만들어진 얀 네포무츠키의 묘도 위엄이 넘쳤다. 성 비투스 성당은 유럽의 수많은 성당중에서도 빼어나게 아름다웠다.

프라하성의 한 창문에서 시작된 30년 전쟁

정치외교학에서는 '30년 전쟁'을 거치며 '주권' 개념이 확립되었다고 보고 있다. 16세기 프랑스의 사상가 장 보댕에 따르면, 주권은 대내적으로는 최고 권력이며 대외적으로는 외부의 간섭을 배제하는 독립된 권력이다. 유럽 각국은 '30년 전쟁'부터 주권을 바탕으로 세력 균형을 추구했고 본격적인 근대 국제 정치의 막을 올렸다.

시발점은 프라하 창문 밖 투척 사건이다(구왕궁 총독의 방에서 투척 사건이 벌어진 창문을 확인할 수 있다). 사건의 전모는 이랬다. 16세기 초반 마르틴 루터가 종교 개혁을 개시한 이래 신성로마제국 내에서는 종교 갈등이 격렬해지고 황제 카를 5세*Karl V. 1500~1558* 시기 슈말칼덴 전쟁이 벌어졌다. 이 전쟁에서 카를 5세는 루터파 제후들을 제압하려 했으나 패했고, 1555년 전쟁의 전

프라하 창문 밖 투척 사건이 벌어진 창문

프라하 창문 밖 투척 사건이 벌어진 '총독의 방'

후 처리로 〈아우크스부르크 화의〉가 맺어져 각 지방 영주는 종교를 자율적으로 신택하게 되었다. 그러니 프라하가 속한 보헤미아 지방은 상황이 복잡했다. 자유로운 분위기 속에서 주민 대부분이 신교(후스파)를 따랐는데 루터파와 달리 후스파는 같은 신교인데도 공인받지 못했기 때문이다.

17세기 초 신성로마제국 황제 페르디난트 2세 *Ferdinand II. 1578~1637*가 즉위하면서 갈등이 다시 격해졌다. 새 황제는 보헤미아에 사절을 보내 가톨릭 질서를 강요했다. 그는 골수 가톨릭 신자로서 종교 수호자라는 권위에 집착한 데다 제국의 핵심 공업지대인 보헤미아의 반발심을 억누르고자 했다. 보헤미아 귀족들은 황제의 조처에 분노하여 사절 세 명을 창문 밖으로 집어던졌다. 그러고는 선제후 중 하나였던 프리드리히 5세 *Friedrich V. 1596~1632*를 보헤미아 왕으로 선출했다.

혈통에 따라 보헤미아 왕과 신성로마제국 황제 자리를 동시에 물려받은 페르디난트 2세는 보헤미아 왕 자리를 찬탈당하자 가만 있을 수가 없었다. 그냥 놔두면 일개 왕국 하나 지키지 못했다고 조롱당할 것이 뻔했기 때문이다. 분노한 황제는 신속히 제국군을 파견하여 반란군을 진압했다. 그런데 이번에는 주변 강대국들이 각자 신교, 구교를 구원하겠다는 명분으로 개입하면서 신성로마제국 전역이 전란에 휩싸이게 되었다. 종교를 명분으로 내세웠지만 실은 제국이 쇠약해진 틈을 타 중부 유럽의 패권을 장악하려는 속셈이었다. 덴마크, 스웨덴이 차례로 신교를 지원해 제국에 맞섰으며 마지막엔 프랑스가 신교 편에, 스

프라하성을 다 돌고 나오면 이곳 후문이다.

페인이 구교 편에 가담하여 전쟁을 치렀다. 1618년 시작되어 30년에 걸쳐 인접국 모두가 개입했고 많은 희생이 따랐다. 응축된 긴장이 프라하에서 벌어진 한 해프닝을 계기로 터진 셈이었다.

'30년 전쟁'은 엄청난 여파를 불러왔다. 전쟁 과정에서 중동부 유럽 전역은 쑥대밭이 되었다. 당시 인구 규모와 생활 수준을 가늠해볼 때 제2차 세계대전을 능가하는 인명·재산 피해가 발생했다. 전쟁 직전 프랑스와 함께 유럽 2대 패권국이던 신성로마제국은 주변 강대국에 물어뜯겨 너덜너덜해졌다. 1648년 종전 협상의 산물인 〈베스트팔렌 조약〉으로 제국 치하의 왕국과 주교령들은 광범위한 자치권을 부여받아 사실상 독립했고, 교황과 황제가 유럽 전역에 마수를 뻗치던 시대에서 주권 국가끼리 우열을 겨루는 시대가 도래했다.

종교의 시대도 저물기 시작했다. 종교 개혁으로 등장한 신교 중 루터파에 이어 칼뱅파까지 신앙의 자유를 인정받았다. 다만 보헤미아가 쑥대밭이 되면서 이를 근거지로 하던 후스파는 쇠락했다.

'이단'이라는 개념은 희미해지고 종교적 신념이 아닌 실용적 사고가 세계를 지배해 유럽 각국은 본격적인 근대 국가로 탈바꿈했다. 프랑스 루이 14세는 중앙 집권 체제를 확립하여 절대 왕정을 구축했고, 영국은 1688년 명예혁명을 통해 국왕의 권력을 제한하고 의회에서의 토론과 합의를 중심으로 국가를 운영하는 자유주의적 입헌 군주정을 수립했다.

'30년 전쟁'은 그야말로 유럽사의 방향타를 돌려버렸다. 이곳 프라하성 창문에서 나비의 날갯짓이 일으킨 바람이 거대한 태풍이 되어 근대 유럽이 진화하기 시작했다.

프란츠 카프카의 고향, 프라하 황금소로

✗

프라하성을 모두 보고 후문으로 나오니 낮고 좁은 집들이 나란히 서 있는 황금소로가 우릴 반겼다. 과거 이 길에는 성에서 일

카프카 두상 조형물
(Franz Kafka - Rotating Head)

하는 노동자나 금을 세공하는 기술자들이 거주했다. 현재는 전시관이나 체험관, 기념품점으로 개조되어 매력을 뽐낸다. 세계적인 문호 프란츠 카프카가 살던 집이 이곳에 있다.

프라하 곳곳에는 카프카 두상 조형물이나 카프카 박물관 등 카프카를 기념하는 시설이 꽤 있는데, 정작 카프카는 프라하에 애정이 없었다고 한다. 독일계 유대인인 카프카가 살던 당시 프라하에서도 유대인 탄압이 한창이었기 때문이다. 그래도 그의 흔적이 잘 남아있으니 관심 있는 사람은 방문해보길 권한다.

발렌슈타인 궁전, 제국 젖줄의 위상을 보여주다

프라하성과 황금소로가 자리한 네루도바 언덕을 내려오니 발렌슈타인 궁전과 정원이 보였다. 발렌슈타인 궁전은 '30년 전쟁'에서 제국의 사령관으로 맹활약한 알브레히트 폰 발렌슈타인 *Albrecht von Wallenstein 1583~1634*의 저택이다. 그는 절체절명의 순간마다 기지를 발휘해 전쟁을 승리로 이끌었고 황제에 버금가는 신망을 얻었다. 그러나 이것이 황제 페르디난트 2세의 경계심을 자극하여 결국 황제에 의해 암살당했다. 발렌슈타인 없는 제국은 프랑스에 굴복하였고 그로 인해 황제의 권위는 바닥까지 추락하였으니 아이러니가 아닐 수 없다.

황제에 버금가는 명성을 지닌 인물이 거주할 정도로 번성한 프라하. 여기에서 우리는 신성로마제국이 왜 프라하를 민감

프라하를 떠나기 전 마지막 일정, 발렌슈타인 궁전

하게 다루었는지 짐작할 수 있다. 그것은 바로 프라하가 오스트리아를 대신해 제국을 먹여 살린 젖줄이자 황제를 견제할 능력을 갖추었기 때문이다. 현재 발렌슈타인 궁전은 체코 상원 의원 건물로 사용되고 정원은 일반에 개방되었다. 정원에는 초록빛을 만발하는 풀들이 사각형 미로처럼 우거져 있고 그리스·로마 조각상과 다소 기괴한 종유석 벽도 볼 수 있다. 여름밤엔 이곳에서 연주회가 열린다는데, 싱그러운 이곳 분위기와 경쾌한 악기 소리가 잘 어울릴 듯하다. 볼거리도 먹거리도 많은 만큼 미련이 남았지만, 우리는 프라하를 떠나 독일 드레스덴으로 향했다.

EUROPE

★★★★★

3부

반성에서 공존으로

독일

★★★★★

베를린

폴란드

독일

뮌헨

뉘른베르크

체코

슈반가우

드레스덴

베르히테스가덴

오스트리아

헝가리

드레스덴

작센의 중심에서 종교 개혁을 보다

개혁가를 품은 포용력 넘치는 도시

독일 동쪽 구석에 있는 드레스덴은 신성로마제국 시대 종교 개혁가 마르틴 루터를 보호했던 작센 선제후 프리드리히 3세 *Friedrich III. 1463~1525*의 영지였다. 종교 개혁의 요람이기도 한 유서 깊은 도시이기에 역사에 관심 있는 사람이라면 드레스덴을 그냥 지나칠 순 없을 것이다.

앞으로 계속 등장할 '신성로마제국'은 주교령(교회령)과 군소 왕국의 연합체였다. 각 지방 통치자를 '제후' 혹은 '왕'이라 부르고, 이중 신성로마제국 황제 선출권을 지닌 강력한 소수를 '선제후'라고 불렀는데, 황제도 이들을 함부로 할 수 없었다. 그 중에서도 작센 선제후는 가장 강력하여 프리드리히 3세는 종교 개혁가 마르틴 루터를 가톨릭교회로부터 책임지고 보호해줄 수 있었다.

드레스덴은 예술이 발달해 '독일의 피렌체'라는 별칭도 갖고 있다. 동서 교류의 요충지에 위치하여 동양 도자기를 들여와 자체적으로 발전시켰다. 이 도자기들은 츠빙거 궁전 내부의 도자기 박물관과 미술관에서 감상할 수 있다. 드레스덴은 전쟁의 참혹함을 몸소 겪은 도시이기도 하다. 30년 전쟁, 7년 전쟁, 나폴레옹 전쟁, 제2차 세계대전을 거치며 도시 전체가 반복적으로 파괴당했다. 특히 제2차 세계대전 당시 연합군의 폭격을 맞아 도시 전체가 잿더미가 되었다. 비극을 극복한 지금은 '독일의 피렌체'라는 이름값을 톡톡히 하고 있지만, 이 때문에 옛 건물에는 검게 그을린 흔적이 또렷이 남아있다. 드레스덴은 관광 명소가 밀집되어 있어 산책하듯 여행하기에도 좋다.

루터에 밀린 강건왕

✕

탁 트인 노이마르크트 광장에 위치한 성모 교회를 가장 먼저 찾았다. 성모 교회는 츠빙거 궁전, 젬퍼 오페라 극장과 함께 드레스덴을 대표하는 건축물로 꼽힌다. 웅장한 교회를 배경으로 광장 중앙에 마르틴 루터 동상이 세워져 있다. 아이러니하게도 작센 왕 프리드리히 아우구스트 2세 *August II. 1670~1733* 동상은 광장 변두리에 서 있다. 그는 본래 개신교(루터파) 신자였으나 폴란드 왕으로 선출되기 위해 가톨릭으로 개종했다. 하지만 당시 작센 민중의 95%가 개신교 신자였기에 작센에 새로운 종교적 조치를 취하지는 않았다.

아우구스트 2세는 강건왕der Starke으로 불렸다. '현명하진 않지만 우직하다'는 의미를 약간 비꼬는 호칭이다. 그는 예술을 숭앙하여 오늘날 드레스덴을 대표하는 건축물 다수를 지었으나 민중의 눈에 그는 어디까지나 향락과 사치에 빠진 우둔한 군주였다. 루터는 종교 '개혁가', 아우구스트 2세는 강건'왕'이었다. 개혁가는 민중과 호흡을 맞추지만 왕은 민중에게 밉상스러운 존재였고, 특히 심미적 욕구가 강한 왕일수록 민중의 궁핍한 사정을 신경 쓰기보다 자신의 화려한 욕심을 부리기 마련이라 더욱 그러했다. 광장에 놓인 두 동상의 위치에서 그것을 확인할 수 있었다.

작센이 루터를 보호하게 된 복잡한 사정

광장의 루터 동상 앞에서 사진을 찍고 성모 교회 내부로 입장했다. 예배당에 앉아 눈을 감고 오르간 선율에 귀를 기울이며 드레스덴과 루터의 관계를 생각했다. 루터는 어떤 의미이기에 작센의 수도인 드레스덴 한가운데 우두커니 서서 위용을 뽐내는가?

그는 작센이라는 지방의 자주성과 강대함, 개방성과 포용력을 상징한다. 이야기는 루터가 〈95개 조문〉을 발표한 1517년

종교 개혁가 마르틴 루터를 품어준 드레스덴.
성모 교회 앞에 있는 루터 동상

드레스덴을 대표하는 성모 교회

으로 거슬러 올라간다. 13세기까지 이어진 십자군 전쟁의 실패, 14세기 유럽을 강타한 흑사병으로 교황 중심의 중세 질서는 차츰 붕괴하고 '르네상스 시대'가 열리면서 합리적이고 세속적인 세계관이 퍼져 나갔다. 프랑스, 영국, 독일 각 지방의 강력한 제후들도 근대 국가의 기틀을 마련하기 시작했다. 교황의 권위가 나날이 추락해 가자 위기감을 느낀 개혁파 사제들은 교황을 선출하는 협의체인 공의회를 통해 개혁을 시도했으나 교황들은 현세에서 저지른 죄가 사해지고 천국에 갈 수 있다며 면죄부(면벌부)를 팔고 성직조차 사고팔아 그 자금으로 사치를 즐겼다. 특히 교황 레오 10세 *Leo PP. X. 1475~1521*는 면죄부 판매로 가톨릭의 성지인 바티칸의 성 베드로 대성당 건축 기금을 마련할 정도였다. 바야흐로 교회의 권위는 바닥에 떨어졌고 종교 개혁이 촉발되었다.

　루터는 교황 중심의 가톨릭이 타락했다고 비판하며 '신앙의 회복'을 외쳤다. 그리고 '오직 믿음'과 '오직 성경'이라는 혁명적인 슬로건을 제시했다. 그는 읽을 수 없는 성서가 장벽이 되어 신도들의 진정한 종교적 체험을 가로막는다고 생각했다. 누구든 믿음만 있으면 성서를 해석할 수 있다며 중세 교회의 독점적 성서 해석권을 부인했다. 이런 루터의 행보는 교황과 교회의 수호자를 자임하던 황제 카를 5세에게 큰 위협이 되었다. 루터는 제국과 교회 양쪽에서 위험인물로 낙인찍혀 도피 생활을 시작했다. 이때 작센 선제후 프리드리히 3세가 루터를 보호하기로 결단했는데, 제국에 큰 타격을 주게 된 이 일이 가능했던 이유와 그 여파를 이해하려면 신성로마제국에 대한 이해가 필요하다.

신성로마제국의 특성과 작센 왕의 입지

신성로마제국_Holy Roman Empire_은 중세 버전 EU라고 비유될 만한 국가 간 연합체다. 오늘날의 독일, 오스트리아, 체코, 헝가리, 이탈리아, 스페인, 벨기에, 네덜란드, 룩셈부르크 등 광범위한 영토를 포괄한다. 하지만 결점투성이라서 프랑스 철학자 볼테르는 신성로마제국을 "신성하지도 않고 로마에 있지도 않으며 제국도 아닌 어떤 것"이었다고 평가했다.

먼저, 신성로마제국은 신성_Holy_하지 않았다. 신성한 제국이라는 이름에 걸맞아지려면 황제가 가톨릭의 우두머리 교황과 정통성을 공유해야 한다. 그래서 역대 황제들은 교황으로부터 공인을 받아 왔다. 그러나 시간이 지나면서 두 권력 사이에 갈등이 심해졌고, 교황과 황제의 권위가 일치하지 않는 불안정한 상황에서 벌어진 '종교 개혁'은 제국의 권위를 붕괴시켰다. 일부 제후는 루터교로 개종하면서 황제의 종교적 정통성을 부인했다. 결국 제국 내 종교적 통일성은 무너지고 교회의 수호자를 의미하던 '신성'이라는 단어는 허울만 남게 되었다.

두 번째, '로마_Roma_'도 아니었다. 로마는 이탈리아의 수도이자 옛 로마 제국의 이름이다. 그러나 제국 황제는 주로 독일-오스트리아 지역에 거주했으며, 로마는 교황청만 덩그러니 놓인 주변부 신세였다. 로마라는 이름은 로마 제국을 계승한다는 명분을 위해 갖다 붙인 것에 불과했다. 현대 법률의 기원이 되는 로마법*을 계승하긴 했지만, 제도를 베꼈을 뿐 로마를 계승했다고 보기는 어렵다.

세 번째, 엄밀한 의미에서의 '제국Empire'도 아니었다. 제대로 된 제국의 황제라면 전 영토에 우월한 지배력을 행사할 수 있어야 한다. 그러나 황제는 선제후 간 경쟁과 타협으로 선출되었으며 실제 통치권은 각 지방 제후가 행사했다. 황제가 통치권을 행사하려면 제후들의 동의 혹은 승인을 받아야 했다. 통치권을 과도하게 행사하면 제후들이 반발해 전쟁을 일으켰다. 수차례의 전쟁을 거치며 황제의 영향력은 약해졌고 19세기 초 나폴레옹 전쟁에서 패한 뒤로 제국은 여러 국가로 뿔뿔이 흩어졌다.

이러한 배경 아래 프리드리히 3세는 비텐베르크 대학을 설립·운영하여 독자적인 지적 기반을 갖추고, 교수이자 개혁가였던 마르틴 루터를 보호한 것이다. 이로써 작센은 제국에 반대 의견을 낼 수 있을 만큼 강대하다는 자신감을 과시했다. 당대 이단이던 루터의 사상을 수용할 만큼 개방적이고 포용적이라는 광고효과도 있었다. 제국은 큰 위협을 느꼈고 무리하게 종교 전쟁을 수행하여 자멸의 길을 걸었다. 프리드리히 3세 개인의 호의와 신념도 작용했겠지만 그 아래를 떠받치던 거대한 정치적 구조를 빼놓고는 루터의 종교 개혁을 논하기 어렵다. 정치 현상을 표면의 명분만으로 파악해서는 안 되는 이유가 여기에 있다.

◆ 로마법은 공적 영역(공법)과 사적 영역(사법)에 대한 규범을 성문화하여 현대 법률의 기원이 되었다고 평가 받는다.

Dresden

드레스덴

쑥대밭에서 일어서다

궁정 교회와 브륄 테라스

성모 교회에서 나와 엘베강을 따라 걸었다. 강둑을 따라 알버
티눔 미술관, 궁정 교회 등 옛 건물과 조각상이 형성된 이 구역
은 브륄의 테라스이다. 과거 작센 재상 하인리히 폰 브륄*Heinrich
von Bruhl 1700~1763*의 저택이 있었던 그의 이름을 땄다고 한다. 맑은
하늘 아래 테라스 옆으로 한적한 엘베강 풍경이 펼쳐졌다. 현대
적인 구조물 없이 옛 건물만 있어서 타임머신을 타고 과거로 온
기분이었다. 이토록 평화롭고 낭만적이라니. '테라스'라는 이름
이 잘 어울렸다.

    신시가지와 구시가지를 잇는 엘베강 위의 아우구스투스
다리도 눈에 띄었다. 다리를 지탱하는 아홉 개의 아치가 한산한

엘베강 풍경이 펼쳐진 산책하기 좋은 브륄 테라스

엘베강에 우아함을 더했다. 다리 위는 강 양안을 오가는 행인으로 북적거렸다. 다리 위에서 바라보는 구시가지 전경이 정말 아름답다고 들었는데, 2019년 내가 갔을 때는 다리 공사로 가림막이 세워져 있어 볼 수가 없었다.

드레스덴 폭격, 도시를 그을리다

아름다운 드레스덴의 옥에 티라면 건물들이 하나같이 시꺼멓게 그을려 있다는 점이다. 브륄 테라스에 늘어선 그을린 건물들은 마치 현무암으로 지어 올린 듯했다.

이 모두가 제2차 세계대전 중에 발생한 '드레스덴 폭격'의 흔적이다. 독일 패망 직전까지 드레스덴은 독일에서 드물게 연합국의 폭격을 피해 간 도시였다. 이 점을 이용해 독일은 무기공장을 설비하는 등 이 부근을 군수 기지로 활용했다. 그러나 전세는 이미 연합군 측에 기울어져 있었고 독일군의 몇 안 남은 생명줄인 드레스덴은 풍전등화였다. 1945년 2월 영국 윈스턴 처칠 *Winston Churchill 1874~1965* 총리의 주도 아래 연합군은 드레스덴에 폭격을 가했다. 독일의 무기 생산 능력을 무력화하고 전쟁 내내 영국 도심에 가해진 폭격을 고스란히 돌려주기 위해서였다.

이 폭격으로 도시의 90%가 파괴되어 냉전기까지 그대로 방치되었다고 한다. 동독 공산당이 드레스덴의 폐허를 서방 부르주아가 벌인 만행의 증거로 삼아 제2차 세계대전의 책임을

거뭇거뭇 그을린 검은 부분이 전쟁의 아픔을 보여주고 있다.

전시된 성모 교회를 이루던 잔해 일부

서방에게 돌리려 했기 때문이다. 이후 동독과 서독이 통일되고
냉전이 막을 내리면서 회복과 화해의 시대가 도래되자 드레스
덴은 그제야 재건 작업에 들어갔다. 파괴된 건물의 복원 공사도
1993년부터 시작되었다.

　노이마르크트 광장에 있는 성모 교회는 아래쪽은 검게 그
을린 벽돌로, 위쪽은 새로 쌓아 올린 흰 벽돌로 이루어져 있다.
흰 바탕 중간중간 점을 찍어둔 듯 흰 벽돌 사이에 박힌 검은 벽
돌이 이질감을 더했다.

　'검은 벽돌'들은 원래 교회의 부속물이었다. 땅 위에 흩어

져 있거나 땅속에 묻혀 있던 것들을 원래 자리에 찾아 넣었다. 교회 뒤쪽에는 예전 교회의 잔해 일부가 전시되어 있다. 파괴의 흔적과 폐허로부터 회복하려는 노력, 그 둘의 공존을 보여준다. 동시에 전쟁의 참혹함에 대한 경고와 과거에 대한 반성을 느끼게 한다.

영국의 복수심과 민간인 학살

드레스덴 폭격은 처칠의 강력한 주장에 따라 이루어졌다. 그 배경에는 영국이 독일에 복수심을 불태우던 상황이 있었다. 독일은 유럽 중원과 영국에 꾸준히 폭격기를 날렸다. 전면전에서는 영국 공군에 제압당했지만, 런던을 수차례 기습하여 불바다로 만들었다. 특유의 사이렌 소리를 내는 슈투카 *Stuka, Ju87*(급강하 폭격기)가 대민 폭격에 주로 활용되었다. 영국인에게 이 소리는 가장 큰 공포였다. 사실 슈투카는 성능이 뒤떨어져 전장에서 일찍이 퇴출당했다. 그런데도 오늘날까지 대중매체에서는 독일 전투기를 묘사할 때 꼭 슈투카 특유의 소음을 넣는다.

그러나 영국이 아무리 큰 피해를 당했더라도 드레스덴 폭격은 비인도적인 처사였다. 군수 공장은 드레스덴 중심지 밖에 있었는데도 연합군은 주거가 밀집한 드레스덴 중심부를 집중적으로 타격했다. 이로 인해 약 2만에서 최대 13만 5천 명 사이의 민간인이 사망했다. 비인도적인 이 폭격은 '나치나 연합군이나

궁정 교회. 밝게 보이는 부분은 복원된 부분이다.
검은 부분은 그을러서 그렇다.

'똑같다'는 친나치적 수정주의 사관의 근거로 자주 동원되었다. 나치의 만행에 비견할 순 없지만 민간인 학살은 엄연한 전쟁 범죄다. 상대방이 얼마나 잘못했든 내가 저지른 잘못도 잘못은 잘못이다.

폭격 희생자들은 하이데프리트호프 공동묘지에 묻혔다고 알려져 있으나 정확한 정보는 아니다. 나치는 산더미처럼 쌓인 시신을 일일이 매장하기보다 일괄적으로 화장하는 방식을 선호했기 때문이다. 완전히 소각하지 못한 수천 구의 시신이 도시

재건 중 땅속에서 발견되는 일도 있었다. 공동묘지에 세워진 추념비에 다음과 같이 적혀 있었다.

"얼마나 죽었던가. 아무도 알지 못한다. 여기 이름 없는 너의 상처에서 가혹한 시련을 본다. 인간이 만든 불지옥에서 타 버린 당신이 겪어야 했던."♦

복수심과 어리석음

드레스덴은 아픈 역사를 온몸으로 전시하고 있었다. 사진을 찍으면 하늘만 파랗고 건물이 온통 검게 보인다. 문득 숙연한 마음이 들었다.

인간의 복수심이 참 무섭다. 복수는 또 다른 복수를 낳아 비극으로 이어진다. 나폴레옹에게 짓밟힌 복수심으로 독일은 제1차 세계대전에서 프랑스를 공격했고, 그에 대한 복수로 프랑스는 '베르사유 체제'를 구성해 독일을 옥죄었다. 굴욕감을 느낀 독일은 히틀러를 지도자로 뽑아 제2차 세계대전을 일으켰다. 그러자 이번에는 영국이 드레스덴에 분을 풀었다.

인류는 복수심을 정복하지 못했다. 그 업보는 매번 돌고

♦ 《동유럽-CIS 역사 기행》 유재현 지음, 그린비.

돌아 복수한 자신이 뒤집어쓴다. 엘베강은 인간의 어리석음이 초래한 검은 비극을 목격하고도 말없이 흐른다. 언제까지 복수심에 사로잡혀 살육을 벌일 것인지 혀를 차듯이.

예술의 도시로 탈바꿈시킨 도자기들

브륄 테라스까지 둘러본 후 아우구스트 2세의 미적 취향이 한껏 드러난 츠빙거 궁전에 들렀다. 1722년 왕실 축제장으로 지은 츠빙거 궁전은 정방형 구조로 화려한 건물과 잘 정돈된 드넓은 안뜰이 돋보였다. 건물 기둥과 옥상 난간에 세워진 석상은 햇살을 받아 휘황찬란하게 빛났다. 빛나는 구조물일수록 심각하게 파괴되어 최근에 복원한 것이라 하니 그 빛이 도리어 서글프게 보였다. 궁전 내부는 도자기 박물관과 과학 기술 박물관, 거장 회화관, 식당과 카페로 쓰이고 있었다.

　도자기 박물관의 도자기는 드레스덴을 독일의 피렌체로 탈바꿈시킨 주역이다. 당시 유럽 제후들은 위세를 과시하기 위해 진귀한 보물을 경쟁적으로 수집했는데, 동양의 도자기를 특히 귀하게 취급했다. 아우구스트 2세는 유독 도자기 수집에 열을 올렸다. 한술 더 떠 근교 마이센에서 도자기 제작을 시도했다. 작센은 동양과의 무역을 장악하고 도자기 거래를 독점해온 네덜란드에서 도자기를 수입할 수밖에 없었는데, 아예 도자기를 제작하여 비싼 값에 팔 궁리한 것이다. 아우구스트 2세는 기

생동감 넘치는 동물 모양 도자기

술자들을 독려하기 위해 상금도 내걸었다. 잡다한 금속으로 순
금을 만들려던 연금술사들처럼 무수한 기술자들이 도자기를 만
들려고 애썼다. 이들은 처음에는 유리 공예품에 색칠해 모조품
을 만들어내는 데 그쳤지만, 1710년 유럽 최초의 진짜 도자기
를 제작하는 데 성공했다. 마이센 도자기는 작센의 위상을 드높
였다.

　도지기 박물관에는 왕이 수집한 동양 도사기와 마이센 도
자기가 전시되어 있었다. 우리는 마이센 도자기를 제작하기까

지 어떤 시행착오를 겪었는지 시간 순서대로 관람했는데, 그중 노사기 동물원이 흥미로웠다. 아우구스트 2세는 도자기제자법을 알아낸 뒤 동물을 도자기로 섬세하게 재현하여 왕궁 내에 전시했다. 생동감 넘치는 동물의 형상이 진짜 잘 표현되었다.

그런데 도자기를 구경하며 의문이 들었다. 도시가 심각하게 파괴당했는데, 도자기는 어떻게 무사할 수 있었을까? 제2차 세계대전 중 소련이 노획하여 안전한 창고에 보관한 덕분이다. 츠빙거 궁전에 소장되었던 도자기는 가치가 컸다. 마이센 도자기는 유럽 최초의 진짜 도자기였고, 동양 도자기는 최상급 상품이었다. 소련은 그 가치에 주목하여 도자기를 전쟁 배상금 명목으로 가져갔고 10년 넘게 모른 척하고 있다가 1958년 동독에 반환했다. 도자기들은 츠빙거 궁전이 다시 문을 연 1962년에 세상에 다시금 선보였다. 모진 풍파를 겪은 속사정을 알고 나니 새삼 귀해 보였다.

도자기 박물관은 두 번째 방문이었는데, 처음 왔을 때는 3시간 넘게 머물며 모든 전시물의 설명을 열심히 읽었다. 전시관마다 시대별 도자기의 특징을 설명해두었고, 각 도자기마다 누가 언제 어느 나라로부터 어떻게 가져왔고 무엇을 표현한 것인지 도자기에 얽힌 이야기가 흥미로워 시간 가는 줄 몰랐기 때문이다. 하지만 이번 두 번째 방문 때는 그 정도는 아니었다. 다시 보게 되어 반갑긴 해도 설명을 다시 읽을 만큼 흥미가 돋지는 않았다. 새삼 처음에 열심히 읽어두길 잘했다는 생각이 들었다. 역시 여행은 첫술에 배부르게 한 번 할 때 제대로 해야 한다.

청나라 도자기는 대개 강희제와 건륭제 치세에
유럽에 들어왔다고 한다.

유리로 빚은 가짜 도자기

꿋꿋하게 폐허에서 일어난 드레스덴을 떠나며

궁전이 문을 닫기 1시간 전에 과학 기술 박물관에 들렀다. 거대한 망원경과 해시계, 대포와 총, 금박을 덧씌운 안경, 컴퍼스 같은 작은 생활용품까지 왕실 차원에서 제작한 으리으리한 물건들이 진열되어 있었다. 시간이 얼마나 빠르던지 나름 분주히 구경했는데도 폐장 시간이 다 되었다. 순박한 인상의 관리인이 멀리서 우리 뒤를 살금살금 따라왔다. 빨리 뒷정리하고 퇴근하고 싶은 애절한 표정에 10분 정도 일찍 나왔다. 거장 회화관에는 유명한 작품이 꽤 있다고 들었는데, 이날은 박물관 사정상 일찍 문을 닫아서 가보지 못했다.

츠빙거 궁전에서 나오니 오후 6시였다. 저녁 8시 버스를 타고 베를린으로 출발할 예정이었다. 버스 시간까지 거리 공연을 보다가 '군주의 행렬'을 훑었다. '군주의 행렬'은 역대 작센 군주 35명과 과학자 등 주요 인물 59명을 연대기 순으로 그린 벽화이다. 2만 4,000여 개의 도자기 타일로 된 102m짜리 벽화로 드레스덴 폭격에서 살아남은 몇 안 되는 구조물이다.

늦은 오후의 햇살은 강렬했고 우리는 아래 벤치에 앉아 잠깐의 휴식을 취했다. 납작 복숭아로 요기를 한 후 버스를 타고 베를린으로 출발했다.

군주의 행렬. 드레스덴 폭격에서 살아남았다.

반성으로 꽃피운 민주주의와 다양성

주말의 베를린은 24시간 영업 중

베를린에 도착하니 어느덧 11시였다. 많이 늦은 시간이었지만 상관없었다. 금요일은 베를린 지하철이 24시간 운행하기 때문이다. 베를린은 클럽으로 유명해서 주말 3일(금, 토, 일)에는 지하철 24시간 운행으로 클럽 산업을 지원한다. 세계 최고의 DJ들이 몰려들고, 클럽에서 숙식하며 춤을 추는 EDM 마니아도 적지 않다. 유명한 클럽은 옷차림이 후줄근하면 들여보내 주지 않는다고 하는데 무리할 필요는 없다. 적당히 힙하면 충분하고, 사실 입장 당락(?)은 운에 달려 있다. 클럽 산업 덕분에 우리는 늦은 시간에도 걱정 없이 지하철을 타고 숙소로 갈 수 있었다.

나치 박물관, 테러의 지형학

베를린에서 처음 향한 곳은 '테러의 지형학'이다. 나치 친위대인 슈츠슈타펠SS, Schutzstaffel(이하 SS) 본부가 있던 곳에 세워진 나치 박물관이다. 나치의 만행을 실물 사료와 함께 상세히 전시해 두었다.

슈츠슈타펠은 우리가 아는 악명 높은 기관을 사실상 전부 통할했다. 비밀경찰 게슈타포Gestapo, 특수 작전 집단 아인자츠그루펜Einsatzgruppen도 슈츠슈타펠 소속이었다. 게슈타포는 한국의 국정원, 정확히는 독재 시절 중앙정보부나 안기부에 해당한다. 억압적인 국가 정보기관의 효시라고 할 수 있다. 아인자츠그루펜은 홀로코스트 같은 전쟁 범죄를 비밀리에 실행하는 '학살 조직'이었다.

박물관 앞은 옛 베를린 장벽이 통과하던 구간이었다. 꽤 온전한 형태로 보존된 장벽 앞으로 슈츠슈타펠이 벙커로 사용한 지하 공간 잔해가 드러나 있었다. 박물관에는 나치 내부 문서와 사진, 그에 대한 자세한 설명을 전시했으나 대부분이 인물과 사건에 대한 설명이고 가치 판단 없이 건조하게 서술하여 나치의 행적만을 객관적으로 파악할 수 있을 뿐이었다. 즉 이를 통해 당시 나치가 얼마나 '체계적으로' 전쟁 범죄를 저질렀는지는 알 수 있었으나 구두로 비밀리에 수행한 학살은 실물 자료가 부족해 알 수 없었다.

박물관 바로 앞은 옛 베를린 장벽이 통과하던 구간이다.
꽤 온전한 형태로 장벽이 보존되어 있고 장벽 바로 앞으로
SS가 벙커로 사용한 지하 공간 잔해가 드러나 있다.

독재자의 특성

'나치'를 통해 독재 정권 통치기구의 특징을 알 수 있다. 나치라는 조직의 역할과 규모는 히틀러와 그 측근의 정치공학 의도에 따라 수시로 변했다. 히틀러는 나치 집권의 일등 공신인 나치돌격대 *SA, Sturmabteilung*(이하 SA)의 힘을 빼기 위해 SS를 창설했다. 그러고는 SS를 기반으로 SA 인사들을 숙청했다.

이때부터 히틀러의 총애를 얻은 하인리히 힘러 *Heinrich Himmler 1900~1945*는 자신의 입지를 강화하고자 SS의 규모를 크게 키웠다. 군부 인사와 나치당 실권자는 알력 다툼을 벌이며 서로 경쟁했다. 독재자들은 당과 군부, 정보기관 각각에 힘을 실어주거나 빼는 방식으로 측근을 관리했다.

독재자는 대개 비슷하다. 대중의 지지를 바탕으로 국가조직을 사유화하고, 이를 바탕으로 공포 정치를 시행하며, 최측근들을 끝없이 시험하다가 위기가 닥치면 비참한 최후를 맞는다. 히틀러, 스탈린, 박정희 모두 비참한 최후를 맞았다. 히틀러는 벙커에 숨어있다가 애인과 권총으로 자살했다. 스탈린은 갑자기 쓰러졌는데, 최측근들이 죽어가는 그를 제대로 치료하지 않고 바로 옆에서 후계자 논의를 진행했다. 박정희는 알다시피 김재규라는 '임자'가 쏜 총에 명을 달리했다. 각각 영화 〈다운폴〉, 〈스탈린이 죽었다〉, 〈남산의 부장들〉에서 르포 수준으로 다루고 있으니 관심 있다면 감상해보길 추천한다.

반성을 통해 이룩한 민주주의, 독일 연방의회 의사당

다음은 독일 연방의회 의사당으로 향했다. 이 건물은 19세기 후반 보·불전쟁에서 승리하여 받아낸 배상금으로 화려하게 지었다. 나치 집권기인 1933년 방화 사건으로 전소되었으나 나치는 독일 정신에 맞지 않는다는 이유로 이를 방치했다. 독일 연방의회 의사당은 통일 후인 1992년 재건에 착수하여 1995년 독일 민주주의의 부활을 알리며 장엄한 모습으로 재등장했다. 건물 전면에는 'Dem Deutschen Volke(독일 국민을 위하여)'라는 말이 새겨져 있다.

독일 연방의회 의사당을 관람하려면 사전 예약이 필요하다. 우리는 정해진 시간에 입구로 가서 예약을 확인받고 소지품 검사 후 입장했다. 가이드의 안내를 받아 엘리베이터를 타고 위층으로 올라가니 중심에 사방이 거울로 뒤덮인 기둥 모양의 조형물이 있었다. 아래를 내려다보니 의사당 내부가 훤히 보이는 천창이 있고 서로 다른 각도로 설치된 거울에 반사된 햇빛이 의사당 전체를 밝혔다. 국민에게 의정활동을 투명하게 공개하겠다는 정신을 표현한 것이라고 한다. 거울을 자연조명으로 활용하는 모습에서 창의적이고 미래 지향적인 면모도 살필 수 있었다. 의사당 내부로는 들어갈 수 없었지만 위에서 보는 것만으로도 가슴 벅찼다.

제2차 세계대전 이후 독일은 과거를 참회하며 안정적이고 혁신적인 민주주의를 수립하기 위해 노력했다. 나치를 지지하

거울로 이루어진 기둥 아래에 의사당이 내려다보인다.

거나 계승하는 행위를 법으로 금지하고, 권한을 남용하여 의회 정치를 무너뜨리지 못하도록 대통령을 실권 없는 상징적 존재로 격하시켰다.

흥미롭게도 한국은 비슷한 역사를 겪었으나 제도적으로는 반대의 길을 걸었다. 4.19혁명으로 이승만이 하야한 후 제2공화국은 대통령 중심제를 버리고 의원 내각제를 도입했다. 당시 민주당은 장면을 총리로 내세워 입법과 행정 모두를 장악했다. 그런데 5.16군사쿠데타로 박정희 군부가 정권을 잡고 대통령 중심제를 부활시켰다. 박정희와 그를 이은 전두환까지 한국은 1인 독재에 가까운 제왕적 대통령 아래 신음했다. 그런데도 우리나라는 여전히 대통령 중심제를 고수하고 있다. 독일이 히틀러를 겪고 완전한 의원 내각제로 돌아선 모습과 대비된다.

독일은 의원 내각제를 확립했을 뿐만 아니라 연동형 비례 대표제를 도입해 실제 의석수가 정당 지지율을 충실히 반영하도록 했다. 한국처럼 정당 지지율은 20%에 육박하는데 의석수는 한 자릿수에 그치는 일이 독일에서는 발생하지 않는다. 아울러 바이마르 공화국을 수렁에 빠뜨린 군소 정당 난립을 방지하기 위해 '5퍼센트 저지 조항'도 만들었다. 비례 대표 의석을 얻으려면 정당이 전체에서 5% 이상 득표하거나 세 개 이상 지역구에서 의원을 배출해야 한다. 지나치게 극단적인 정당은 해당 조건을 충족하기 어려우므로 극단 세력의 득세를 저지하는 효과가 있다. 하지만 이는 신생 정당의 의회 진출을 가로막는

다는 단점이 되기도 한다.◆

제도적 구심력과 사명감을 바탕으로 독일 정치인들은 좌우를 막론하여 '사회적 시장 경제'와 '동·서 통일'이라는 거대 의제에 초당적 공감대를 형성했다. 사회적 시장 경제란 개인의 자율성을 최우선시하면서도 국가(사회)가 개입하여 시장의 부작용을 조정해주는 시스템을 가리킨다. 양대 정당 기독민주연합(이하 기민련)과 사회민주당(이하 사민당)은 상대로부터 정권을 탈환하더라도 좋은 정책은 폐기하지 않고 발전시켰다. 사민당은 기민련이 추진하던 시장주의 개혁을, 기민련은 사민당이 추진하던 동방정책(독일판 햇볕정책)을 이어받았다. 유력 정당들이 만들어내는 응집력 속에 자유민주당과 녹색당 같은 군소정당들도 제 역할을 하며 다양성을 꽃피웠다. 이를 바탕으로 독일은 강력한 경제력과 촘촘한 복지체계를 확립했고 통일도 이룩했다. 히틀러의 등장을 외부 탓으로 돌리지 않고 내부에서 반성하고 쇄신한 결과, 독일은 선진 민주주의 국가로 다시 태어났다.

◆ 한국에도 유사한 저지 조항이 있다. 현행 우리나라 국회의원 선거에서는 정당이 비례 대표 선거에서 득표율 3%를 넘기거나 지역구 선거에서 국회의원 5명 이상을 배출해야만 비례 대표 의석을 배분받을 수 있다. 비례대표제는 정당의 득표율에 비례하여 당선자 수를 결정하는 선거제도로서 현재 국회의원 수 300석 중 47석이 비례 대표 의석이다. 비례 대표 의석은 정당의 전국적인 득표율에 비례하여 배분된다. 따라서 가장 많은 표를 얻은 1명만 당선되는 지역구 선거와 달리, 비례대표제에서는 군소정당도 의석을 확보할 가능성이 생겨 상대적으로 유리하다. 예를 들어 지역구 선거에서는 군소 정당 후보가 5%를 득표하면 볼 것도 없이 낙선이지만, 비례대표 선거에서는 비례 대표 의석의 5%(현행 47석이므로 2.××석)를 가져갈 수 있다.

독일, 현대 의회 민주주의의 희망

작금의 독일 정치에는 흥미로운 점이 많지만, 그중 녹색당의 약진과 극우의 추락이 특기할 만하다. 녹색당은 1980년 창당 이래 부진을 면치 못하다가 2010년대 들어 교육·복지·환경 의제에서 두각을 나타내며 꾸준히 10% 내외의 지지율을 기록하고 있다. 그동안은 정부 구성에 참여할 수준은 되지 못해서 주로 지역 밀착형 정당으로 활동했다. 그런데 2021년 선거에서 14.8%를 득표하며 세 번째로 큰 당이 되었다. 집권당 기민련이 24.1%를 득표하여 25.7%를 득표한 사민당에 제1당 자리를 내어주는 등 기존 보수정당이 부진한 사이 틈새 효과를 톡톡히 누렸다. 덕분에 녹색당은 중도좌파 사회민주당(빨간색)과 중도우파 자유민주당(노란색)과 함께 연립 정부를 구성했다. 이 연정은 각 정당을 상징하는 색깔을 모아 '신호등 연정'이라 부른다. 녹색당이 이 정도로 선전한 나라는 전 세계에서 독일뿐이다.

참고로 2021년 선거로 기민련은 역대 최악의 패배를 당했다. 그 이유는 크게 두 가지를 꼽을 수 있다.

첫째, 앙겔라 메르켈*Angela Merkel 1954~* 총리가 16년 만에 퇴임하면서 리더십 공백이 생겼다. 그는 무티*Mutti*('엄마'라는 뜻)라는 애칭으로 불리고 있을 정도로 인기가 높았는데, 기민련은 그의 대체자 혹은 후계자 발굴에 실패했다. 오히려 당내 분란을 노출하고 스캔들에 휩싸이며 자멸했다. 반면 사민당 당수이자 현 독일 총리인 올라프 숄츠*Olaf Scholz 1958~*는 메르켈처럼 안정적이고 강인한 리더십을 선보이며 유권자에게 신뢰를 얻었다.

둘째, 기민련은 새로운 의제 창출에 실패했다. '공정'은 한국을 넘어 전 세계적인 화두다. 기민련은 이 문제에 있어 매력적인 해결책을 제시하지 못했다. 반면 사민당은 '당신을 위한 사회 정책'을 슬로건으로 내세우며 참신한 공약을 들고나왔다. 한국 교포 이예원 씨를 비례 대표 후보로 공천하여 당선시키는 등 포용력 있는 이미지도 부각했다. 이러한 정책과 태도에 힘입어 사민당은 중도뿐 아니라 극우의 표도 상당 수준 가져왔다. 디지털·금융 자산 의제에서는 자민당이, 환경·생활 의제에서는 녹색당이 두각을 드러내며 선전했다. 이러한 요인이 중첩되면서 장기간 집권하던 기민련은 참패하고 말았다.

한편 전 세계적으로 극우가 득세하는 가운데, 독일에서는 2021년 선거를 통해 극우의 돌풍도 잠재웠다. 2013년 창당 이래 '독일을 위한 대안당'은 반이민, 반이슬람, 반유럽연합 강령을 내세우며 상대적으로 낙후한 옛 동독 지역 백인 노동자들의 불만을 원동력 삼아 선전했다. 하지만 직전 선거에서는 제3정당까지 올라섰으나 2021년 선거에서는 녹색당에 밀리며 제5당으로 추락했다. 옛 동독 지역에서 주도권을 잡긴 했으나 지역적·이념적 확장성이 없어 크게 후퇴했다. 지지층 내 보수 유권자들은 기민련으로, 중도 유권자들은 신호등 연정으로 빠져나간 것으로 분석된다. 극우의 이러한 후퇴는 매우 이례적이다. 동유럽과 이탈리아 등지에서 극우 정당이 집권당에 올라서고, EU의 양대 축인 프랑스에서는 극우 마린 르펜*Marion Anne Perrine Le*

*Pen 1968~*이 대통령 결선 투표까지 올라갔기 때문이다.

세계 각국이 극단주의로 시름을 앓는 상황에서 독일은 의회 민주주의를 공고히 했다. 이는 정치인들이 유권자에게 기민하게 반응하여 사전에 잘 대응한 덕도 있겠지만, 시민 개개인이 공동체에 책임감을 느끼며 치열하게 고민한 덕도 크다. 극단주의를 심판할 힘은 오롯이 시민에게 있다.

연방의회 의사당 방문 당시 독일 정국은 난민 사태에 대한 대처로 혼란스러운 상황이었지만 금세 회복했다. 독일 시민은 기성세력이 불만족스럽더라도 혐오로 치닫지 않고 녹색당을 포용한 것처럼 분별력 있는 판단을 한다. 시민의 역량을 낮추어 보는 문화나 정치 혐오가 커져 가는 세태 속에서 독일은 현재 의회 민주주의의 희망을 제시하고 있다.

베를린 최고의 전망대, 의사당 옥상

오디오 가이드로 연방의회 역사를 훑고 난 후 안내를 받아 옥상으로 올라갔다. 특별한 전시물은 없지만 휘날리는 독일 삼색기, 유럽 연합기, 그 주위로 펼쳐진 베를린 전경만으로도 옥상은 장관이었다. 냉전 시기 베를린에는 브란덴부르크 문과 연방의회 의사당 부근을 기점으로 동과 서를 분리하는 베를린 장벽이 세워졌다. 그래서인지 건물 옥상에서 동쪽과 서쪽을 바라볼 때 느낌이 사뭇 달랐다. 서베를린이 안락하고 정갈했다면 동베를린

의사당 옥상에 걸린 유럽 연합기

의사당 옥상에 걸린 독일 삼색기

은 활기와 개성이 넘쳤다. 서베를린은 건물 높이가 일정하고 고급 주택가가 많은 반면 동베를린은 건물 높이가 제각각이고 아파트가 많았다. 통일 후 많이 평준화되었지만 역사의 궤적은 여전히 선명해 보였다. 분단이 준 영향과 통일 후 부딪힌 문제를 축약해놓은 장면이라 의미심장하게 느껴졌다. 오직 이 옥상에서만 느낄 수 있는 동·서 베를린의 차이는 그 무엇보다 특별한 관람 거리다.

넘실거리는 무지개색, 다채로운 퀴어 퍼레이드

연방의회 의사당을 나와 서쪽의 소비에트 전쟁기념관으로 향하던 중 흥미로운 광경을 목격했다. 브란덴부르크 문에서 서쪽으로 길게 뻗은 대로가 온통 무지개색이었다. 바로 퀴어 퍼레이드인 '베를린 프라이드Berlin Pride'와 '크리스토퍼 스트리트 데이Csd, Christopher Street Day'라고 불리는 퀴어 축제가 열리고 있었다. 이 행사의 존재를 몰랐고 우연히 이곳에 있었지만, 이 우연은 매우 뜻깊었다.

　베를린에서 지내는 사람들은 베를린이 지향하는 '다양성'을 자랑스러워한다. 나 또한 그랬다. 베를린은 다양한 민족이 어우러진 포용의 도시이자 그 어느 곳보다 창의성이 자유롭게 발현되는 예술의 도시였다. 성 소수자들이 거리낌없이 손을 잡고 거리를 거닐고 길거리 예술가들이 건물 외벽에 자유를 그린다. 베를린 특유의 다양성은 퀴어 퍼레이드에서 증폭되었다. 이곳이라면 어떤 사람이든 서로를 인정할 거라는 확신이 들었다.

사람은 저마다 생각이 다르고, 자기 생각이 다른 사람을 대하는 태도도 다 다르다. 따라서 타자를 향한 태도의 가짓수는 생존한 사람의 숫자와 같거나 그보다 크다고 할 수 있다. 그중에는 자신과는 다른 성적 지향이나 믿음을 배격하거나 탄압하는 부류도 있다.

원론적으로 한 개인의 선택은 토론 대상이 될 수 없다. 그러나 어떤 선택이 법률상 혼인과 가족 구성 등 '제도화된 권리'와 연결된다면 그 선택은 좋든 싫든 토론의 영역에 들어올 수밖에 없다. 하지만 제대로 토론하지도 않으면서 무턱대고 혐오하고 배제하는 사람들은 늘 있기 마련이며 이들은 대개 사회적 다수로서 국가 권력이나 자본, 여론 같은 '힘'에 의존한다. 자유민주주의 사회 구성원으로서 비겁한 처사다. 자신과 충돌하는 주장이라도 토론을 통해 자신의 세계관과 논리로 논박해야 한다.

어떤 종교를 신봉하든 어떤 가치를 지향하든 가능한 모든 선택을 포용할 수 있는 태도를 지니면 좋겠다. 모두가 존중받는다는 분위기 하나만으로도 '동양인 이성애자 성인 남성'인 나는 퀴어 퍼레이드 안에서 안정감을 느꼈다.

혐오는 사회적 소수자를 향하기 마련이다. 사회적 소수자는 생물학적 성별, 성적 지향, 사회경제적 계층, 권력과 명예의 유무, 정신적·육체적 조건 등 무수한 잣대에 따라 정해진다. 그렇기에 누구든 소수자가 될 수도 있고 혐오의 대상이 될 수 있

베를린 프라이드. 멀리 브란덴부르크 문이 보인다.

다. 그런 사회에서는 그 누구도 안정감을 누릴 수 없다.

축제장 주변과 커리부어스트

축제장에는 사람들이 넘치고 사방에는 퀴어 운동의 상징인 무지개색이 넘실거렸다. 무대에서는 각종 공연이 한창이었다. 구석구석 둘러보다가 푸드 트럭에서 커리부어스트를 먹었다.

커리부어스트는 소시지를 구워 토마토소스와 카레를 끼얹어 먹는 베를린만의 서민 음식이다. 우리가 흔히 먹는 '갈아서 만든' 소시지의 원조는 프랑크푸르트 소시지로 고급 육류를 재료로 하여 상당한 품을 들여 만드는 고급 음식이다. 그러나 19세기 후반 소시지 생산이 공장화되자 어떤 재료를 사용하든 손쉽게 만들 수 있게 되었고, 안전과 위생을 경시했던 산업화 초기에는 정체를 알 수 없는 재료로 값싼 소시지를 만들었다. 그리고 불량한 품질과 떨어지는 맛을 보완하기 위해 카레 가루와 케첩을 듬뿍 넣어 판매했는데, 이것이 커리부어스트라는 음식으로 발전했다.

커리부어스트는 베를린의 명물이 되었고, 지금은 좋은 소시지로 먹음직스럽게 구워내어 요리한다. 여기서는 감자튀김과 커어부어스트의 조합을 대표 메뉴로 하는 가게를 한국 떡볶이 가게만큼 많이 볼 수 있다. 베를린에서 꼭 먹어봐야 할 음식 중 하나다.

베를린

영광과 상처를 딛고 자유와 평화로

소련이 치른 제2차 세계대전

퀴어 퍼레이드 현장을 떠나 소비에트 전쟁 기념관을 찾았다. 이 곳은 제2차 세계대전 막바지 베를린 함락 과정에서 희생된 소 련군을 기리는 기념 공원이다. 기념비와 동상, 곡사포 모형이 배 치되어 있다.

소련은 나치 독일에 격렬하게 맞섰다. 소련의 희생이 없 었다면 연합군은 제2차 세계대전에서 승리하지 못했을 것이다. 영·미가 전열을 재정비해 프랑스(노르망디)와 이탈리아에 상륙할 때까지 소련은 동부 전선에서 독일의 총공세에 맞서 버텨주었다.

제2차 세계대전이라는 큰 틀 안에는 여러 나라가 각기 다 른 시점에서 치른 숱한 전쟁이 있다. 이중 독일과 소련 사이의

소련의 기념물이 왜 이곳에 있을까? 소비에트 전쟁 기념관

전쟁을 '독소 전쟁'이라 부른다. 양쪽 모두에 출혈이 컸던 역사상 최대 단일 전쟁으로 평가된다. 이 전쟁에 독일은 인구의 30%를, 소련은 인구의 40% 이상을 투입했다. 제2차 세계대전에서 있었던 전투 중 규모로 치면 상위 열 개 중 일곱 개가 이 전쟁에서 일어났고, 순위로 매기면 1위부터 5위까지가 모두 이 전쟁에서 발생했다. 2천만 명 이상의 인명 피해를 입은 소련은 이를 '대조국전쟁'으로 치켜세워 유공자들을 각별하게 기렸다. 또한 서방 연합군은 전후 영토 상당 부분을 소련에 넘겨주고 동유럽 전체를 소련 세력권으로 인정해주는 등 후하게 보상했다.

여기서 잠깐, 브란덴부르크문 서쪽은 친서방인 서독에 속했는데 어째서 소련의 기념물이 이곳에 있을까? 영국·미국·프랑스 서방 3국과 소련이 독일을 동서로 나누어 점령할 때, 동독 한가운데에 위치한 베를린은 따로 반을 갈랐기 때문이다. 베를린은 소련 손에 있었지만 수도였기에 독점할 수 없었다. 소련은 베를린 서쪽을 넘겨주기 전 서베를린에 기념물을 세웠다. 자유주의 진영은 이를 못마땅해했지만 불필요한 자극을 피하고자 묵인했다. 소비에트 전쟁기념관은 그렇게 서베를린에 남았다.

홀로코스트 메모리얼'들'

다음으로 근처의 '홀로코스트 메모리얼*Denkmal für die ermordeten Juden Europas*(학살당한 유럽 유대인 기념비)'과 '집시 메모리얼*Sinti-und-*

Roma-Denkmal(신티와 로마 기념비)'을 방문했다. 괄호 밖에 적은 명칭은 대중적으로 알려진 이름이고, 괄호 안에 적은 명칭이 정식 명칭이다. 애석하게도 앞의 명칭은 크게 두 가지 면에서 무지와 차별을 담고 있다.

첫째, 홀로코스트는 '유대인 학살'과는 다르다. 유대인 학살은 홀로코스트의 일부이지 전부가 아니다. 홀로코스트로 박해받은 집단은 유대인뿐만이 아니다. 집시, 슬라브족, 동성애자, 장애인, 전쟁 포로도 있었다. 총 1,100만 명이 학살당했으며, 이 중 절반이 조금 넘는 600만여 명이 유대인이었다. 따라서 홀로코스트 메모리얼이라는 명칭은 다른 홀로코스트 희생자들을 기억에서 누락시키고 유대인만의 희생을 부각하는 측면이 있으므로 '유대인 메모리얼'이라 고쳐 불러야 한다.

둘째, '집시 *Gypsy*'는 '롬인 *Roma, Romani People*'을 낮잡아 부르는 말이므로 사용을 지양할 필요가 있다. 롬인은 동방에서 기원해 뚜렷한 국가를 형성하지 않고 긴 시간에 걸쳐 유럽 전역을 유랑한 민족이고, 신티 *Sinti*는 롬인의 독일식 명칭이다. 롬인 역시 유대인처럼 차별당했으며 생활 조건은 유대인보다 열악했다. 유대인은 금융업에서 수완을 발휘해 부를 축적하고 후에 이스라엘이라는 국가를 수립한 반면, 롬인은 박해받으며 사회 하층민으로 지냈고 지금도 제대로 된 공동체가 없다. 뚜렷한 거처 없이 유럽 각국에서 빈곤층으로 살아가며 주민과 여행자 모두에게 기피 대상이 되었다.

이들은 전통적으로 평판이 좋지 않고 생활 수준이 낮아서

유대인 메모리얼. 바로 앞에 미국대사관, 그 뒤로 연방의회의사당이 보인다.
정치적 중심지에 이 메모리얼이 위치함을 알 수 있다.

롬인 메모리얼. 연방의회의사당 바로 옆 브란덴부르크 문
가까운 방향에 위치한다.

번듯한 일자리를 구하지 못해 빈곤에 내몰릴 가능성이 크다. 빈곤 속에서 소매치기와 같은 범죄를 저지르고 가종 증오 범죄에 노출되는 악순환이 벌어진다. 비교적 학살 규모가 파악된 다른 집단과 달리 롬인은 학살 규모가 정확하지 않다. 50~100만 명 대로 추정할 뿐이다. 이들은 제2차 세계대전 이후 유럽 문명의 그늘을 가장 잘 보여준다. 정치·사회적 영향력에 따른 '선택적 기억', 통제되지 않는 이민과 부랑, 해결되지 않은 빈곤 말이다.

선택적 기억의 문제, 인식 전환이 필요하다

롬인 메모리얼과 유대인 메모리얼은 분위기가 완전히 달랐다. 롬인 메모리얼은 고요하고 아담했으며 연민과 안타까움을 느끼게 했다. 작은 인공연못과 그 주위를 둘러싼 철로 만든 울타리에 "silence(고요)", "a broken heart(부서진 마음)"처럼 그들이 떠올렸을 법한 단어들이 새겨져 있었다. 유대인 메모리얼은 고요를 넘어 적막했으며 연민보다는 공포와 죄의식을 들게 했다. 6,000평 가까이 되는 넓은 부지에 무려 2,711개의 크고 작은 콘크리트 비석이 세워져 있으며 지하에는 박물관이 있다.

분위기와 규모의 대비는 두 집단의 현재 처지를 반영한다. 롬인은 사과를 요구하거나 받을 대표자도 갖지 못한 채 일방적으로 동정받는 대상이 되었다. 반면 유대인은 이스라엘이라는 국가를 수립하여 독일로부터 공식 사과와 배상을 받음은 물론 세계정·재계와 문화예술계에 막강한 영향력을 행사하고 있다. 우리가 유대인 학살에만 익숙한 것도 우연은 아니다. 홀로코스트를 다루는 대중매체에서 대체로 유대인 학살만을 다뤄왔기 때문이다.

유대인은 베를린에서도 영향력이 크다. 1930년대까지 독일 전역에 거주한 유대인 50만 명 중 16만 명이 베를린에 거주했다. 추방당하거나 도망친 유대인들은 제2차 세계대전 종식 후 베를린으로 귀환하여 목소리를 내기 시작했다. 유대인 메모리얼도 그들의 요구에 힘입어 조성되었다.

한 집단의 피해를 복구하는 과정에서 다른 피해 집단이 상대적으로 소외되는 현상은 어느 시대, 어느 장소에서나 있어 왔다. 진정한 평화의 시대로 나아가려면 홀로코스트라는 반인류 범죄가 유대인의 성역으로 자리 잡는 상황을 경계해야 한다. 물론 홀로코스트의 최대 피해자가 유대인이라는 사실은 명백하다. 다만 인류라는 공통의 정체성보다 유대인이라는 정체성이 강조되면 '유대인이라서 당했다'는 인식이 강해진다. 이 경우 유대인은 '희생자'라는 사실을 무기 삼아 또 다른 혐오와 박해로 나아갈 우려가 있다. 즉 민족적 경계를 냉정히 드러내며 배타적으로 기억 문화가 형성된다. 이스라엘과 팔레스타인의 악명 높은 분쟁도 서로의 '희생자다움'을 내세우며 발생했다.

홀로코스트는 '유대인을 싫어한 악마'가 '선택받은 민족'을 상대로 벌인 전쟁이 아니라 '인간에 대한 존중이 없는 인간'이 벌인 참극으로 기억되어야 한다. 임지현 교수가 《희생자 의식 민족주의》에서 지적한 것처럼 서로가 희생자를 자처하며 벌이는

'기억 전쟁'은 또 다른 차별과 배제로 이어진다. 유대인에게만 집중하다 보면 다른 십난들에 내한 차별에 무감각해진다. 롬인이 당한 차별에 유럽 각국도 우리 같은 외부인도 무관심했던 것처럼 말이다. 동아시아 각국과 한국 역시 이러한 기억 전쟁의 주요 무대 중 하나다. 그렇기에 우리는 베를린의 메모리얼'들'에서 비감을 느끼고 시사점을 찾아야 한다. 그러나 '유대인의 홀로코스트'가 아니라 '홀로코스트의 유대인'으로 인식을 전환하지 않는다면, 이곳에서 얻는 교훈은 반쪽짜리로 후퇴할 수밖에 없다.

영욕이 담긴 랜드마크, 브란덴부르크 문

롬인 메모리얼에서 유대인 메모리얼로 이동하는 길에 브란덴부르크 문이 있다. 이 문은 유럽사의 기념비적 장소이자 베를린의 랜드마크이다. 1788년 프리드리히 빌헬름 2세 *Friedrich Wilhelm II. 1744~1797*가 착공을 명하여 1791년 완공했으며 프로이센의 안정적 국정 운영과 번영, 종교적 관용을 과시하기 위해 '평화의 문 *Friedentor*'이라는 이름을 붙였다. 프리드리히 대왕 *Friedrich der Große 1712~1786* 이래 프로이센 왕들은 계몽주의에 심취하여 고대 그리스의 후예를 자처했다. 이를 반영하듯 이 문은 아테네에 있는 아크로폴리스의 입구 프로필라이아와 동일한 모양으로 디자인되었다. 문 위에 있는 사두마차상 *Quadriga*(쾨드리가) 역시 고대 그리스·로마에서와 마찬가지로 승리를 상징한다.

이 문은 영광과 함께 치욕도 담고 있다. 1806년 프랑스 나폴레옹이 중부 유럽을 제패한 뒤 이곳으로 개선했기 때문이다. 나폴레옹은 콰드리가를 떼어 파리에서 전시했고 이 콰드리가는 나폴레옹이 패망한 1814년 되돌아왔다. 이때 겪은 수난을 계기로 브란덴부르크 문은 프로이센의 국가적 치욕을 상징하며 애국주의를 자극했다. 사두마차를 모는 여신은 '평화의 여신'에서 '승리의 여신(빅토리아)'으로 탈바꿈했고, 여기에 프로이센의 상징 독수리와 철십자 훈장이 더해졌다.

'철십자 훈장'은 나폴레옹 전쟁 당시 프로이센 왕실이 유공자들에게 수여한 훈장으로 나폴레옹이 만든 '레지옹 도뇌르 훈장'을 그대로 모방한 것이다. 프로이센은 전쟁으로 인한 물자 부족으로 귀금속 수집 등의 사치 행위를 중단했고 신민에게도 검약을 촉구했다. 이 훈장도 귀금속이 아니라 '철'로 만들어 프랑스와 마찬가지로 계급과 직급에 상관없이 공적이 있는 남성에게 수여했다. 이를 계기로 귀족과 군인의 국가이던 프로이센에 프랑스 혁명의 자유와 평등 정신이 널리 퍼졌다. 철십자 훈장에 담긴 혁명 정신은 민중의 가슴에 열망을 심었고 이는 수십 년 뒤 일어날 자유주의 혁명의 씨앗이 되었다.

브란덴부르크 문이 서 있는 광장에도 프랑스를 향한 복수심이 묻어난다. 이 광장은 파리가 함락되고 콰드리가가 되돌아온 1814년부터 '파리 광장'으로 불리기 시작했다. 또 프랑스를 격파하고 독일 통일을 완수한 1871년, 빌헬름 1세Wilhelm I. 1797~1888와 비스마르크Otto von Bismarck 1815~1898는 의도적으로 이곳

자유와 통일을 기리는 기념비, 브란덴부르크 문

으로 개선했다. 프로이센이 과거의 치욕을 씻고 유럽 대륙 최강이 되었음을 만천하에 고하기 위해서였다. 이처럼 브란덴부르크 문은 유럽 패권을 다투던 독일과 프랑스의 역사가 깊게 얽혀 있는 유럽사에서 큰 의미를 지닌 장소이다.

자유와 통일의 상징으로 우뚝 서다

브란덴부르크 문은 독일 현대사에서도 뜻깊은 장소이다. 동·서 베를린의 경계였던 이 문은 제2차 세계대전 중 폭격으로 심하게 훼손되고 방치되었다. 이곳에 있던 검문소는 장벽 설치 이후부터 재통일 시까지 폐쇄했다. 그러나 동·서독 시민들은 브란덴부르크 문을 언젠가 도래할 자유와 평화의 상징으로 여겼다. 1953년에는 동베를린 사람들이 이곳에서 격렬한 반정부 시위를 벌였고, 1961년에는 서베를린 사람들이 동독의 베를린 장벽 설치에 항의하는 시위를 벌였다. 마침내 1989년 11월 시민들이 장벽을 허물고 서독 헬무트 콜 *Helmut Kohl 1930~2017* 총리가 이 문을 통해 동독으로 넘어가면서 독일 통일의 상징이 되었다.

　　브란덴부르크 문은 통일 직후 복원을 시작하여 1990년에 지금의 모습을 갖추었다. 독일 연방 문화부 장관이었던 모니카 그뤼터스 *Monika Gruetters 1962~* 는 이 문의 의의를 이렇게 평가했다.

　　　"브란덴부르크 문은 국가 기념비입니다. 이에 견줄 만한 것은 없습니다. 물론 베를린 장벽과 동서로 분단된 세상의 상징이자 베를린 장벽 붕괴와 함께 되찾은 자유를 상징하기도 합니다. 정리해서 말하자면 두 가지 사회 이념으로 분열된 독일의 잃어버린 자유를 떠올리게 함과 동시에 되찾은 자유를 의미하는 위대한 상징입니다. 브란덴부르크 문은 독일을 넘어 전 세계에 자유와 통일을 기리는 기념비입니다."◆

베벨 광장, 사상 탄압은 인간 말살이다

브란덴부르크 문 동쪽에는 서울 세종로에 해당하는 운터 덴 린덴Unter den Linden이 뻗어 있다. 직역하면 '보리수나무 아래'인데, 엄밀히 말해서 '린덴'은 보리수나무가 아니고 한국식 명칭이 없으므로 그냥 '린데 나무'로 부르면 된다. 이 거리에는 외국 대사관을 비롯해 주요 관공서 다수가 밀집해 있다.

　브란덴부르크 문에서 운터 덴 린덴을 30분여 걸어 베벨 광장에 도착했다. 베벨 광장 좌우에는 훔볼트 대학교 법과대학과 국립 오페라 하우스가, 길 건너에는 훔볼트 대학교 본관이 있다. 광장 한복판에는 유리로 된 바닥이 있는데, 그 안을 들여다보니 새하얀 책장들이 텅 빈 채 놓여 있었다. 이는 1933년 5월 10일 괴벨스Joseph Goebbels 1897~1945의 선동으로 대학생들

◆ 《독일사 산책》 닐 맥그리거 지음, 김희주 옮김, 옥당

이 2만여 권의 책을 불태운 자리에 설치한 기념물이다.

　나치는 비독일적 사상과 '퇴폐 문화'를 추방하는 운동을 벌이며 유대인 작가와 반전주의 또는 좌익 사상을 지지하는 작가를 주요 타깃으로 지목했다. 베르톨트 브레히트, 허버트 조지 웰스, 하인리히 하이네, 마르크스, 아인슈타인 등이 쓴 책들이 여기서 불에 탔다. 기념비 앞 바닥에는 이런 글귀가 새겨져 있다.

　"책을 불사르는 것은 시작일 뿐이다. 그곳에서는 결국 인간도 불태워진다."

　유대인이라는 이유로 나치가 탄압한 독일의 국민 시인 하인리히 하이네의 문장이다. 사상은 인간의 내면 깊숙한 곳에서 발원하므로 사상 탄압은 필연적으로 인간 말살로 이어질 수밖에 없다. 사람이든 집단이든 문제를 흑백논리로 단순하게 설명한다면 의심해 보아야 한다. 세상사는 복잡다단하게 얽힌 우연이 만들어 내므로 문제를 단순화할수록 실체에서 멀어지고 편견만 더욱 선명하게 드러낼 뿐이기 때문이다. 나치는 진정한 '독일다움'이 무엇인지 말하지 않고 이분법과 음모론에만 의존했다. 베벨 광장은 어쩌면 인류가 살아있는 한 스스로 극복하지 못할, 그러나 극복하기 위해 투쟁해야 할 편견을 지적하는지도 모르겠다.

프리드리히 대왕, 문명과 야만 사이

✕

훔볼트 대학교 옆에 있는 노이에 바헤로 향했다. '새로운 경비대'라는 뜻을 지닌 건물로 프로이센 정부가 세운 군사 시설이다. 프로이센은 그리스를 잇는 문화 강국을 지향했으나 그만큼 '철'과 '피'에도 의존한 군국주의 국가였다. 이 근방의 동상도 이러한 프로이센의 특성을 드러낸다. 바로 계몽 군주의 원형으로 평가받는 프리드리히 대왕 동상이 그러하다.

프리드리히 대왕은 18세기 중반 프로이센 왕으로 재위하며 종교 관용 정책을 펼치고 재판에서 고문을 금지했으며 근대 교육 체계를 확립했다. 개인적으로는 프랑스 문화에 심취하여 평소 프랑스어로 말하거나 프랑스 철학자 볼테르를 궁정에 초청해 말동무로 삼았다. 죽기 전에는 "나는 철학자로 살았고 소박하게 묻히고 싶다."며 간소한 장례와 안장을 요구하기도 했다. 그런 그가 뒤에서 살펴볼 두 번의 대전쟁(오스트리아 왕위 계승 전쟁과 7년 전쟁)을 일으킨 주범이라는 점은 아이러니하다.

프리드리히 대왕 동상 바로 앞에 훔볼트 대학과 노이에 바헤가 나란히 자리한다는 사실도 의미심장하다. 당시의 독일, 즉 프로이센이 문명(교육)과 야만(전쟁)이라는 두 기둥으로 지탱되고 있었다는 사실을 반영하기 때문이다. 이는 우리가 서양사를 논할 때 자주 마주하는 모순, 자유주의 국가가 제국주의와 노예제를 고수했다는 사실과 맞닿아 있다. 전쟁을 위해 교육을 하고, 교육이 자유주의의 토대가 되고, 자유주의는 경제적 번영

베벨 광장 앞 운터 덴 린덴 위의 프리드리히 대왕 동상

으로, 번영에 대한 집착은 전쟁으로 이어졌다. 노이에 바헤는 프로이센의 모순, 나아가 근대의 모순을 상징했다.

노이에 바헤, 전쟁 기념관이 반전 기념관으로

노이에 바헤는 이제 '반전 기념관'으로 탈바꿈했다. 과거에는 나폴레옹 전쟁과 제1차 세계대전에서 희생당한 이들의 용맹과 아픔을 기억하는 전쟁 기념관이었는데, 냉전 시절 동독 정부가 파시즘과 자본주의를 고발하는 박물관으로 이곳을 사용했다. 통일 후에는 자유와 평화의 가치를 새롭게 설파하고자 전쟁의 '아픔'을 위로하는 공간으로 용도를 바꾸었다. 과거 군국주의와 냉전으로 얼룩진 이곳이 반전 기념관으론 제격이었다.

1993년 통일 독일의 첫 총리인 헬무트 콜은 이곳에 케테 콜비츠의 작품 〈피에타〉를 설치하기로 했다. 콜비츠는 노동과 반전 운동에 몸담았던 예술가로 제1, 2차 세계대전에서 남편, 아들, 손자를 모두 잃었다. 그 아픔을 담아 한 어머니가 담담하지만 침통한 표정으로 비쩍 마른 아들을 안고 있는 작품이 〈피에타〉이다.

헬무트 콜 총리는 독일이 하나가 되면 또 전쟁을 일으키리라는 우려를 불식시키기 위해 군국주의적 요소를 배제하고 인류 보편의 감정에 호소하고자 했는데, 이러한 독일의 평화주의 정신을 담기에 평범한 이들을 사랑했고 전쟁으로 가족을 잃은 콜비츠의 〈피에타〉는 매우 적절한 작품이었다.

노이에 바헤 안에 있는 〈피에타〉

여기에서 우리는 독일 정부의 진정성 있는 고민을 엿볼 수 있다. 〈피에타〉 앞 검은색 대리석 평판에는 "전쟁과 압제의 희생자들에게"라는 문구가 새겨져 있다. 천장은 둥그렇게 뚫려 있어 〈피에타〉는 쏟아지는 햇빛과 바람, 눈과 비 모두를 담담히 받아들인다. 전쟁과 압제가 닥치면 평범한 이들은 이를 피할 수 없다. 어떤 날씨에도 묵묵히 자리를 지키는 〈피에타〉는 세상의 파괴적인 면모에서 벗어나지 못한 모든 인간을 따뜻하게 보듬는다. 통일 독일은 파괴당한 독일을 넘어 모든 인류에 노이에 바헤를 헌정했다.

베를린

베를린에 혁신이 넘치는 이유

베를린 핫플레이스, 알렉산더 플라츠

둘째 날 일정은 아침 일찍 '알렉산더 플라츠'에서 시작했다. 이 광장 이름은 1805년 10월 러시아 황제 알렉산드르 1세*Alexander I. 1777~1825*가 프로이센을 지원하여 프랑스 나폴레옹에게 맞서 싸우기 위해 방문한 데서 유래했다. 플라츠는 '광장'이라는 뜻이니 '알렉산더 광장'이라 부르면 된다.

이곳은 분단 시절 동독의 상업 중심가로 육성되어 지금도 번화하다. 관광객에게는 동독이 세운 TV타워와 세계시계가 유명하고 베를린 거주자에게는 쇼핑하기 좋은 곳이다. 알렉산더 광장에서 지하철 한 성서상 거리의 하케셔막트까지 잡화점, 아시아 식료품점, 쇼핑몰, 음식점, 그 외 편의시설이 즐비해 있다.

베를린에 머물 땐 쇼핑할 일이 없어도 알렉산더 광장에 종종 늘렀다. 예술가들이 펼치는 특색 있는 공연과 많은 인파가 자아내는 활기가 좋았기 때문이다. 쉬다 보면 배가 고파졌고 배가 고파지면 케밥을 먹으러 갔다. 빵에 채소와 고기를 담고 소스를 뿌린 후 반으로 접어서 먹는 '되너'라고 부르는 음식이다.

TV타워, 동독의 체제 선전과 교황의 복수

박물관섬◆으로 향하는 길 위에는 TV타워와 세계시계, 붉은 시청사(옛 베를린 시청사, 현재는 미술관)가 있다. 그중 냉전 체제 경쟁의 상징인 TV타워가 특히 눈길을 끈다. TV타워의 본래 용도는 송신탑이지만 동독 정권은 서베를린 사람들이 볼 수 있도록 높이 세워 체제 선전용 구조물로도 활용했다. 1960년대 서베를린에는 67m 높이의 전승 기념탑이 있었지만 동독에는 높은 건축물이 없었다. 이에 동독은 1969년 송신탑이 필요한 김에 368m 높이로 지어 베를린 어디에서나 보이도록 만들었다. TV타워는 지금까지도 독일에서 가장 높은 구조물이다.

◆ 베를린 하면 다섯 개의 박물관이 모여 있는 박물관섬이 유명하다. 구 박물관(Altes Museum)은 그리스-로마 시대 유물, 신 박물관(Neues Museum)은 이집트 미술과 선사 시대 유물, 국립회화관(Alte National Gallerie)은 19세기 신고전주의 미술품, 보데박물관(Bode Museum)은 비잔틴 유물, 페르가몬 박물관(Pergamon Museum)은 터키 등 중동-이슬람 유물을 주로 전시한다. 이 책에선 다루지 않지만 베를린 여행에서 빼놓을 수 없는 곳이다.

하케셔막트 역. Markt라는 말은 독일어로 '시장'이라는 뜻이다.

베를린 TV타워

TV타워와 관련해 흥미로운 일화가 있다. 사회주의 국가의 특성상 동독은 종교를 배격했는데 아이러니하게도 TV타워에 햇빛이 반사되면 마치 십자가처럼 빛나 교회를 연상시켰고 이에 '교황의 복수'라는 별명이 붙었다는 이야기다. 권력 행사 과정에서 종종 발견되는 이런 의도치 않은 효과를 접할 때마다 인간의 자유의지를 통제하기란 얼마나 어려운지를 새삼 느끼곤 한다.

베를린에서 제일 아름다운 건물, 베를린 돔

맑은 날 박물관섬 초입에 자리한 베를린 돔 앞에서 사진을 찍었다. 베를린 돔은 흐린 날에는 음울해 보이지만 맑은 날이면 쾌청한 파란 하늘과 돔 앞의 푸르른 나무 잎사귀와 잔디가 어우러져 그림 같은 경관을 자아낸다. 여기에 분수에서 뿜어져 나오는 물줄기의 청량한 흰색까지 더해지면 완벽한 사진이 나온다.

개신교 교회인 이 돔은 15세기 중반에 지어져 재건축을 반복하다 20세기 초 현재의 웅장한 모습을 갖추었다. 거대한 규모, 거무튀튀한 회색의 외벽, 옥색 돔과 그 위에 얹힌 황금 십자가가 특징이다.

독일 제국의 흥망, 비스마르크와 두 황제

베를린 돔을 지나 독일 역사 박물관을 방문했다. 독일 역사 박물관은 고대, 중세부터 통일 후까지의 독일사를 연대순으로 전시해 두었다. 근현대 유럽사의 굵직한 줄기부터 독일의 미시 사회사까지 망라했다. 특히 정치인과 정치 세력 사이의 역학을 상세히 기술했고 이를 상징하는 유물과 작품도 풍부했다.

그중 흥미로운 전시물은 보는 각도에 따라 빌헬름 1세와 비스마르크, 프리드리히 3세Friedrich III. 1831~1888의 초상화로 전환되는 '3인 초상화'였다. 세 사람의 묘한 관계를 통해 독일 제국의 운명을 암시하는 듯했다. 빌헬름 1세는 비스마르크를 재상으로 중용하여 1871년 독일 제국을 통일했다. 비스마르크는 열강 사이의 세력 균형을 달성하여 독일의 안보를 보장받기 위해 현실주의 대외 정책을 고수했다. 목적 달성을 위해 '철'을 동원하여 '피'를 흘리는 일도 마다하지 않아 '철혈재상'이라는 별명을 얻었지만 다른 한편으론 열강 사이의 분쟁을 조정한 탁월한 외교가였다.

그런데 프리드리히 3세가 즉위하자 비스마르크의 입지가 흔들렸다. 황태자 시절부터 자유주의에 심취했던 새 황제는 보수적인 비스마르크에게 호의적이지 않았다. 다행인지 불행인지 프리드리히 3세는 즉위 1년 만에 후두암으로 사망했다. 뒤를 이어 황제가 된 빌헬름 2세Wilhelm II. 1859~1941는 아버지와는 약간 다른 이유에서 비스마르크를 위협했다. 새 황제는 독일을 패권국

베를린 돔

으로 만들겠다는 목표로 대외 정책을 펼쳤다. 비스마르크는 독일이 커지면 수변 국가가 신장하게 되어 가까스로 달성한 평화가 무너질 수 있다며 이에 반대했다.

그러나 빌헬름 2세는 비스마르크를 해임한 뒤 해군을 증강하고 아시아, 아프리카 등에서 세력을 확장했다. 그 과정에서 영국, 프랑스, 러시아 등 타 열강들의 세력권을 침범했고 그들은 독일에 대한 경계를 강화했다. 때마침 발칸반도의 세르비아가 오스트리아에 반기를 들어 전쟁을 개시한 터라 독일은 오스트리아를 지원했다. 그렇게 제1차 세계대전이 시작되었다.

제국의 세 지도자가 겹친 초상화는 표현 방식도 신기했지만 제1차 세계대전까지 이어지는 중대한 역사적 과정을 함축하고 있어 의미심장했다. 중앙의 빌헬름 1세라는 가교가 사라진 뒤 그의 두 아들과 비스마르크는 양극단에 자리한 채 역사의 법정에서 서로를 죄인으로 고발했다.

두 개의 돔, 근대 독일 자유주의와 위그노

박물관섬에서 동·서독의 경계였던 미테 지구 남쪽 끝자락으로 향했다. 분단의 과거와 현재를 모두 아우르는 이곳에 좌우로 똑같이 생긴 '돔' 두 채가 서 있다. 각각 독일 돔과 프랑스 돔이다.

독일 돔은 18세기 프리드리히 대왕이 세웠다. 지금은 독일 의회 역사 박물관인데 전시 설명을 독일어로 복잡한 정치학적 내용만 적어 놓아 관광객에겐 접근성이 낮다.

　맞은편의 프랑스 돔은 프로이센의 관용과 번영을 상징하는 건축물이다. 원래는 17~18세기에 이주해온 위그노들의 작고 소박한 예배당이었으나 이후 돔을 추가로 올려 지금의 형태를 갖추었다. 위그노는 프랑스에 사는 칼뱅교(개신교의 분파) 신자를 지칭한다. 루이 14세는 국왕 중심의 절대왕정을 확립하려면 신민의 신앙도 통일해야 한다고 보았다. 같은 의도로 정반대의 접근법을 취한 이가 있었으니 바로 프로이센의 통치자 프리드리히 빌헬름Friedrich Wilhelm 1620~1688이다. 그는 1685년 〈포츠담 관용 칙령〉을 발표해 종교의 자유를 인정하고 종교 박해를 피해 들어온 위그노를 전략적으로 수용했다. 이는 여러 종교를 포용함으로써 특정 종교 중심의 정체성을 희석하고 국가 중심의 일체감을 확보하기 위해서였다. 또 다른 한편으로는 위그노가 교육 수준이 높고 건축과 예술 등 기술도 뛰어난 데다 장사 수완도 좋았기 때문이다.

　조그만 공국에 불과했던 프로이센은 위그노의 활약에 힘입어 번영을 구가했고 1701년에는 왕국으로 승격했다. 같은 해 위그노들의 교회도 완성되어 그들의 공을 기리는 의미에서 프랑스 돔이라고 부르게 되었다.

　그저 아름다워 보이기만 하는 두 돔 역시 독일 역사의 중대한 국면과 함께했음을 알 수 있다.

독일 돔(좌)과 프랑스 돔(우).

베를린에 혁신 가능성이 넘쳐나는 이유

베를린 거리를 걷다 보면 자유분방한 표현과 역사에 대한 철저한 반추가 느껴진다. 베를린에서는 생각하는 바를 솔직하게 표현한 예술 작품을 거리 곳곳에서 볼 수 있다. 이런 문화는 수많은 민족 집단이 각자의 개성을 고수하면서도 공존하기에 가능하다. '다름'에 대한 존중이 어디에도 얽매이지 않은 자유로운 표현을 가능케 했다. 또한 이런 문화는 역사를 철저히 반추한 결과이다. 종교 개혁을 시작으로 각 지역은 자율성을 확보하고 고유한 문화를 발전시켰다. 베를린을 품은 프로이센은 귀족 중심의 군국주의 국가였으나 칼뱅파를 받아들이는 등 선구적인 조치를 취하여 눈부신 발전을 이룩했다.

19세기 후반 무력과 외교로 완성된 독일의 통일 과정은 억압적인 행태를 보였지만 바이에른을 위시한 각 지방의 자율성을 일정 수준 존중해주는 타협적인 면도 보였다. 나치에 의해 다양성이 말살되기도 했지만 전후 냉철한 반성을 통해 다양한 집단을 포용하는 국가로 탈바꿈했다. 다양성과 획일성 사이를 줄타기 해온 베를린은 박물관처럼 역사를 기억하고 있다.

다가올 세계에 대한 신선한 발상은 견고한 역사의식에서 태어난다. 역사를 기억하고 미래로 나아가는 사회만큼 혁신에 유리한 환경은 없다. 베를린은 '다양성'을 이정표 삼아 미래를 향하고 있다. 베를린 여행의 묘미는 거리에서 이 도시의 가능성을 엿보는 데 있다.

베를린

장벽이 무너지다

C검문소, 체크포인트 찰리

독일 돔과 프랑스 돔에서 남쪽으로 10여 분 걸으면 '체크포인 트 찰리'가 나온다. 냉전 시절 동베를린과 서베를린 사이 검문 소가 이곳에 있었다. 주로 외교관과 외국인이 드나들던 이곳을 미군이 C검문소라고 부르다가 '찰리'라는 별칭을 붙이면서 '체 크포인트 찰리'라고 부르게 되었다.

1961년 '제2차 베를린 위기'♦가 이곳에서 발생했다. 당시 동독 정부는 서베를린을 통한 주민 이탈 문제로 골머리를 앓았

♦ 1948년 발생한 제1차 베를린 위기는 흔히 '베를린 봉쇄'로 불린다. 소련이 미국, 영국, 프랑스 등 서방에게 서베를린으로부터 철수하라고 요구하며 서베를린 전체를 봉쇄했던 사건이다.

'죽음의 지대'에서 평화를 찾은 체크포인트 찰리

다. 미군 추정에 따르면 동·서독 분단이 공식화된 1949년부터 장벽 건설 직전인 1961년 7월까지 매일 1천여 명 이상의 동독 주민이 서베를린으로 탈출했다. 이는 동독의 체제 불안정을 야기할 수 있었기에 소련은 서방 점령국(미국, 영국, 프랑스)에 서베를린 철수를 요구했다. 그러나 케네디 미국 대통령을 중심으로 뭉친 서방은 소련의 요구를 거부했다. 그 와중에 검문 과정에서 양측 군인이 충돌한 일이 있었다. 이를 계기로 갈등이 증폭되었고 체크포인트 찰리를 경계로 소련과 미국의 탱크가 대치했다. 이는 제3차 세계대전으로 이어질 수 있는 일촉즉발의 상황이었으나 동독이 베를린 장벽을 쌓고 미국과 소련 양측이 군사 행동을 자제하면서 일단락되었다.

지금은 옛 검문 시설이 철거되었고, 검문소 모형이 도로 중앙에 놓여 있다. 서쪽에서 바라보면 딱딱한 눈빛의 동독 군인 사진과 마주하게 된다. 분단의 현장을 생생하게 보여주는 곳이지만 우리가 머물 때는 유쾌한 분위기만 가득했다.

"그는 단지 자유를 원했다"

체크포인트 찰리에서 한 블록 떨어진 곳의 기둥에 암울한 분단 역사가 기록되어 있다. 1962년 장벽을 넘어 서독으로 탈출하려다 총에 맞고 사망한 페터 페히터 Peter Fechter 1944~1962의 이름이다. 베를린 장벽은 동쪽의 철조망 몇 겹과 서쪽의 '장벽'으로 이

체크포인트 찰리에서 만난 동독 군인 사진

루어져 있었다. 그 사이에는 동독 국경수비대가 순찰할 때만 사람이 지나다닐 수 있는 무인 지대가 있었다. 탈출하다 발각되면 꼼짝없이 죽는다고 해서 '죽음의 지대'라고도 불렸다.

페히터는 철조망을 넘어 서쪽 장벽에 매달렸다가 동독 국격수비대가 쏜 총알에 골반을 맞고 이 지대에 떨어졌다. 서독 사람들과 경찰들은 붕대와 물을 던져 주었지만 동독 구역이라 그 이상의 구호 행위는 불가능했다. 동독 국경수비대는 충격적이게도 어떠한 조치도 취하지 않았다. 페히터는 몇 시간 뒤 과나출혈로 사망했다. '죽음의 지대'에서 공개적으로 사망한 최초의 인물, 그의 죽음은 장벽의 잔혹함을 널리 알리는 계기가 되었다.

분단 시절 장벽을 넘어 탈출한 사람 수는 23만 5천 명, 페히터처럼 장벽 부근에서 사망한 사람은 136명, 탈출을 시도하다가 죽은 사람은 총 1,245명으로 알려져 있다. 탈출에 성공했든 실패했든 그들이 원한 바는 동일했다. 이는 페히터를 추모하는 글귀에서 짐작할 수 있다.

"Er wollte nur die Freiheit(그는 단지 자유를 원했다)."

그들 모두는 자유를 원했다. 인간이 평생에 걸쳐 원하는 단 한 가지를 꼽으라면 아마도 자유일 것이다. 인간의 몸을 가두더라도 자유를 향한 염원은 사라지지 않는다. 동독은 페히터를 비롯해 수많은 사람을 죽였지만 자유에 대한 염원은 죽이지 못했다.

세상에서 가장 아름다운 실수가 장벽을 붕괴시키다

1989년 5월 당시 민주화를 진행하던 헝가리는 중립국 오스트리아와의 국경에 있던 철조망을 철거하면서 동구권 국가 중 첫 번째로 서방으로의 출입을 허용했다. 동독에서 헝가리로 가려면 체코슬로바키아를 거쳐야 했고 같은 동구권인 체코슬로바키아와 헝가리로는 자유롭게 여행할 수 있었으므로 수많은 동독 주민이 체코로 몰려가 서독 대사관으로 들어가거나 헝가리로 넘어갔다. 1989년 1월부터 9개월 동안 11만 명에 달하는 주민이 이렇게 동독을 떠났다.

이에 동독은 1989년 10월 3일 탈출의 첫 관문인 체코슬로바키아와의 국경을 봉쇄하고, 10월 7일 동독 공산당 서기장 에리히 호네커Erich Honecker 1912~1994가 "베를린 장벽은 100년은 갈 것"이라고 단언했다. 그러자 10월 9일 라이프치히에서 무려 7만여 명이 모여 여행 개방과 언론 자유화를 외치며 시위를 벌였다. 동독은 소련에 도움을 요청했으나 소련은 국내 개혁·개방을 추진하느라 바빠 유혈 진압에만 반대 의사를 밝혔을 뿐이었다. 1989년 11월 9일 사면초가에 몰린 동독 정부는 시위대의 불만을 잠재우기 위해 제한적이나마 여행을 허용하기로 했다. 국경 개방이 아니라 '여행 절차 간소화' 조치였고 국경 검문은 그대로 유지했다.

이때까지만 해도 장벽 붕괴는 상상할 수 없었다. 하지만 동독 공산당 대변인 귄터 샤보프스키Günter Schabowski 1929~2015가 말실수를 하면서 장벽이 무너졌다. 11월 10일 새 여행법을 발표하기 위한 기자회견에서 한 이탈리아 기자가 "언제부터 국경 개방이 시행되느냐?"라고 묻자 "Sofort, unverzüglich(지연 없이 즉시)."라고 답한 것이다. '국경 개방'이라는 단어에 "Yes!"라고 외친 꼴이었다. 전 세계 언론은 즉시 "베를린 장벽이 무너졌다."는 속보를 타전했다. 이를 본 동베를린 시민들은 곧장 공구를 들고 나가 장벽을 부수고 그 위에 올라섰다. 그 광경을 본 동독 국경 수비대원들도 무기와 제복을 벗어 던지고 대열에 합류했다. 손쓸 새도 없이 장벽이 내려 앉았다. 샤보프스키의 말실수가 역사적인 순간을 만들어낸 것이다. 당시 언론은 그의 실수를 "세상에서 가장 아름다운 실수"라고 찬양했다. 수개월의 협상을 거쳐 동독 정권은 해체되었고 1990년 10월 3일 독일은 정식으로 통일을 선언했다.

내가 여행한 때는 마침 베를린 장벽 붕괴 30주년이었다. 자유를 만끽하는 그들을 보고 있노라니 분단, 단절, 분리, 감금 같은 단어가 더욱 잔인하게 느껴졌다. 베를린의 장벽은 사라졌지만, 한반도의 장벽은 여전히 공고하다. 지금도 북한에서 탈출하려는 누군가는 국경을 건너려다 총에 맞거나 사기꾼에 속아 고된 길을 가야 한다. 북한의 페히터가 얼마나 더 나와야 한반도에 평화가 찾아올지 가늠조차 되지 않는다. 아무리 손을 뻗어도 잡히지 않는, 가까이 갔다 싶으면 아스라이 흩어지는 안개처럼.

닿을 수 없는 땅, 북한 대사관

다음으로 향한 곳은 역사적 명소가 아닌 한반도 분단 현실을 보여주는 '독일 주재 조선민주주의인민공화국 대사관', 즉 북한 대사관이었다. 삼엄한 높은 담장 뒤로 북한 대사관 건물이 자리했다. 담장 안쪽에는 농구코트와 주차장, 마당이 있어 한국의 평범한 주민센터처럼 보였다. 사람은 볼 수 없었다. 우리는 "북한

한반도의 평화는 언제 올까? 북한 대사관

이 코 앞이다!"라고 실없는 농담을 나누었다.

    대사관 정문 앞에서 웃으며 기념사진을 찍었다. 북한 대사관 담장 밖에서 사진 찍는 일밖에 할 수 없다는 사실이 씁쓸하고 우스웠다. 사진을 볼 때마다 그때의 묘한 감정이 떠오른다.

장벽에 그린 자유, 이스트 사이드 갤러리

발걸음을 옮겨 이스트 사이드 갤러리로 향했다. 베를린 동역에

이스트 사이드 갤러리 〈형제의 키스〉
공산당과 사회주의가 영원하길 바랬던 그들

서 조금 걸으면 나오는 미술관이다. 야외에 있는 이 특별한 미술관에는 액자에 담긴 그림이 없다. 유일한 컬렉션은 베를린 장벽에 그려진 각양각색의 그림으로, 베를린을 가로질러 흐르는 슈프레강을 따라 1.3km 길이로 늘어서 있다.

이스트 사이드 갤러리는 시민들이 자발적으로 조성한 미술관이다. 강둑을 따라 서 있는 이곳 장벽이 통행에 지장을 주지 않아서인지 통일 후 장벽을 해체할 때 정부는 이곳을 특별히 남겨두었다. 그런데 1990년부터 거리 예술가들이 방치된 장벽에 그림을 그려 넣기 시작했고, 세계 각지에서 미술가들이 몰려

들었다. 이들은 분단 당시의 고통을 고발하고 위로하는 그림, 자유롭고 평화로운 세계를 염원하는 그림, 추상적이고 난해한 그림, 정치적 사건을 풍자하는 그림 등을 그려 넣었다. 이때부터 이곳은 전 세계에 단 하나밖에 없는 특별한 미술관이 되었다.

가장 이목을 끄는 작품은 이 갤러리의 상징과도 같은 〈형제의 키스〉다. 소련 공산당 서기장 레오니트 브레즈네프와 동독 국가 원수 에리히 호네커의 실제 키스 장면을 그린 작품이다. 둘은 1979년 10월 동독 정권 수립 30주년 기념식에서 진한 키스를 나눴다. 이를 독일 통일 후 누군가 이스트 사이드 갤러리에 그림으로 재현하면서 세계에서 가장 유명한 남성 간의 키스가 되었다.

작품들은 야외에 노출된 만큼 자연재해나 의도적인 훼손에 취약하여 수차례 철거와 복원을 거쳤다. 〈형제의 키스〉도 마찬가지였는데, 지속적인 복원을 통해 갤러리의 대표작으로 자리 잡았다. 이 그림은 베를린 동역으로부터 1km 정도 걸어 갤러리 끝자락에 도착해야 모습을 드러낸다. 그 앞은 언제나 사람들로 북적여 인기를 실감할 수 있다.

베를린에 한식당이 많은 이유

저녁 시간이 되었다. 녹일식 속발 슈바인학세, 베트남 음식 능 뭘 먹을지 잠시 고민하다가 한식이 그리워지던 때라 상의할 것도 없이 한식당으로 이동했다.

베를린에는 한식당이 많은데 그 배경에는 '다민족성'이 있
다. 베를린에는 100개 이상의 민족이 산다고 알려져 있다. 이러
한 상황은 독일의 이주 정책에서 비롯했다. 서독은 전후 폐허에
서 '라인강의 기적'을 일으킨 것으로 유명하다. '한강의 기적'을
일으킨 우리나라와 달리 서독은 기술력과 자원은 풍부했지만
노동력이 부족했다. 그래서 1955년 '외국인 근로자' 프로그램
을 도입해 남유럽과 북부 아프리카 등에서 노동자를 받아들였
다. 1961년 튀르키예와 단기 근로자 고용 협정을 맺고 이어 북
아프리카 국가들과도 비슷한 협정을 체결했다.

허나 1960년대 말, 독일 부흥을 이끈 철강·석탄 산업이
전 세계적으로 퇴조하기 시작하며 저숙련 일자리가 줄어들었
다. 주로 저숙련 노동자였던 이주 노동자들은 단기간에 돈을 벌
어 고국으로 돌아가지 못할 것이 명확해졌다. 독일 정부와 기업
은 사회 불안이 야기될까 염려하여 이주 노동자와 그 가족에게
각종 사회 보장 혜택을 제공하면서 가족 결합을 장려했다. 정부
는 경제위기와 실업난이 장기화하자 정부는 이들을 돌려보내
려 했지만 여의찮았다. 이미 떠나온 지 오래여서 본국에 삶의
기반이 남아있지 않았기 때문이다. 이민은 계속되어 1961년 약
6,500명이던 무슬림 이주 노동자가 2002년에는 340만 명으로
늘었다. 그중 3분의 2 정도가 튀르키예인이었다. 베를린에 케밥
장사가 많은 이유에는 튀르키예 이민자들의 영향이 크다.

한편 비무슬림 이주민도 대거 유입되었다. 1975년 적화 통

일된 베트남은 외화벌이를 위해 수많은 노동자를 동유럽에 파견했고 그들이 집단주거지를 형성하자 더 많은 베트남인이 몰려들었다. 동독 지역에 베트남 식당이 많이 생겨난 이유다. 한편 나치의 박해로 떠났던 유대인도 귀환하여 공동체를 형성했다. 박정희 정권 시절 '파독 광부'와 '파독 간호사'들도 정착하여 한국인 공동체가 형성되었다. 이외에도 다양한 국가 출신의 사람들이 비슷한 방식으로 이주하여 정착했다. 이러한 배경으로 인해 베를린에는 한식당을 포함해 외국 음식점이 그 어느 유럽 도시보다 많다.

베를린 장벽, 동독의 '울며 겨자 먹기'

저녁을 먹고 나오니 어느새 하늘이 붉게 물들었다. 숙소로 향하기 전 실제 크기의 베를린 장벽 모형이 있고 이를 조망할 전망대가 있는 '베를린 장벽 메모리얼'에 들렀다.

베를린 장벽은 동독 입장에선 불가피한 선택이었다. 공화국 탈출 러시로 인구 유출이 막대했기 때문이다. 1949년 9월부터 장벽이 세워진 1961년 가을까지 동독 주민의 20%인 273만 명이 서독으로 탈출했고, 서베를린은 그 주요 통로였다. 케네디 미국 대통령이 적극 지원하는 데다 서독의 경제력은 동독을 한참 앞서 있었다. 이를 가만 놔두면 동독은 체제 경쟁에서 도태될 터였다. 할 수 있는 일이라곤 벽을 세워 이동을 막는 것뿐이

메모리얼 전망대에서 본 베를린 장벽의 모형

장벽 메모리얼, 이곳에 있던 건물에서 사람들이 뛰어내렸다고 한다.

었다.

냉전 시절, 베를린 장벽이 과연 동독 정권에 대한 두려움을 불러일으켰을까? 아닐 것이다. 오히려 정권을 우스꽝스럽게 했을 것이다. 동독 내부에서도 장벽 건설이 체제 선전에 부정적인 영향을 미칠까 우려하는 목소리가 있었다. 하지만 어쩌겠는가. 먹을 게 겨자밖에 없으면 울면서라도 먹어야지.

장벽 메모리얼, 간절한 마음과 위로하는 마음

✕

베를린 장벽 메모리얼 중심부에는 동독에서 서독으로 탈출한 사람들의 이야기가 사진과 함께 전시되어 있었는데 탈출 방법이 기상천외했다. 장벽 바로 옆에 있는 건물의 창문을 통해 뛰어내리거나 철조망을 뚫고 도망친 사람, 장벽 근처 건물 밑으로 땅굴을 파거나 열기구를 타고 탈출한 사람, 멀리 북해 연안 도시로 가서 잠수복을 입고 헤엄쳐 탈출하려던 사람도 있었다. 얼마나 간절했으면 이런 위험을 감수했을까?

장벽을 건설한 1961년 당시 서베를린의 시장은 빌리 브란트Willy Brandt 1913~1992였다. 그는 '접근을 통한 변화'라는 구호를 내걸고 동방정책을 펼쳐 동·서 화합을 추진했고, 폴란드 바르샤바의 홀로코스트 추모비에 무릎을 꿇고 참회하여 노벨평화상을 수상했다. 서베를린 시장 시절, 베를린 장벽을 '수치의 장벽'이라고 비난하며 자유를 설파한 덕에 유명해진 그는 전국구

누군가가 꽃다발을 손에 쥐어 주었다. 화해의 교회 앞 동상

정치인으로 올라선 뒤 총리에까지 올랐다. 전 정부들은 '무시'
로 일관했지만 브란트는 '공존'을 외치며 동유럽과 소련에 손을
내밀었고 후임 정부도 동방정책을 일관되게 추진하여 동독과의
교류를 지속했다. 브란트가 총리가 되어 동방정책을 추진할 수
있던 원동력은 베를린 장벽이었다. 베를린 장벽 건설이 역설적
으로 베를린 장벽 붕괴를 낳은 셈이다.

　'베를린 장벽 메모리얼' 한쪽에는 '화해의 교회'가 자리했
다. 장벽을 넘으려다 희생당한 136명을 추모하기 위해 통일 후
에 지은 교회다. 분단 전 이 자리에는 동네 사람들이 모여 예배

를 드리던 교회가 있었다. 장벽이 세워진 뒤에도 사람들은 한동안 이 교회를 통해 왕래를 시도했다. 보다 못한 동독 정부가 1985년 교회를 철거해버렸는데, 땅속에 묻힌 잔해를 점토에 섞어 지금의 교회를 지었다.

교회 앞에는 무릎을 꿇고 서로를 끌어안는 두 사람의 동상이 있다. 우리가 갔을 때 그 동상 한 손에 꽃다발이 쥐어져 있었다. 쥐어준 이가 이곳 관리자인지 베를린 시민인지 나 같은 외부인이었는지는 알 수 없지만 분단의 아픔을 기억하고 위로하려는 마음만은 또렷이 느낄 수 있었다.

독일 통일의 진짜 교훈

독일 통일에서 우리는 무엇을 배울 수 있을까. 한 마디로 '통일은 대박'이 아니라는 점이다. 2014년 신년 기자회견에서 박근혜 전 대통령이 읊은 "통일은 대박이다."라는 말에 정확히 반대된다. 크게 두 가지 의미에서 그렇다.

첫째, 하늘에서 감이 떨어지기를 바라듯이 통일을 갑작스럽게 찾아오는 '대박'으로 기다려서는 안 된다. 한동안 한국 사회를 지배해온 통일관이 있었다. 바로 '북한 체제 붕괴론'이다. 북한 내부에서 혁명이 일어나거나 우리가 무력으로 북한 정권을 붕괴시켜 이북 땅을 점령하자는 주장이다. 이들은 독일 통일을 예시로 들며 동독처럼 북한이 붕괴하면 손쉽게 통일을 실현

할 수 있다고 주장했다.

　　그러나 이는 독일 통일에 대한 몰이해에서 기인하는 오판
이다. 독일 지도자들은 1960년대부터 냉전이 종식될 때까지 꾸
준히 동방정책을 추진했다. 집권당이 바뀌어도 전임 정부의 정
책을 계승했고 비밀리에 구축해둔 핫라인을 공유하며 동독과의
협의를 지속했다. 이러한 초당적 협력이 가능했던 이유는 동방
정책이 양면성을 띠었기 때문이다. 통일 가능성도 배제하지 않
았지만 일차적으로는 동독의 체제를 안정시키고 적대감을 완화
하여 분단을 평화롭게 관리하는 데 주안점이 있었다. 서독 정부
는 동독 주민이 서독으로 쏟아져 들어오는 상황을 가장 경계했
다. 이를 막기 위해 동독에 자금을 지원하고 주민 교류를 추진
했다. 또한 동독 체제를 안정화하는 한편 서독의 정치·경제적
영향력을 고루 높이며 평화와 번영을 달성하려 했다. 그 의도는
적중하여 1988년에는 서독 주민의 0.5%만이 '통일이 시급한 과
제'라는 데 동의했고, 3%만이 통일이 가능하다고 전망했다.

　　통일 독일의 첫 총리인 헬무트 콜 역시 통일에 반대하는
사람이었다. 그는 동독 정권이 유지되면서 동독의 자유화와 경
제 발전을 돕는 데 만족하려 했다. 베를린 장벽 붕괴 불과 한 달
전까지도 콜 총리는 통일이 되려면 한참 걸리리라 전망했다. 그
러나 동독은 너무도 갑작스럽게 붕괴했고 이를 되돌릴 방도도
없었다. 서독 정부는 수십 년간 축적한 데이터를 바탕으로 통일
을 안정적으로 추진하고자 했다. 그간의 지원과 교류를 통해 동
독에 뿌려둔 사회자원도 혼란을 최소화하는 데 활용했다. 오랜

기간의 대화와 협력이 없었다면 서독 정부는 미숙하게 대처했을 것이고 혼란은 증폭되었을 것이다. 독일 통일은 철저한 사전 준비하에 이룩한 '성취'였지 로또 당첨처럼 불현듯 찾아온 '대박'이 아니었다.

둘째, 통일은 '대박'처럼 마냥 반가운 손님이 아니라 불청객일 수 있다. 베를린 장벽은 예고 없이 붕괴했다. 그래서 붕괴한 동독을 서독에 흡수하는 방식으로 통일을 진행해야 했다. 그러나 서독 주민과 동독 주민은 너무나 달랐다. 동독의 경제 수준은 서독의 3분의 1에 불과했고 동독의 구세대는 사회주의 사고방식에 익숙해 있었다. 다시 말해 서독 주민은 동독 주민을 위해 희생해야 했고, 동독 주민은 짧은 시간 내 새로운 사고방식에 적응해야 했다.

하지만 희생과 적응은 생각처럼 순탄하지 못했다. 동서 간 화폐 통합 과정에서 콜 총리는 교환 비율을 1:1로 정했다. 경제 수준에 비례한 경제 논리에 따르면 화폐가치는 '서독 마르크 1: 동독 마르크 3'의 비율로 교환해야 했다. 그러나 콜 총리는 화폐 비율에 차등을 두면 동독 주민을 사실상 2등 시민 취급하게 된다고 우려했다. 그도 그럴 것이 나치 시절의 악몽으로 독일은 그 어떤 형태라도 '시민 차별'에 매우 민감한 상황이었다. 결국 서독 정부는 1:1 교환이라는 경제학 상식을 벗어난 '정치적 선택'을 감행했다. 즉 동독 마르크의 가치는 실제보다 세 배 높게 평가되어 서독 마르크와 동등한 대우를 받게 되었다.

그러나 사회 통합을 위한 선택이 되레 동독 경제를 붕괴시켰고 장기적으로 사회 통합까지 해치고 말았다. 자산과 소득이 순식간에 세 배로 뻥튀기된 동독 사람들은 돈을 더 주더라도 질 좋은 서독 제품을 사려 했다. 품질이 떨어지는 동독 제품은 팔리질 않았고 동독 기업의 매출은 급감했다. 또 서독에 비해 지가가 압도적으로 낮은 동독에 부동산 투기 수요가 몰렸다. 부동산 지가가 급상승하자 기업의 임대료 부담이 커졌다. 동독 노동자들은 더 많은 임금을 요구했고 1990~1991년 사이 임금은 무려 60% 인상되었다. 악재가 한꺼번에 쏟아진 탓에 수많은 동독 기업이 도산했다. 같은 기간 동독 제조업 규모는 3분의 1로 축소되었다.

기업이 망하자 실업이 증가했다. 경제가 무너진 동독을 떠나 서독으로 이주한 사람들은 제대로 자리를 잡지 못했다. 서독 정부가 동독 출신 실업자를 보호하자니 사회 보장 비용이 천문학적으로 불어날 것이 뻔했다. 실업자들은 충분히 보호받지 못했고 길거리로 나앉는 사람은 늘어났다. 서독까지 그야말로 쑥대밭이 되었다. 사회 분열을 막으려는 조치를 취했다지만 오히려 그로 인해 진짜 '2등 시민'을 양산했고 사회 분열도 심화하고 말았다.

갑작스러운 통일은 긴 후유증을 남겼다. 다행히 1995년 물가상승률, 이자율, 환율 등의 경제지표가 통일 이전으로 회복했지만 저성장-저고용 문제는 쉽사리 해결되지 않았다. 독일은 2000년대 초반까지 '유럽의 환자'라는 별명을 달고 살았다. 그러다 2000년대 중반 노동시장 유연화 등 개혁 조치를 하고 국제 경제 환경이 호조를 이루면서 가까스로 정상 궤도에 올랐다. 2015년 동서 간 임금 격차도 85:100 수준으로 많이 완화되었다. 1:3의 경제 격차를 극복하기까지 20년 이상이 걸린 셈이다.

독일 사회에는 여전히 긴장감이 남아있다. 동독 주민들은 사고방식 개조를 강요받고 경제적 어려움을 겪는 과정에서 열패감을 떠안았다. 이런 동독 주민의 불만을 양분 삼아 극우 정당인 '독일을 위한 대안당'은 세를 크게 넓혔다. 극우에 대한 독일 국민의 반감과 '대안 없는 반대'에 국한된 정당 활동 탓에 2021년 총선에선 참패했지만 독일을 위한 대안당은 옛 동독 지역인 작센주와 튀링겐주 지역구 선거에서는 선전하여 지역 제1당 자리를 굳혔다.

독일도 이렇게 고생했을진대 하물며 우리나라 남·북한 통일에는 더 큰 난관이 기다리고 있다. 우선 사회문화적 괴리감이 매우 크다. 독일은 서로 전쟁을 치르지 않았지만 우리는 동족상잔의 참극을 벌였기에 적대심을 갖고 있다. 동독과 서독은 제한적이나마 인적·문화적 교류를 지속했고 분단 기간도 40여 년에 그쳤기에 중년 이상의 세대를 중심으로 사회 통합이 그나마 수월했지만 남북한은 교류가 전면 차단되어 있고 분단된 지도 70년이 지나 친밀성과 동질감이 거의 사라졌다. 서로를 받아들이기 어려울 수밖에 없다.

가장 큰 어려움은 경제 부문이다. 남북한 경제 격차는 2020년 기준 약 27:1이다. 1인당 총소득이 남한은 3,744만 원, 북한은 144만 원에 불과하다. 하나의 경제권으로 묶일 경우 독

일이 겪은 경제 붕괴와 1·2등 시민의 문제를 수십, 수백, 수천
배 강도로 겪을 수 있다. 현실적으로 당장의 한반도에는 통일이
'대박'일 수가 없다.

국가 연합, 한반도의 현실적인 이상

상상을 초월한 부작용에 신음했지만 어찌 되었든 독일은 통일
에 성공해 함께 미래로 나아가고 있다. 독일을 이정표 삼아 우
리도 우리만의 이상을 수립해 나아가야 한다.

언젠가는 우리 민족이, 아니 한반도 전 인민이 손을 맞잡
는 순간이 올 것이다. 하지만 단일국가나 연방국가를 지향하기
엔 감당해야 하는 부작용이 너무 크므로 EU의 초기 형태나 동
남아시아 국가 연합ASEAN(아세안)처럼 협력하는 느슨한 형태를
꿈꾼다. 우리 정부도 이 점을 알고 있다. 1989년 노태우 정부 이
래 정부는 공식적으로 국가 연합을 통일 방안으로 고수해왔다.
서로 평화롭게 공존하며 자유롭게 왕래하는 것이 '현실적인 이
상'이다. 한반도가 독일처럼 될 수는 없을지라도 자유와 평화의
실현은 얼마든지 가능하다.

베를린을 떠나며

베를린 장벽 메모리얼을 끝으로 베를린 일정을 마무리했다. 프로이센과 독일 제국이 지나온 영욕의 세월을 돌아다보고 장벽으로 갈라졌던 분단의 흔적도 생생하게 마주했다. 그 흔적 앞에서 우리나라의 분단 현실을 생각하며 눈을 질끈 감기도 했다.

지금까지 동쪽에서 서쪽으로 달려왔다면, 이제는 독일을 수직으로 관통해 남쪽으로 내려갈 예정이다. 다음 목적지는 독일 중부 도시 뉘른베르크. 그곳에서 나치가 도래하는 과정, 제2차 세계대전의 발발 원인, 나치의 패망과 청산 작업 등을 살펴볼 것이다.

엣 장벽이 세워진 길을 따라 박아둔 돌

뉘른베르크에서
한국-일본 관계를 보다

로맨틱 가도와 뉘른베르크 재판

오후 4시가 다 되어 도착한 뉘른베르크는 베를린이나 드레스덴 과는 느낌이 달랐다. 신성로마제국 황제가 지은 황제 궁전을 비 롯해 교회, 성곽 등 유서 깊은 옛 건물들이 제2차 세계대전 때 영국군의 폭격으로 상당수 파괴되어 복원한 건물들이 많았다. 하지만 중세의 풍경을 간직한 고즈넉한 정취는 수백 년 전 그대 로인 듯했다.

　뉘른베르크를 여행하기로 한 이유는 두 가지였다. 첫째, '로맨틱 가도Romantische Straße'라고 불리는 독일 중부의 아름다운 소도시가 보고 싶어서였다. 로맨틱 가도에서 고성이 이어진 길 을 차로 달리면 '로맨틱'한 분위기를 느낄 수 있다. 로맨틱 가도는 '로맨틱'하다는 뜻에서 붙은 이름은 아니다. "모든 길은 로마로 통한다."라고 했던 로마 제국이 놓은 길이라는 의미에서 '로맨틱 가도'라고 불렀을 뿐이다. 1950년대 정부는 그 명칭에 착안하여 이 길을 관광 자원으로 개발하기 시작했다. 뉘른베르크는 그 길에서 가장 큰 도시다.

둘째, 나치 전범 재판의 현장에서 독일의 전범 청산 과정을 논하고 싶었기 때문이다. 1927년부터 나치는 뉘른베르크에서 정기적으로 전당대회를 개최했고, 1935년에는 〈뉘른베르크법〉을 통과시켜 유대인 탄압을 본격화했다. 이 상징성으로 인해 독일 패망 후 연합군이 나치를 청산하는 '뉘른베르크 국제 군사 재판 Nürnberg International Military Tribunal'을 이곳에서 열었다. 뉘른베르크 재판은 독일의 혹독한 전범 청산을 상징한다. 이 재판을 계기로 전범국 독일에 대한 국제 사회의 신뢰가 회복되고 독일의 경제 재건과 유럽 통합이 가능해졌다. 일본과의 과거사 문제로 지금도 골머리를 앓는 우리에게 뉘른베르크 재판은 선망의 대상이다. 그 재판의 현장을 돌아보며 독일의 전범 청산 과정을 성찰하고 한일 과거사 청산과 비교해 보고 싶었다.

뉘른베르크 전범 재판 기념관

뉘른베르크 재판소가 있던 자리에는 뉘른베르크 전범 재판 기념관이 세워져 실제 재판정을 그대로 재현해놓고 관련 사료를 전시하고 있었다. 우리는 뉘른베르크 중앙역에 도착하자마자 전범 재판 기념관으로 향했다. 이곳의 2층으로 올라가면 재판정 내부를 내려다볼 수 있는데 위에서 내려다보고 재판정 방청석에 들어가 앉아 보았다. 당시 모습 그대로 복원해둔 데다 피고인들의 실제 동선까지 표시해두어 재판이 실감나게 다가왔다.

재판정을 나와 뉘른베르크 재판 기록관으로 입장했다. 많은 설명이 독일어로만 되어있어서 영어 오디오 가이드가 제공되는 일부 설명만 훑었다. 오후 늦게 간 탓에 빨리 보아야 했는데, 군사·법 용어가 많아 따라가기 힘겨웠다. 뉘른베르크 재판 기록관 다음에는 극동 군사 재판*International Military Tribunal Far East*(이하 도쿄 재판) 기록관이 있었다. 시간이 촉박했는데 밀도 높은 새 콘텐츠가 등장하니 당황스러웠다. 한일 과거사 청산에 대한 시사점을 얻을 수 있는 전시인 만큼 시간을 넉넉히 잡고 방문하여 꼼꼼히 살펴보면 좋을 듯하다.

재판의 법적 근거를 마련하다

뉘른베르크 재판은 제2차 세계대전이 끝난 1945년 11월 14일부터 이듬해 1946년 10월 1일까지 약 1년에 걸쳐 독일 전범을 처벌하기 위해 열린 재판이다. 뉘른베르크 재판 이전, 즉 제2차 세계대전 이전까지는 아무리 큰 전쟁을 일으켰어도 법적 처벌을 받지 않았다. 무차별적으로 전쟁을 치른 나폴레옹은 정치적

황제 궁전에서 바라본 뉘른베르크 전경

뉘른베르크 전범 재판 기념관에 있는 재판정

2층에서 내려다본 재판정 모습

유배를 당하는 데 그쳤고, 제1차 세계대전을 일으킨 독일 황제 빌헬름 2세는 1919년 6월 29일에 체결된 〈베르사유 조약〉에 따라 처벌하기로 했으나 외국으로 망명하여 여생을 편히 보냈다.

당시에는 전범을 불러다 처벌할 의지나 능력이 국제 사회에 없었다. 여러 전쟁법이 존재하긴 했으나 미비했다. 민간인과 포로에 대한 범죄를 '전쟁 범죄'로 규정한 1864년 〈제네바 협약〉, 질식가스 등 대량 살상 무기의 사용을 금지하는 등 전쟁 관례를 정한 1899년 〈헤이그 육전 조약〉, 침략 전쟁을 금지한 1928년 〈켈로그-브리앙 협약〉이 대표적이다. 규정은 있었지만 전쟁 범죄를 처벌할 국제 공조 체계 또한 미비했으며 침략 전쟁의 의미도 정의하지 않았다. '전쟁을 일으키는 것'은 별도의 죄로 규정하지 않아 누구나 '방어'를 명분으로 전쟁을 일으킬 여지가 있었다(두 차례 세계대전 모두에서 독일은 자국 방위를 지킨다는 명분으로 전쟁을 일으켰다). 인종 차별과 집단 학살은 민간인·포로에 대한 처우와는 별개의 문제였으나 역시 죄로 규정되지 않아 처벌 근거가 없었다.

그런데 제2차 세계대전이 한창이던 1941년 독일의 소련 침공을 계기로 전쟁 중 잔학 행위에 대한 문제 제기가 활발해졌다. 나치는 동유럽의 슬라브족과 유대인, 롬인 등을 열등한 민족으로 규정하고 이들 민족과 공산주의자와 포로를 홀로코스트 대상으로 삼았다. 홀로코스트의 정황은 한동안 외부에 알려지지 않았다가 소련이 동유립으로 진군하며 발건한 흔적을 통해 서서히 밝혀졌다. 결국 1943년 미국, 영국, 소련은 독일이 벌인 모든 잔학 행위와 전쟁 범죄를 처단하겠다고 결의했다. 이후 승기가 확고해지자 협의를 통해 진범 재판의 법적 근거를 마련했다. 그리고 1945년 8월 일련의 협약과 조약을 체결하고 새롭게 근거를 마련하면서 뉘른베르크 재판은 법적 근거를 얻게 되었다.

나치 지도자를 처벌하다

재판 대상은 나치의 2인자 헤르만 괴링Hermann Wilhelm Göring 1893~1946, 히틀러의 대리인 루돌프 헤스Rudolf Heß 1894~1987, 해군 사령관 겸 히틀러 사후 총통 대행 칼 되니츠Karl Dönitz 1891~1980, 육군 사령관 빌헬름 카이텔Wilhelm Keitel 1882~1946 등 23명이었다. 아돌프 히틀러, 요제프 괴벨스는 물론 히틀러의 오른팔 하인리히 힘러까지 포함해야 제대로 된 재판이었겠지만 히틀러와 괴벨스는 베를린 함락 직전 지하 벙커에서 자살했고, 힘러는 히틀러 사망 직후 도피를 거듭하다가 발각되자 자살했다.

지도부 개개인에게 책임을 묻는 '지도자 책임론'은 이때 도입되었다. 이전까지는 '국민 책임론'이 지배적이어서 군주가 국민의 의사와 상관없이 전쟁을 일으켰어도 국민 전체가 책임을 져야 했다. 그리하여 제1차 세계대전 승전국은 〈베르사유 조약〉으로 패전국 독일에 천문학적 배상금을 물리고 재기 불가능하게 만들었다. 뒤에서 살펴보겠지만 그 결과 독일은 억울함과 앙심을 품게 되었고 그 분위기를 타고 선출된 히틀러가 제2차 세계대전을 일으켰다. 제2차 세계대전이 끝난 뒤 국제 사회는 역사의 반복을 막고자 지도자를 처벌하여 전쟁 책임을 명확히 인식시키되 국민은 국제 사회로 복귀할 수 있도록 했다.

이처럼 뉘른베르크 재판은 제2차 세계대전의 원인, 특히 베르사유 체제의 문제점에 대한 성찰과 깊게 결부되어 있다. 따라서 제1차 세계대전의 전후 처리가 독일의 불만을 가중하여 제2차 세계대전을 유발하는 과정을 살피면 뉘른베르크 재판의 의의를 깊게 이해할 수 있다. 이제부터 제1차 세계대전 직후 베르사유 체제의 문제점, 뉘른베르크 재판과 이후 독일의 전후 처리 과정의 특징을 상세히 짚어보려 한다. 그런 다음 뉘른베르크 재판의 의의를 살핀 후 이를 도쿄 재판과 비교하며 한·일 과거사 문제를 성찰해보려 한다.

가혹한 〈베르사유 조약〉, 제2차 세계대전을 부르다

제2차 세계대전은 〈베르사유 조약〉의 가혹함 때문에 발생했다. 〈베르사유 조약〉은 여러 면에서 현명하지 못했다. 우선 전쟁 발발에 대한 책임을 엉뚱한 이들에게 물었다. 앞서 말했듯이 제1차 세계대전 당시 독일은 빌헬름 2세의 군주정이었고, 그의 옆에는 전통적인 토지 귀족 융커Junker들로 구성된 관료들이 있었다. 제1차 세계대전으로 향하게 되는 구체적인 과정은 뒤에서 자세히 이야기하겠지만, 확실히 제1차 세계대전을 일으킨 장본인은 '소수 왕족과 귀족'이었다.

독일 국민은 패전이 가까워지자 빌헬름 2세를 폐위하고 바이마르 공화국을 수립한 후 항복했다. 전후 협상 테이블에는 전범 군주정을 무너뜨린 바이마르 공화국 협상단이 앉아 독일에 대한 관대한 처분을 요청했다. 하지만 연합국은 독일 전체에 책임을 물어 독일 국민의 기대를 좌절시켰고 독일 내에서는 전쟁의 주범인 군국주의 귀족들이 애꿎은 협상단더러 "Dolchstoßlegende(등 뒤에 칼을 꽂았다)."라고 규탄하는 어이없는 광경이 연출되었다. 독일 국민은 바이마르를 이끌던 온건 세력에 불만을 품고 나치와 공산당이라는 극단주의 세력에 마음을 주기 시작했다.

다음으로 〈베르사유 조약〉은 책임 강도가 지나치게 높았다. 영국의 경제학자 존 메이너드 케인스는 《평화의 경제적 결과》에서 독일에 지나친 배상을 강요했다간 최악의 상황으로 치달을 수 있다고 우려한 바 있다. 당시에도 가혹한 조치에 반대하는 의견은 꾸준히 제기되었지만 그럼에도 역사는 최악의 길로 흘러갔다.

미국, 영국, 프랑스는 신생 바이마르 공화국에 가혹한 조치를 가했다. 독일을 먹여 살리던 서쪽 국경의 알자스 로렌, 자르 등을 프랑스와 벨기에에 넘겨주었다. 산업 지대인 이곳을 빼앗기자 독일은 철강 생산 48%, 석탄 생산 16%, 인구 12%가 감소했다. 또 주민 대부분이 독일인인 단치히(그단스크)를 폴란드에, 주데텐란트를 체코슬로바키아에 떼어 주었다(이는 나중에 히틀러가 독일 민족을 해방한다는 명목을 내세워 폴란드와 체코슬로바키아를 침공하는 명분이 된다). 아프리카 등지의 식민지도 빼앗겼고 국경에서 무장할 수도 없게 되었다. 여기에 결정적인 조치가 하나 더해졌다. 〈베르사유 조약〉 231조에 규정된 '전쟁 책임에 대한 조항'이었다. 연합국은 당시 독일 GDP의 300%에 달하는 천문학적 배상금을 물렸다.

천문학적 배상금, 미국의 직무 유기와 대공황

시간이 지나면서 이 배상금은 과도하다고 판명되어 연합국은 수년간 수차례 협상을 거쳐 배상금을 독일 GDP의 80% 수준으로 탕감해주었다. 독일은 1925년 〈베르사유 조약〉의 군사·외교적 내용을 재확인하고 국제 연맹에 가입하는 등 국제 사회에 정상적으로 복귀하는 〈로카르노 조약〉을 프랑스, 벨기에, 폴란드 등 주변국과 체결했다. 일련의 합의와 조약 체결에 힘입어 프랑스-독일 양국 대표◆는 1926년 노벨평화상을 공동 수상키도 했다.

하지만 줄어들었다고는 하지만 배상금은 여전히 독일에 큰 부담이었다. 독일은 배상금 지급으로 빚을 많이 져서 경제적으로 취약했다. 산업 기반을 해체당해서 외국에서 돈을 벌어올

◆ 프랑스 총리 아리스티드 브리앙과 독일 외무장관 구스타프 슈트레제만을 말한다.

여력도 없었다.

독일 정부는 화폐를 대량으로 찍어내어 그것으로 배상금을 지불하는 방법을 선택했다. 이는 곧 극심한 인플레이션을 일으켜 독일 국민에게 폭탄이 되어 돌아왔다. 무려 10억 배 가까운 급격한 물가 상승을 겪었다. 빵 1파운드를 사려면 30억 마르크가, 1달러를 바꾸려면 4조 2천억 마르크가 필요했다. 1921년 6월부터 1924년 1월 사이에 독일은 인류 역사상 몇 안 되는 하이퍼인플레이션을 겪었다.

이후 화폐를 새로 만들고 배상금도 탕감받아 겨우겨우 경제가 회복되는가 싶었으나 1929년 미국에서 대공황이 터졌다. 미국은 유럽에 풀었던 자금을 회수하려 했고 미국의 투자에 의존하던 독일 경제는 다시금 급속도로 위축되었다. 경제 위기는 무책임한 극단주의자들이 극성을 부리기에 알맞은 토양을 제공했다. 히틀러는 독일에 닥친 불행의 배후에 유대인과 사회주의자들이 있다는 음모론을 펴며 제2차 세계대전으로 나아갔다.

이러한 정치·경제적 배경 때문에 제2차 세계대전 발발의 근원을 미국의 태도에서 찾기도 한다. 미국 경제학자 찰스 킨들버거는 패권국의 존재가 국제 시스템을 안정시킬 수 있다고 주장하며, 대공황의 여러 원인 중 가장 핵심으로 미국의 '최종 대부자The lender of last resort 역할 방기'를 꼽았다. 금융 시스템에는 위기 시 사람들의 심리와 통화를 안정시킬 중앙은행이 필요하다. 그러나 공식적인 국제 중앙은행이 존재하지 않는 시기에 여러 나라가 중앙은행 역할을 자처하면 오히려 혼란을 유발할 수 있다. 따라서 패권국이 최종 대부자 역할을 맡아 필요시 시장에 화폐를 풀어 안정시키고 금융 체제, 나아가 국제 시스템 전반을 보호해야 한다.

킨들버거에 따르면 당시 영국은 쇠퇴했고 미국이 패권국의 위상을 지니게 되었으나 패권국으로서의 자각이 부족했다. 미국은 대공황이 오자 전 세계에 풀었던 자금을 섣불리 회수하려 들었다. 국내 경제 안정을 위해 불가피한 조치였겠지만 그로 인해 세계 경제는 안전장치 없이 무너졌다. 킨들버거는 미국이 대공황에 책임이 있다고 주장하는 데 그쳤으나 독일의 경제 붕괴가 제2차 세계대전의 직접적인 원인이라는 점을 고려하면 미국의 직무 유기가 제2차 세계대전을 유발했다는 설명도 설득력을 얻는다. 실제로 의무가 있었다기보단 미국만이 이를 막을 수 있었다는 뜻이다.

정리하자면 〈베르사유 조약〉으로 인한 영토와 경제 문제에서 누적된 불만이 대공황에서 폭발하여 히틀러와 나치를 불렀다. 법적 측면에서 살펴본다면 〈베르사유 조약〉에서 채택한 국민 책임론이 더 큰 부메랑이 되어 돌아왔다고 할 수 있다. 연합국은 제1차 세계대전을 반면교사 삼아 제2차 세계대전의 전후 처리는 뉘른베르크 재판을 열어 책임자만 처벌하는 선에서 끝냈다.

뉘른베르크 이후, 흐지부지 끝난 나치 청산

물론 전쟁 책임을 묻는 일과 나치 청산 작업은 별개였다. 냉전 시작 전까지 독일을 분할 점령 하던 연합국은 각자 나치 부역 자들을 처벌했다. 영국이 64,500명, 미국이 95,250명, 프랑스가 18,963명, 소련이 67,179명을 구속했다. 그러나 소련을 제외한 서방 관할 구역에서는 얼마 지나지 않아 수감자 대부분을 석방 했다. 베르사유 체제의 업보를 되풀이하고 싶지 않았기 때문이 다. 게다가 제2차 세계대전 직후 독일은 동과 서로 분할되어 냉 전의 최전선이 되었다. 서방은 서독의 역량을 끌어올리면서 자 유주의 진영으로 확실히 포섭하기 위해 나치에 부역했더라도 능력 있는 이라면 재기용했다.

이후 서독 정부에서 10만여 명을 기소하였으나 이는 국 제 사회에서의 이미지 개선을 위한 '보여주기'였다는 평가가 지 배적이다. 대부분의 나치 부역자가 버젓이 법조계나 행정 권력 의 중추로 활약했고 이로 인해 1950년대 나치 계승을 표방하 는 정당이 등장했으며 1960년대까지만 하더라도 나치를 옹호 하는 분위기와 '독일은 피해자'라는 여론이 팽배했다. 앞서 언 급한 정치철학자 한나 아렌트가 《예루살렘의 아이히만*Eichmann in Jerusalem*》이라는 책에서 '악의 평범성'이라는 개념을 제시한 때 도 이 무렵이다. 악의 평범성이란 도덕적 성찰이 결여된 채 기 계적 합리성에 매몰된다면 평범한 사람도 '악마'가 될 수 있다 는 개념으로 당시 서독에 만연한 도덕 불감증과 나치에 대한 희구를 규탄했다는 점에서 역사적 의의가 있다. 한편 소련이 지배하는 동독에서는 '반파시스트'를 내걸고 공산당 정권이 집권한 터라 비교적 철저한 나치 청산이 이루어졌다. 20만 명에 달하는 공직자들이 나치 부역의 죄목으로 퇴출당했다.

동독과 서독 모두가 일정한 배상금을 떠안았지만 제1차 세계대전 때처럼 파괴적인 수준은 아니었다. 1945년부터 1988년까지 양 독일이 연합국과 이스라엘·폴란드 등의 피해국에 배상한 금액은 505억 달러였다. 동독은 공장을 해체하여 양도하는 방식으로 소련에 배상을 진행했다. 소련은 동독으로부터 676개의 기업을 약탈하고 수억 달러를 받아냈으나 남아있는 수십억 달러의 배상금은 동구권 결속을 위해 1953년에 전액 탕감해주었다. 서독은 피해국과 관련 단체에 현금으로 배상했고 영국·미국·프랑스에는 국외 재산을 양도하여 배상했다. 물론 서방 연합국은 서독의 부흥이 최고 관심사여서 받는 시늉만 했고 적극적으로 배상을 요구하지는 않았다.

통일 후 독일은 수십 년간 나치 피해자 개개인에 대한 배상에 주력했다. 홀로코스트 피해자와 강제 노동에 시달린 사람들이 주로 배상받았다. 마침내 2015년 메르켈 총리는 독일이 패전 후 70년간 640억 유로를 배상했다고 발표하며 배상금 지급 종결을 선언했다.

하지만 독일은 여전히 인근 국가들과 과거사 문제로 씨름하고 있다. 현재 폴란드와 그리스가 독일에 추가적인 배상금을 격렬하게 요구하고 있는데, 독일이 예전에 갚은 돈은 '최초 배

독일 편

상금'에 불과하며 '정식 피해 보상'은 남아있다고 이들은 주장한다. 독일은 1950년대에 쌍무 협정과 나사 간 조약으로 정한 액수를 다 갚았다며 반박한다. 독일도 과거사 문제에서 완전히 자유롭지 못하다.

독일은 뉘른베르크 재판을 통해 전쟁 배상금 부담은 더는 대신 경제 발전과 유럽 통합에 집중했다. 비록 나치 청산이 보여주기에 그쳤다는 맹점은 있지만 뉘른베르크 재판을 시작으로 베르사유 체제의 문제점을 극복하려는 노력은 성공적이었고 이 재판을 통해 유럽과 독일은 평화와 번영으로 나아갈 수 있었다.

인권의 시작인가, 승자의 법정인가

뉘른베르크 재판은 국제 사회 차원에서 개인을 처벌하는 '국제형사법'의 토대가 되었다. 뉘른베르크 재판에서 다룬 죄목은 '평화에 반한 죄', '전쟁 범죄', '인도에 반한 죄' 세 가지였다.

'평화에 반한 죄'는 국제법상 금지되는 무력의 사용 또는 위협을 의미한다. 자국을 방어하려는 방위 전쟁 외에 '침략 전쟁'을 금지한다. '전쟁 범죄'는 포로와 적국 민간인 학살, 약탈, 강간 등의 전시 국제법 위반 행위를 가리킨다. '인도에 반한 죄'는 인종 학살과 노예화 등 자국민에 대한 행위까지 포함해 '인권'을 침해하는 행위를 말하며 국제형사재판소 ICC, International Criminal Court에서 주요하게 다루고 있다. 뉘른베르크 재판은 유고

내전, 르완다 내전에서 발생한 제노사이드 같은 심각한 인권 문제가 발생했을 때 외국 군대가 개입할 법적 근거를 제공해주었다. 또한 문화와 국경을 초월하는 인권을 전 세계에 도입하는 계기가 되었다.

뉘른베르크 재판은 '승자의 법정'이라고 비판받기도 한다. 첫째, '죄형 법정주의'를 위반했기 때문이다. 공정한 재판이라면 재판과 처벌 과정 일체가 법에 미리 규정되어 있어야 한다. 범죄가 발생한 당시 존재하지 않던 법을 사후에 제정하여 처벌하는 '소급 적용'이나 유사한 범죄를 규율하는 다른 법을 빌려와 처벌하는 '유추'는 금지된다. 그러나 뉘른베르크 재판의 법적 근거는 독일이 전쟁을 일으킬 당시 존재하지 않았으며 종전 후 연합국이 짜 맞췄다. 그래서 현대 법체계가 절대시하는 죄형 법정주의를 승전국들이 일방적으로 위반했다는 비판을 받고 있다.

둘째, 승자의 죄는 눈감아주고 패자에게 발언권을 주지 않았기 때문이다. 뉘른베르크 재판에서는 오직 나치의 범죄만을 처벌했다. 그러나 승자인 연합국도 범죄 혐의로부터 자유롭진 않았다. 영국은 드레스덴 등에 무차별 폭격을 가했고, 미국은 히로시마와 나가사키에 원자폭탄을 투하해 수많은 민간인을 학살했다. 소련 역시 폴란드 카틴 숲을 비롯해 전쟁터 전역에서 민간인과 포로를 학대 또는 살해하거나 강간 및 약탈을 자행했다. 그러나 이러한 범죄는 재판에 넘겨지지 않았다. 승전국은 뉘른베르크 재판에서 피고인이 아니라 검사와 판사로만 등장했다.

연합국은 법적으로 문제가 없다고 주장했다. 재판소 설

치의 직접적인 근거 규정을 마련한 1945년 〈런던 헌장London Charter〉에 따르면 뉘른베르크 재판은 연합국이 저지른 범죄를 다루는 장이 아니며 독일은 무조건 항복을 통해 이 협정을 수용 했으므로 이의를 제기할 수 없었다. 그러나 '완전무결하지 않은 승자가 무슨 권리로 패자를 심판할 수 있는가?'라는 도덕·철학적 의문은 해소되지 않았다. 국제사회가 합의한 질서가 부재했기에 '힘이 곧 정의'였을 뿐 '법이 그런데 어쩌겠어요'라는 식으로 궁색하게 변명하는 수밖에 없다.

전범 재판, 인류의 가장 선진적인 전후 처리 방식

여러 한계에도 뉘른베르크 재판은 전반적으로 현명했다. 이 재판은 역사상 가장 선진적인 전후 처리 방식이었다. 이전에는 재판을 통하지 않은 즉결 처형이 일반적이었고 처칠 영국 총리도 즉결 처형을 끝까지 고집했다. 그러나 미국은 '재판을 통해 나치의 범죄와 죄악에 대한 객관적 기록을 남겨 모든 인류가 연구할 수 있게 하자'는 명분을 내세워 반대자들을 설득했다.

이 주장이 관철되면서 미국은 '정의'와 '공정'의 화신 같은 이미지를 얻으며 이는 냉전이 본격화되면서 자유주의 진영이 서독을 비롯해 경계 지대에 있는 국가를 포섭하는 데 큰 도움을 주었다. 즉 뉘른베르크 재판 이후 소련과의 체제 경쟁에 승리하면서 미국은 정의의 표준으로 더욱 추앙받게 되었다. 하지만 미국의 이데올로기 전쟁에 활용되었다는 편협성을 별론으로 한다면 뉘른베르크 재판은 국제 사회에서 정의와 공정을 중요한 화두로 격상시켰다는 점에서 높게 평가받아 마땅하다.

과거사 청산과 평화 안착에 기여하다

뉘른베르크 재판 덕분에 독일은 나치의 굴레에서 해방되었다. 나치의 조직적 음모에 관한 증거가 대량 수집되었고, 이는 후에 나치 청산을 정당화하고 이에 매진할 좋은 근거가 되었다. 나치 청산에 비교적 소극적이던 전후 세대와는 다르게 그 자식 세대는 68혁명의 주역으로서 나치 청산에 훨씬 적극적이었다. 뉘른베르크 재판은 현대 독일이 과거사 반성과 청산에 집중하도록 이끄는 역할을 했다.

뉘른베르크 재판은 평화 안착에도 기여했다. 제1차 세계대전이 끝난 직후에는 전범이 처벌받지 않아 승전국의 불만과 분노가 독일을 향한 무자비한 보복으로 이어졌다. 이에 패전국의 억울함과 분노가 쌓여 제2차 세계대전이 발생했다. 하지만 이번에는 '나치의 얼굴'들이 처벌받으면서 분노가 많이 해소되었다. 서방 세계는 부정적 여론을 최소화한 채 부담 없이 서독 재건을 지원할 수 있었고 프랑스는 서독과 함께 '유럽 석탄 철강 공동체 ECSC, European Coal and Steel Community '◆를 발족했다. 이 공동체는 수십 년간 발전을 거듭하여 EU가 되었다.

뉘른베르크 재판은 과거의 실패를 반추하여 국제 사회에 적용되는 규범 체계인 '국제법'의 패러다임을 전환했다는 경제사적·법적 의의, 전후 독일(분단 시기이므로 서독)이 국제 사회에 복귀하도록 돕고 후에 나치 청산을 보다 철저히 하도록 이끌었다는 정치적 의의를 지닌다. 보여주기식으로 소수 지도자만 처벌한 한계에도 불구하고 모범적인 전후 처리 방식으로 손꼽힐 만하다. 그러나 우리에게는 뉘른베르크 재판이 멀게 느껴진다. 일본 전범을 처벌하기 위해 열린 '도쿄 재판'과 비슷하면서도 너무 다르기 때문이다. 일본에서도 비슷한 재판이 열렸지만 여러 이유로 독일처럼 철저한 과거사 청산은 이루어지지 않았다.

미국, 졸속 재판으로 일본을 사면하다

✖

뉘른베르크 재판은 일본의 전범을 처벌하는 극동 군사 재판, 즉 도쿄 재판의 모태가 되었다. 도쿄 재판은 태평양 전쟁 종전 후 1946년 5월부터 1948년 11월까지 열렸으나 미국이 철저히 미국의 전략적 목표를 위해서만 이용하면서 한국과 일본 사이에

◆ 1952년에 석탄과 철강의 생산 및 판매를 위하여 프랑스·독일·이탈리아·벨기에·네덜란드·룩셈부르크 등 6개국이 설립한 기구.

는 과거사 문제가 남게 되었다.

　뉘른베르크 재판은 미국·영국·프랑스·소련이 공동으로 주재했으나 도쿄 재판은 미국이 독점했다. 한반도를 미국과 소련이 남과 북으로 갈라 점령하면서 동아시아 냉전 기류가 고조되는 시점이었다. 미국은 아시아에서의 영향력을 유지하기 위해 일본을 교두보로 낙점했고 이러한 배경 아래 연합군 사령관 더글러스 맥아더*Douglas MacArther, 1880~1964*의 명령으로 도쿄 재판소가 설립되었다. 국제조약을 통해 설립된 뉘른베르크 재판소와는 태생부터 달랐다. 도쿄 재판이 뉘른베르크 재판과 다른 점을 세 가지로 정리해볼 수 있다.

　첫째, 뉘른베르크에서와 달리 도쿄 재판에서는 '인도에 반한 죄' 즉 인권 침해를 제대로 단죄하지 못했다. '마루타'라는 이름으로 알려진 731부대의 생체실험은 '지식 보호'와 '세균과 독가스에 관한 연구 실적 보존'의 명목으로 기소조차 면했다.

　둘째, 히로히토 천황은 일본의 전쟁 범죄를 묵인 또는 주도했으나 처벌받지 않았다. 태평양지역 미국 최고사령부 사령관 맥아더는 천황의 권력을 박탈하긴 했지만 그를 내세워 미군정의 통치를 정당화했다. 최종 책임자가 미국의 손에 사면받은 셈이다.

　셋째, A급 전범 19명이 석방되었다. A급 전범에는 당시 총리 도조 히데키*Tojo Hideki 1884~1948*를 비롯 전쟁 주동자들이 포함되있다. 도조 등 7녕은 사형되었으나 19명은 종신형과 금고형을 선고받았다가 집행 중 석방되었다. 기시 노부스케*Kishi Nobusuke*

1896~1987 등 나머지 A급 전범들은 모두 불기소 처분을 받았다. 이뿐 아니라 석방되거나 불기소된 사람 중 다수가 정·재계에 복귀하여 막강한 영향력을 행사했다. 기시 노부스케는 총리까지 지냈고, 그의 동생 사토 에이사쿠와 외손자 아베 신조는 '총리 가문' 출신이라는 이점에 힘입어 각각 10년 가까이 총리로 재임했다. 최고 지도자 일부만이 사형됐다는 점은 독일도 마찬가지지만 적어도 독일에서는 전범들이 집권하지는 않았다. 허나 일본에서는 일부만 도려낸 채 다시 전범들이 정권을 잡았다.

도쿄 재판, 일본의 피해자 의식을 구축하다

한·일 과거사 문제는 일본의 피해자 의식에서 비롯되었다. 일본 국민은 미국의 원폭 투하, 일제 군부에 의한 민간인 수탈 두 가지를 근거로 삼아 스스로를 피해자로 인식한다. '일본판 안네의 일기'라고도 불리는 《요코의 일기》가 전후 일본에서 베스트셀러가 되고 미국 수출까지 됐다는 사실에서도 일본의 피해자 의식을 읽을 수 있다. 이 책은 일본인 가족이 만주에서 사업체를 운영하며 조선인을 부려 먹다가 패전 후 도망치며 온갖 고초를 겪는 이야기를 다루는데, 일본의 적반하장식 태도는 여기서도 나온다. 극소수 전범과 자신을 분리하여 '내 나라'가 저질렀으니 도의적인 책임은 있지만 '나'나 '내 편'이 저지르진 않았으니 그 이상의 책임은 지기 싫다는 태도를 엿볼 수 있다.

이러한 인식은 도쿄 재판에서 미국이 보인 태도에서 기원했다. 미군정 시기 일본에서의 모든 도덕·정치 판단의 주체는 일본 자신이 아니라 미국, 특히 맥아더였다. 맥아더는 천황에게 일개 인간임을 자인하는 '인간 선언'을 하도록 종용했다. 신과 같은 존재인 천황의 인간 선언은 일본인에게 치욕이고 충격이었다. 천황이 모든 책임을 져야 할 일본의 신이 아니라 신에서 인간으로 강등당한 불쌍한 존재가 되면서 미국에 복종해야 하는 일본인 자신으로 표상되었다.

아울러 미국은 전범 대부분을 사실상 면죄해주었다. 전범들이 처벌받지 않으니 국민들은 박탈감이 생겨 그들과 자신을 구별 짓게 되었다. 또 한편 그들이 면죄받는 모습을 보면서 일본이 크게 잘못한 게 없다는 인식도 공유하게 되었다. 더욱이 미국이 생체 실험 같은 반인륜 범죄 사실조차 감춰준 탓에 일본인들은 무엇을 잘못했는지에 대한 고민조차 깊게 할 수 없었다.

미 국무성 정보조사국 극동조사과의 보고서 〈A급 전범 재판에 대한 일본인의 반응〉(1948)에 따르면 일본 국민은 천황과 소수 '일탈자'가 나라와 일상을 빼앗아 갔다고 인식했다. 또한 미군정이 소수 '일탈자'는 도조 히데키와 사형당한 7명이라고 답을 내려주면서 일본 국민은 자신이 군국주의에 희생당했다고 생각하게 되었다. 미군정은 도쿄 재판에서 일본에 사실상 '무죄'를 선고하며 일본 사람들이 전쟁 책임을 회피하고 피해자 행세에 집착하도록 이끌었다. 오늘날까지도 일본이 역사적 책임을 교묘히 회피하는 모습은 도쿄 재판으로부터 비롯했다고 볼 수 있다.

한일 과거사 문제는 도쿄 재판에서부터

이러한 구조적 측면을 고려하면 한·일 과거사 문제를 다른 관점에서 바라볼 여지가 생긴다. 일본이 악의적으로 진실을 은폐하는 걸까? 오히려 잘못이 없다고 '잘못' 생각하는 것처럼 보인다.

지금도 미국은 한국, 일본, 유럽 등을 아우르는 자유세계의 패권국이다. 그런 미국이 도쿄 재판에서 일본을 사실상 면책해주었으니 우리가 아무리 사과를 요구한다 한들 일본은 지루한 동어반복으로 여기기 쉽다. 시간이 지날수록 이런 경향은 두드러질 것이고 그럴수록 사과 요구는 오히려 역사 수정주의자들이 활개 칠 빌미를 줄 수 있다. 1960~1970년대 사회운동을 주도한 일본의 진보적 구세대는 기억 전쟁의 무대에서 퇴장하는 중이다. 젊은 세대는 전쟁에 대한 경험이 없고 개인주의가 강해지고 있다. 과거에 대한 책임 추궁에 피로감을 느낄 것이고 피로감은 수정주의에 대한 지지로 이어질 우려가 있다.

일본의 완전한 사과를 원한다면 도쿄 재판까지 거슬러 올라가 원죄를 추궁해야 하지만 여러모로 난망해 보인다. 도쿄 재판을 문제 삼으면 재판 결과를 전제로 수립한 전후 일본 정권의 정당성을 부인하게 되는 셈이다. 일본 정권의 정당성을 부인하면 그간 화해 노력을 지속해온 우리 정부의 정당성마저 훼손된다. 새 정부와 이전 정부 사이의 단절을 선언해야 하는 이 부담스러운 사안을 우리가 감당할 수 있을까?

뉘른베르크 중앙역. 고풍스러운 건물 아래에는 지하철 플랫폼이 있다.

뉘른베르크 시내의 한 다리 위

시작은 우리 내부의 화해로부터

사실상 한·일 양국은 소통 불능 상태에 빠져 있다. 경제 분야 등에서 협력을 지속하다가도 과거사 문제가 표면화되면 소모적 논쟁이 벌어지고 다른 분야의 협력마저 주춤한다. 과거사 문제가 해결되기 전까지 서로 적대시해야 할까? 아니면 생존 피해자들을 뒤로하고 협력을 추구해야 할까? 이를 동시에 만족시킬 절충안이나 투트랙 전략은 없을까?

명쾌한 해결책을 제시할 수는 없지만 무엇부터 시작해야

하는지는 알고 있다. 친일 아니면 반일로 나누어 서로에게 언어의 칼날을 들이미는 국내 분위기를 바꾸어야 한다. 국가적 합의가 없으면 소위 '갈라치기' 전략에 취약해진다. 일단 우리부터 생각을 정리해야 일본과의 협상도 유리해진다.

한국 시민사회는 인권을 침해당한 이들의 권리를 끝까지 주장하는 동시에 일본 시민사회와의 협조도 긴밀히 추진해야 한다. 국가에서 가장 보수적인 존재는 다름 아닌 정부이고, 가장 진보적인 존재는 시민이다. 일본 정부가 사과할 기미가 안 보인다면 그와 투쟁하는 동시에 일본 시민 개개인과의 접촉을 늘려 시민끼리라도 화해해야 한다. 시민이 변하면 정부도 변할 수 있다.

고즈넉하고 기묘한 도시

뉘른베르크에서 도쿄까지 떠올린 후, 돌고 돌아 뉘른베르크를 돌아보았다. 뉘른베르크 성의 성곽에 턱을 괴고 구시가지를 조망해보니 옛 도시의 멋이 확연히 느껴졌다. 유서 깊은 도시로서의 풍모가 있지만 기묘하기도 하다. 건축물들의 구조부터가 그러했다. 성곽 상단은 오래된 성벽인데, 하단은 지하철 플랫폼으로 채워져 있거나 고풍스러운 중세식 다리가 단조로운 현대식 건물로 이어졌다. 고즈넉한데 어딘가 부조화가 넘쳤다.

이곳을 끝으로 숙소에 돌아왔다. 다음 날 새벽에 일어나 뮌헨으로 향하는 버스에 올랐다.

독일은 어떻게 세계대전을
두 번이나 일으켰을까

여유와 호화가 넘치는 바이에른의 수도

✳

독일에서 가장 여유롭고도 호화로운 도시를 꼽으라면 단연 뮌헨이다. 뮌헨은 부유하기로 유명한 바이에른주의 주도이다. 비텔스바흐 왕가가 통치한 바이에른 왕국은 독일어권 세력 구도에서 1등은 아니지만 안정적 2등을 지켰다. 동남쪽 오스트리아의 합스부르크 왕가와 북쪽 베를린-브란덴부르크(프로이센)의 호엔촐레른 왕가 사이에 갈등이 불거지면 사실상 바이에른 왕국이 캐스팅 보터Casting voter 역할을 했다. 바이에른 왕국은 작센, 하노버, 뷔르템베르크와 동맹을 맺어 제3세력으로서의 입지를 다졌고 결정적인 국면에서는 각종 이권을 보장받는 대가로 승자 편으로 적절히 갈아탔다. 바이에른주는 비옥한 토지를 바탕으로

한 농업을 통해 안정적인 경제생활을 영위했다.

여유와 호화, 이 두 가지가 뮌헨의 첫인상이었다. 뮌헨은 도시 전체가 하나의 미술관이라 해도 될 정도로 미술관과 아름다운 건축물이 많았다. 주변 정세가 안정되고 경제적 여유가 생기자 비텔스바흐 왕가가 예술에 탐닉한 덕분이다. 비텔스바흐 왕가는 1180년부터 1918년까지 바이에른 지역을 통치하여 유럽에서 최장 시간 세습 통치를 이어갔다. 견실한 경제와 안정된 정치를 바탕으로 독자 생활권을 구축했고 1871년 독일 제국에 가맹하며 외교, 군사, 우편, 철도 등에서 광범위한 자치권도 보장받았다. 자율성을 바탕으로 역대 왕들은 예술가를 궁정에 불러들여 건축물을 짓거나 미술품을 수집했다. 호화로운 옛 건물과 잘 어우러지는 정갈한 거리도 뮌헨의 자랑이다.

바이에른주의 경제 역시 독일 내에서 선두는 아니어도 견고한 편이었다. 바이에른주는 농업 국가로서의 안정을 누리다가 산업 혁명 시대에는 프로이센에 다소 뒤처졌다. 이 시기 프로이센은 독일 서부의 석탄·철강 지대를 장악하여 산업화에 박차를 기했고 이 경향은 현대 독일 초기까지도 계속되었다. 그러다 1960~1970년대 석탄·철강 산업이 쇠퇴해가자 상황이 역전되었다. 바이에른주는 이웃한 바덴-뷔르템베르크주와 함께 자동차 산업에 심혈을 기울여 독일 산업의 중추로 우뚝 섰다. 발달한 공업을 발판 삼아 첨단 기술 기업을 선제적으로 육성하거나 유치하며 독일에서 손꼽히는 부자 지역으로 발돋움했다.

여담으로, 바이에른과 바덴-뷔르템베르크는 서로 이웃해

있는 주로서 옛 왕국 시절부터 크고 작은 다툼이 많았기에 서로에 대한 경쟁심리가 강하다. 하나의 산업지대를 형성하고 발전한 현재도 여전히 라이벌 관계다. 바이에른은 BMW와 아우디, 바덴-뷔르템베르크는 포르쉐와 메르세데스-벤츠의 본사를 각각 유치하고 있다. 바이에른은 독일 내에서 스스로 '바이에른-독일인'이라고 부를 정도로 지역에 대한 자부심이 대단하고 독립 성향이 강하다. 독일은 이렇듯 국가 정체성이 느슨해서 '유럽인'이라는 정체성에 별달리 거부감을 느끼지 않는다. 이는 독일 사람들이 유럽 통합에 매우 적극적인 이유 중 하나이다.

님펜부르크 궁전과 세련된 뮌헨 거리

뮌헨 첫날 아침, 님펜부르크 궁전을 둘러보았다. 님펜부르크는 '요정의 성'이라는 뜻이다. 님펜부르크 궁전은 17세기에 지어져 1918년 제1차 세계대전 패전으로 바이에른 왕국이 해체되기 전까지 왕가의 '여름 궁전' 혹은 '별궁'으로 쓰였다. 콘셉트와 구조는 프랑스 베르사유 궁전을 모방했다. 궁전과 궁전 앞뒤의 마당, 인공 연못 등을 아우르는 공간은 남북으로 632m에 달하여 베르사유 궁전보다 크다. 후문의 프랑스풍 정원은 숲이라 해도 믿을 만한 거대한 규모로 조성되어 웅장함을 더했다.

우리는 프랑스풍 정원을 거쳐 후문으로 들어가기로 했다. 정원 근방이 시 외곽이라 도로가 한산하고 트램이 간간이 지나

'요정의 성', 님펜부르크 궁전

는 데다 가로수도 많았다. 궁전 정원으로 한가롭게 산책하며 느긋하게 걷는데 노루와 토끼가 번갈아 나타났다. 독일의 다른 공원에서도 간혹 야생 토끼가 출몰했지만 노루는 처음 봤다. 왕의 정원이라면 이 정도는 되어야 하나 싶었다.

우리는 궁전 호숫가 앞 벤치에 앉아 잠시 쉬다가 숙소로 돌아갔다. 새벽같이 움직이느라 몹시 피곤했기 때문이다. 오후 4시까지 정신없이 자다가 가까스로 몸을 일으켜 뮌헨 구시가로

님펜부르크 궁전 앞 인공 연못.
너무 피곤할 땐 잠시 쉬어가자.

향했다. 제일 먼저 찾은 곳은 옥토버페스트*Oktoberfest*가 열리는
테레지엔비제였다. 옥토버페스트는 9월 중순부터 10월 초 사이
에 열리는 세계 최대의 맥주 축제다. 1810년 황태자 루트비히 1
세*Ludwig I. 1786~1868*와 작센 테레제*Therese of Saxe-Hildburghausen 1792~1854*
공주의 결혼을 축하하는 행사에서 이 축제가 기원했다. 행사 이
듬해부터 그 공간을 '테레제의 초원'이라는 뜻의 '테레지엔비
제'로 명명했고, 매년 경마와 공연 등 여러 행사와 잔치를 벌이

기 시작했다. 그것이 오늘날의 맥주 축제로 이어졌다. 매년 축제가 개막되면 시내 중심에서 축제장까지 장중한 규모의 퍼레이드가 이어진다.

퍼레이드 직후부터는 13만 평에 달하는 축제장에 세계인이 모여 맥주잔을 부딪친다. 뮌헨 6대 맥주 회사의 가장 큰 텐트를 중심으로 수많은 텐트가 늘어서고 매년 평균 600만 명이 모여 축제를 즐긴다. 우리가 방문했을 때는 아쉽게도 축제 기간이 아니었지만 다음엔 꼭 옥토버페스트 기간에 오리라 생각했다.

다음 목적지는 구시가지에서 가장 유명한 마리엔광장이었다. 도착했을 땐 7시가 넘었지만 일몰까지 3시간은 충분히 남아서 걱정은 없었다. 늦은 오후의 진한 홍차 같은 햇살을 받으며 시내 최중심지의 인파에 섞여 들었다. 마리엔 광장은 뮌헨의 '심장'과도 같았다. 고상하고 화려한 건물들이 광장을 둘러싸고 운치를 자아냈다.

신 시청사는 그중에서도 돋보였다. 중앙 첨탑을 중심으로 울긋불긋하고 울퉁불퉁한 네오고딕 양식 기둥이 하늘로 힘차게 뻗어 있었고 독일 국기와 바이에른주 깃발이 건물 성면에 한데 걸려 이곳이 독일 남부의 중심임을 또 한 번 느낄 수 있었다. 신 시청사의 시계탑은 정해진 시간이 되면 인물 조각상이 나와 음악 소리에 맞춰 춤을 춘다고 한다.

바로 근처의 성모 교회(프라우엔 교회)는 이스라엘 예루살렘의 바위 돔 교회를 본떠 이국적인 분위기를 풍긴다. 가톨릭과 개신교 교회로 가득한 독일에서 둥근 지붕을 한 첨탑 두 개는

마리엔 광장. 지하철역 입구 뒤로 구 시청사가 보인다.

뮌헨 신시청사 앞의 바이에른 깃발(왼쪽)과 뮌헨 깃발(오른쪽).
바이에른 깃발의 흰색은 알프스의 눈, 하늘색은 푸른 하늘을 상징한다고 한다.

특이한 위세를 뽐내고 있었는데, 교회 내부에는 비텔스바흐 왕
가 묘지가 있다고 한다.

　이 일대 노이하우저 거리와 카우핑거 거리는 독일의 대표
적인 백화점과 식당, 카페가 몰려있는 화려한 거리다. 우리는
이 세련된 거리를 촌스러운 비닐봉지를 들고 활보했다. 동선과
시간상 어쩔 수 없이 마트에서 장 본 것을 들고 걸어 다닌 것인
데 피곤해서 비몽사몽인 상태로 짐을 잔뜩 들고 구시가지를 한
바퀴 돈 것만으로도 기특했다. 후회는 없지만 예산이 부족해 맥
주를 마시지 못한 것이 두고두고 아쉽다. 뮌헨에서 유명한 호

프브로이 하우스에서 맥주 한 잔 정도는 마셨어도 괜찮았을 텐데…. 이래서 너무 각박하게 여행하면 후회한다.

개인과 사회에 더해 국제체제까지

✺

여유로운 뮌헨 방문에 진정한 목표는 따로 있었다. 바로 〈뮌헨 협정〉이 맺어진 현장에서 두 차례 세계대전의 기원을 추적하기 위해서였다. 뉘른베르크를 여행하며 제2차 세계대전 발생의 원죄가 '베르사유 체제'에 있다고 한 바 있다. 이 체제가 '화약'이었다면 이곳 뮌헨에서 맺어진 〈뮌헨 협정〉은 '방아쇠'였다.

'구조적 현실주의'를 제창한 국제 정치학자 케네스 왈츠는 그의 책 《인간, 국가, 전쟁 Man, the State, and War》에서 국제 정치의 분석 수준을 개인·국내·국제 체제로 구분했다. 이에 따르면 전쟁을 일으키려면 국제 정세도 맞아떨어져야 한다.

서방은 도대체 왜 히틀러를 그냥 놔두었을까? '당대 서방 지도자들이 순진했다'와 '히틀러는 민족주의를 이용했다'는 주장은 틀린 말은 아니지만 개인과 국내 체제에 한정된 분석이다. 국제 체제 측면의 분석도 필요하다.

제2차 세계대전 발발은 제1차 세계대전 직전 상황과도 연결되어 있다. 제1차 세계대전 직전의 국제 정세부터 시작해 제2차 세계대전 개전 시점까지 짚어보자.

제1차 세계대전의 근본 원인, 독일의 안보 불안

제1차 세계대전 전후 곳곳에서 민족주의 열기가 고조되었지만 제1차 세계대전의 가장 주된 원인은 민족주의가 아니라 '현실 안보'였다. 국제 체제를 이끄는 열강 사이 촉발한 갈등의 중심에는 독일이 있었다. 독일의 과감한 팽창은 유럽 열강 사이의 균형을 위협했고 독일을 견제하게 되었다. 이에 독일의 안보 불안도 덩달아 고조되었다.

19세기 말 독일의 수상 비스마르크는 프랑스와 러시아가 양쪽에서 동시에 쳐들어오는 상황, 즉 '양면 전쟁'을 막기 위해 동분서주했다. 러시아, 오스트리아-헝가리(이하 오-헝)와 '3제 동맹'을 결성했고, 이로써 프랑스와 가깝게 지내던 러시아를 독일 편으로 돌리는 데 성공했다. 또한 열강들이 식민지를 놓고 분쟁을 벌이면 중재에도 적극적으로 나섰다. 영국에게 좋은 파트너가 될 수 있음을 어필하여 프랑스에 우호적인 영국을 중립적 입장으로 돌려세우는 데도 성공했다.

능구렁이 같은 전략가 비스마르크의 주도면밀한 행보는 빌헬름 2세의 즉위와 함께 막을 내렸다. 1890년 빌헬름 2세는 비스마르크를 자리에서 끌어내렸다. 큰 권세를 누리는 것을 질투한 데다 신중한 외교에도 답답함을 느꼈기 때문이다. 빌헬름 2세는 독일을 팽창시켜 패권국으로 만들기 위해 함대와 식민지를 급속노로 늘렸다. 이를 본 비스마르크는 독일이 이대로 가다간 얼마 못 가 파멸할 것이라고 경고했지만 누구도 그의 경고를 듣지 않았다. 비스마르크가 죽고 3년이 지난 1901년 황제 빌헬름 2세는 의기양양하게 연설했다.

"우리는 햇빛이 비치는 땅을 얻기 위해 싸워 이겼다. 이 땅들을 문제없이 지켜내어 해외 무역과 교통을 번창하게 하는 것이 나의 임무다."

독일은 함대를 늘리고 아시아, 아프리카 등지의 식민지 문제에도 적극 개입했다. 중재자 역할에 충실했던 지난날과는 달리 영토 팽창의 야욕을 감추지 않았다. 그러자 비스마르크가 애써 제 편으로 만들었던 러시아와 영국이 등을 돌렸다. 독일은 영국과 러시아와 공동 주연을 맡아야 했으나 무리하게 단독 주연이 되려 했다. 빌헬름 2세의 임무 설정은 철저한 오판이었고 제1차 세계대전을 촉발하는 계기가 되었다.

독일의 불안감, 화약고에 불을 지피다

✖

그러던 1910년대 오-헝 제국 치하 발칸반도에서 문제가 터졌다. 오스트리아, 오스만 제국 등의 열강에 번갈아 지배당했던 발칸반도 국가들은 민족적-종교적 분열이 극심해 '유럽의 화약고'라고 불리기도 했다. 그러다 20세기 초 민족주의가 널리 퍼지면서 세르비아, 몬테네그로 등 슬라브 계열의 민족주의 투쟁이 격해졌다. 급기야 1914년 6월 28일 사라예보에서 오스트리아 황태자 부부가 세르비아 민족주의 청년에게 암살당하는 사건이 벌어졌다. 오-헝 제국은 세르비아를 제압하기 위해 군사력을 동원했다. 그리고 러시아는 세르비아를 지원하기로 했다.

오-헝은 물론 독일의 발등에도 불이 떨어졌다. 러시아가 오-헝을 삼키면 독일은 완충지대도 없이 러시아와 맞닥뜨리게 되기 때문이었다. 독일은 일련의 분쟁에서 당사자는 아니었지만 양면 전쟁의 위협을 느끼고 먼저 움직였다. 러시아에 요청한 총동원령 철회가 거부당하자 다음날 곧장 선전포고하고는 프랑스로 진격해 들어갔다. 비유하자면 화약고 주변에 불이 난 상황에서 언젠가 터질 거라는 이유로 화약고에 불을 지른 것이다.

허울뿐인 민족주의, 부실한 집단 안보 체제

제1차 세계대전이 끝나고 서방은 남동부 유럽의 여러 민족을 독립시켰지만, 독일의 재부상을 억제하는 것을 목표로 각 민족의 생각을 들어보지도 않고 무성의하게 다민족 국가를 만들었다. 가장 큰 목표는 오-헝 제국을 해체하여 오스트리아와 헝가리로 분리하고 오스트리아가 독일과 하나의 민족 국가로 합치지 못하도록 규정하는 것이었다.

이에 독일 동남부에 오-헝 제국 치하에 있던 세르비아, 보스니아, 몬테네그로를 '유고슬라비아'라는 이름의 거대 연방 국가로 묶어 독일 남쪽에 배치하고 프랑스와 함께 독일을 포위하게 했다. 폴란드에는 독일인 거주지역인 단치히(오늘날 그단스크)

를 포함한 독일 동부 영토 상당 부분을 넘겼다. 체코와 슬로바키아는 '체코슬로바키아'라는 히니의 민족 국가로 합쳤다. 프랑스는 체코슬로바키아, 헝가리, 폴란드, 유고슬라비아, 루마니아 등 독일 동남쪽 유럽 국가들과 군사동맹을 맺었다. 말로만 들으면 완벽한 봉쇄체제였다. 독일은 지리적으로 포위되었다.

그간 영국을 도와 독일, 프랑스 같은 유럽 중심부를 동쪽에서 견제해온 파트너는 러시아였다. 그러나 1917년 전쟁에 반대하던 사회주의 세력인 볼셰비키가 러시아에서 왕정과 자유주의 혁명 세력을 무너뜨리고 소비에트 연방(소련)을 수립했다. 프랑스와 영국은 소련이 필요하지만 도움을 청하진 않았다. 대신에 동유럽에 체코슬로바키아, 유고슬라비아 같은 덩치 큰 나라를 세워 소련을 대체하려 했다. 그러나 동유럽의 신생 민족주의 국가들은 덩치만 컸지 너무나 약했다.

당시 동유럽 국가들은 농업에 주력하거나 독일 기업의 공장을 유치하는 방식으로 경제를 운영했다. 이 방식은 1920년대에는 그럭저럭 괜찮았으나 1932년 이후에는 대공황의 여파로 농가 수입과 수출이 급락하면서 동유럽 국가들을 채무불이행 상태에 빠지게 했다. 이 틈을 타 독일은 각국과 무역협정을 체결하여 동유럽 시장을 장악해나갔다. 질 좋은 독일 공산품을 싼 값에 팔아 시장을 확보하고 동유럽 농산물을 비싸게 사들여 독일에 대한 의존도를 높였다. 이로써 동유럽 국가들은 독일을 견제할 형편이 못 되었다.

동유럽 각국이 다민족 국가라는 기형적인 상황에 놓인 점도 큰 걸림돌이었다. 동유럽에서는 정치·경제 권력을 잡은 1등 민족과 그렇지 못한 2등 이하 민족이 뚜렷이 나뉘어(지금도 그렇다) 민족주의 투쟁을 벌였다. 보스니아, 세르비아, 몬테네그로는 함께 유고로 묶였지만 연방 내에서의 주도권 다툼을 벌였다. 체코슬로바키아에는 체코인, 슬로바키아인, 독일인, 헝가리인, 폴란드인 등이 공존했지만 체코인이 국가 권력을 독점해서 나머지 민족은 억눌려 지냈다. 그 와중에 민족 구성이 비교적 단일했던 독일은 민족주의가 매우 강력하게 결집하여 동유럽에 야욕을 뻗쳤다. 이 모순적인 상황의 중심에 〈뮌헨 협정〉에서 문제가 된 땅 수데텐란트가 있었다. 독일인 300만 명이 거주한 이곳은 체코슬로바키아 땅이면서 독일 민족의 땅이었다.

제2차 세계대전의 방아쇠를 당긴 〈뮌헨 협정〉

1938년 9월 30일 영국·프랑스·독일·이탈리아가 뮌헨에서 체코슬로바키아의 수데텐란트 지역을 독일에 양도하는 내용의 협정을 체결했다. 예견된 수순이었다. 협정 체결이 임박했을 시점, 세간에 독일의 수데텐란트 침공설이 파다했기 때문이다. 나치독일의 주된 목표는 독일 민족의 '생존 영역 확보'라는 열망의 실현이었다. 수데텐란트에는 많은 독일인이 살았기에 이곳은 이미 독일의 '생존 영역'으로 여겨졌다.

전례도 있었다. 1938년 3월 히틀러는 '더 큰 독일'을 만들겠다는 명분으로 같은 독일계 민족 국가인 오스트리아를 병합했다. 오스트리아 병합 당시 영국, 프랑스 등의 서방은 독일에 별다른 이의를 제기하지 않았다. 오히려 이후 〈뮌헨 협정〉을 맺어 독일이 '침공' 대신 '양도'를 통해 수데텐란트를 병합할 수 있도록 보장해주었다. 서방 수뇌들이 찾아와 자기 동맹국 영토를 독일에 넘겨준 상황은 그들 입장에서는 굴욕이었다. 이를 계기로 자신만만해진 히틀러는 체코슬로바키아를 완전히 복속한 뒤 폴란드를 침공했다. 1939년 9월 제2차 세계대전이 시작됐다.

히틀러는 독일인을 구한다는 명분을 내세워 체코슬로바키아를 점령했고 원래 독일의 땅이었던 단치히를 내놓으라며 폴란드를 침공했다. 소외된 2등 이하 민족들은 전쟁이 벌어지자 잽싸게 독일에 편승하여 피의 복수에 가담했다. 독일의 막강한 전력과 동유럽 내부의 협조 덕에 독일은 순조롭게 동유럽을 복속했다.

무기력한 영국과 미국, 분열하는 동유럽

내부 갈등이 극심한 다민족 국가들로 형성한 집단 안보 체제는 제2차 세계대전을 억제하기엔 역부족이었다. 그런데 미국과 영국과 같은 당대 초강대국은 가만히 있고 어째서 프랑스와 동유럽 군소국가들만 안보 독박을 썼을까?

미국과 영국은 힘을 보탤 처지가 아니었기 때문이다. 전통적으로 미국은 아메리카 대륙 바깥에는 간섭하지도 간섭받지도 않는 '고립주의'를 유지했다. 예외적으로 제1차 세계대전만 고립주의를 깨고 유럽에 개입했을 뿐이다. 그러나 전후 처리 과정에서 국내 보수 여론에 가로막히는 바람에 미국은 제2차 세계대전 마지막까지 멀리서 방관하게 되었다. 한편 영국은 제1차 세계대전에서 너무 큰 전력을 소모해 제 앞가림조차 버거웠다. 미국과 영국에 기댈 수 없으니 프랑스는 울며 겨자 먹기로 독일을 믿는 한편, 궁여지책으로 동유럽과 동맹을 맺어 독일의 돌발 행동에 대비키로 했다.

동맹 구성원이 허약할지라도 동맹이 끈끈했다면 좋은 결과가 나왔을지도 모른다. 하지만 〈뮌헨 협정〉에서 보듯이 이 동맹은 요란한 빈 수레였다. 일반적으로 군사동맹을 맺으면 일방이 공격당하는 경우 동맹국이 자동으로 참전해 지원한다. 하지만 독일의 수데텐란트 점령설이 파다해진 1938년경 체코슬로바키아가 프랑스에 지원 요청을 보냈으나 프랑스는 〈뮌헨 협정〉을 맺어 뒤통수를 쳤다. 체코슬로바키아는 제1의 당사자였지만 협정 회담장에 그들의 자리는 없었다.

영국과 프랑스는 독일의 동유럽 침공을 방기했다. 그렇다고 동유럽 국가들끼리 연합해 독일에 대적하기도 어려웠다. 제1차 세계대전에서 동유럽 국가끼리 살육을 벌였고, 전후 처리 과정에서 전쟁 배상과 영토 분쟁 등으로 서로를 향한 적대감이 매우 커졌기 때문이다. 결론적으로 베르사유 체제는 강력한 패권국, 제대로 된 동유럽 민족 국가, 실효성 있는 집단안보 중 무엇도 확보하지 못했다. 〈뮌헨 협정〉은 예견된 비극의 방아쇠를 당겼다.

〈뮌헨 협정〉에 대한 두 갈래의 평가

✖

〈뮌헨 협정〉은 과거 서방이 〈베르사유 조약〉으로 독일의 재무장을 원천 봉쇄하려 했다는 사실을 떠올리면 몹시 의아한 처사이다. 이에 대해서는 당시 서방이 히틀러를 회유할 수 있다고 자신했다는 분석이 유력하다. 뮌헨 회담이 끝나고 영국 총리 네빌 체임벌린 *Neville Chamberlain 1869~1940*은 비행기에서 내리자마자 뮌헨 협정서를 휘날리며 이렇게 말했다.

"여기, 우리 시대의 평화가 있습니다!"

하지만 이듬해 독일이 폴란드를 침공하면서 평화는 산산조각이 났다. 서방의 믿음은 명백한 오류로 판명되었다.

이러한 배경 때문에 많은 이가 〈뮌헨 협정〉을 잘못된 유화정책의 상징이라 비판한다. 반면 체임벌린의 유화책이 전쟁을 목전에 두고 서방이 대비할 시간을 벌기 위한 전략이었다는 우호적 평가도 존재한다. 소련과 미국의 지원을 받을 구조적 여건이 마련되지 않았고 유럽 내 상황도 좋지 않았기에 히틀러의 침공을 최대한 늦추려고 비위를 맞춰주었다는 것이다. 이 관점에 따르면 유화책은 무책임한 선택이 아니라 앞서 살펴본 구조적 문제가 산적한 상황에서 전쟁 지연을 위해 내린 현실적 판단이라고 할 수 있다. 두 해석을 둘러싼 논란은 계속되고 있다.

일그러진 체제가 별난 지도자를, 별난 지도자의 그릇된 판단이 다시 일그러진 체제를 낳았다. 그 체제는 보통의 노력으로는 뒤집을 수 없는 크나큰 비극으로 이어졌다. 개인과 체제는 좋게든 나쁘게든 순환한다. 정치적 현상을 파악할 때는 눈에 잘 띄는 한 개인이나 사회만을 생각하지 말고, 구조적 필연이었는지도 면밀하게 따져보아야 한다. 그렇다고 모든 책임을 체제에만 돌려서도 안 된다. 한 체제를 만들어내고 붕괴시키는 결단을 내리는 최종 주체는 '개인'이기 때문이다. 두 가지 요소를 동시에 고려할 때 생각은 복잡해지지만, 세상을 더 깊이 이해할 수 있을 것이다.

슈반가우

디즈니성의 모델이 있는 꿈 같은 도시

안갯속의 이상하고 신비로운 성

✕

슈반가우는 뮌헨 근교 도시로서 바이에른주에 속하는 작은 관광도시다. 슈반가우에는 디즈니성의 모델이 되었다는 노이슈반슈타인성이 있다.

가는 방법에는 여러 가지가 있으나 우리는 뮌헨에서 퓌센까지 기차를, 퓌센에서 슈반가우까지 버스를 타고 가기로 했다. 슈반가우에는 기차역이 없기 때문이다. 뮌헨에서 슈반가우까지는 2시간이 걸렸다. 정오경 퓌센역에서 내려 버스로 갈아탄 후 슈반가우에 도착했다. 하늘은 흐리고 간간이 빗방울도 떨어졌지만 습하고 묵직한 공기는 가벼운 트레킹에는 괜찮았다. 관광객 행렬을 따라 평탄한 산길을 걸었다. 풀 내음과 계곡의 물소

리, 새소리를 만끽했다. 한동안 역사 명소 답사에 치중하여 고갈
시킨 체력을 회복하는 '힐링' 시간이었다.

산 초입에서부터 천천히 걷다 보니 멀리 노이슈반슈타인
성이 모습을 드러냈다. 코발트블루 지붕과 회색 외벽은 잿빛 하
늘과 푸른 숲에 잘 어울렸다. 아무도 봐주지 않는 외딴 산속에
서 한껏 멋을 부리며 홀로 시간을 보내는 꼬마 귀족의 모습이
연상되었다.

성의 주인 루트비히 2세의 비극

노이슈반슈타인성의 아련한 자태는 마치 "나를 잊지 말아요."
라고 속삭이는 듯했다. 아마 이 성 주인의 비극적인 생애 때
문인 듯하다. 이 성은 '미친 왕'이라고 낙인찍힌 루트비히 2세
*Ludwig II. 1845~1886*가 1869년부터 1886년까지 오랜 시간 건설했으
나 정작 그는 얼마 머물지 못했다. 얼마 지나지 않아 의문의 죽
음을 맞았기 때문이다.

루트비히 2세가 바이에른 왕으로 재위했을 때는 한창 프
로이센과 오스트리아를 중심으로 독일 통일을 향한 각축이 한
창이었다. 그러나 그는 어릴 적부터 리하르트 바그너의 오페
라에 심취해 있었고 장성해서도 정치보다 예술에 천착했다.
바그너에게 상당한 실권을 쥐여주고, 그의 오페라 〈로엔그린
Lohengrin〉을 '덕질'하기 위해 성을 지었다. 그 성이 바로 노이슈반

노이슈반슈타인성

슈타인성이다. 본인의 취미생활을 위해 지은 만큼 왕은 수도꼭지 디자인까지 세세히 관여했다. 그는 건축에 관심이 많아서 노이슈반슈타인성을 비롯해 총 3채의 성을 남겼다. 모두 규모가 컸기에 막대한 재정이 지출되어 그의 정치적 권위를 훼손했다.

축성 비용은 국고가 아니라 왕실 사재로 충당했는데, 돈의 원천은 보·오전쟁(프로이센과 오스트리아의 전쟁)이었다. 루트비히 2세는 승자 프로이센에 줄을 선 덕분에 프로이센으로부터 패전국 하노버 왕가의 재산을 양도받았다. 하지만 사재라 하더라도 왕실 돈을 흥청망청 쓰면 눈초리를 받기 마련이다. 게다가 그가 총애하는 바그너는 군주제를 부정하는 열렬한 공화주의자여서 귀족들에게 위화감을 불러일으켰다. 결국 루트비히 2세는 정신병을 앓고 있다는 이유로 강제 퇴위당했고 퇴위 3일 후 그는 인근 호수에서 산책하다가 익사한 채로 발견되었다. 어쩌다 그리 되었는지는 밝혀지지 않았다.

루트비히 2세는 예술을 사랑했지만 복잡한 정치에 휘말려 경계해야 할 인물에게 순수한 동경을 바치고 정신병을 앓는다는 이유로 퇴위당해 초라한 죽음을 맞았다. 노이슈반슈타인성이 유독 아련하게 비쳤던 건 루트비히 2세의 비련의 사연을 들어서였을 것이다.

비스마르크는 독일을 어떻게 통일했을까?

말 나온 김에 1871년에 완수된 독일 통일 과정을 살펴보자. 독일 통일은 프로이센이 힘으로 다른 세력을 굴복시킨 '정복'이기도 했다. 그 중심에는 탁월한 전략가 기질을 유감없이 발휘한 비스마르크가 있었다.

독일 통일의 시도는 1848년에 이미 있었다. 그해 흉작 등 악재가 겹쳐 민중의 사회·경제적 불만이 유럽 주요 도시에서 봉기 형태로 터져 나왔는데 오스트리아는 7년 전쟁과 나폴레옹 전쟁의 충격으로 영국, 러시아의 힘을 빌려 제국을 겨우 유지했기에 봉기를 제때 진압하지 못했다.

이 틈을 타 독일 서부 프랑크푸르트에서 자유주의 세력이 독자적인 의회를 수립했다. 프랑크푸르트, 쾰른 등 독일 서부는 일찍이 산업이 발달하여 부르주아의 세가 강한 데다 프랑스, 네덜란드와 인접해 성향도 개혁적이었다. 이들은 민족주의에 고양되어 자유주의 독일을 수립하고자 독일 북부 강대국 프로이센의 프리드리히 빌헬름 4세 *Friedrich Wilhelm IV. 1795~1861*를 황제로 추대하고 개혁을 요구했다. 그러나 철저한 권위주의자였던 프리드리히 빌헬름 4세는 프랑크푸르트 의회의 요구를 묵살하면서 "시궁창에서 나온 왕관은 쓰지 않겠다."라는 오만하고 모욕적인 말을 내뱉었다. 이어 프로이센은 오스트리아와 함께 군대를 파견해 프랑크푸르트 의회를 진압했다.

이후 독일 내의 주도권을 놓고 오스트리아와 기 싸움을

벌이던 1861년 빌헬름 1세가 프로이센의 왕위를 이어받아 비스마르크를 수상으로 등용했다. 비스마르크는 오스트리아와 바이에른 등을 제외한 채 관세 동맹을 결성하고 이를 통해 독일 서부 자유주의 세력의 경제적 이익을 극대화했다. 또한 개혁 요구를 최대한 수용하면서 서부 세력에게 프로이센의 정치적 우위를 인정토록 종용했다. 그리고 그들의 자금력을 원천으로 프로이센 중심의 군대를 세워 1866년 보·오전쟁을 벌여 오스트리아를 독일에서 축출했다.

당시는 스페인의 새 국왕 후보를 두고 프로이센과 프랑스 사이에 긴장감이 돌던 시기였다. 프랑스는 스페인의 새 국왕이 프로이센계가 된다면 동서 양면으로 프로이센과 맞서야 할 처지였다. 결국 다급해진 프랑스는 대사를 파견해 프로이센의 빌헬름 1세에게 스페인 왕위 계승에서 빠지라는 메시지를 전달하려 했고 프랑스 대사는 엠스라는 지역에서 휴양하고 있던 황제에게 무턱대고 찾아가 요구를 전달했다. 이는 상당한 외교적 결례였으나 빌헬름 1세는 최대한 정중하게 거절하면서 화기애애하게 자리를 정리했다.

하지만 비스마르크는 이것을 "빌헬름 1세가 프랑스 대사를 문전 박대했다."라고 언론에 배포해 프랑스 외교관의 실수를 두 나라의 운명이 달린 어마어마한 문제로 부풀렸다. 이에 프랑스 혁명과 나폴레옹 전쟁을 거치며 민족 감정이 격앙된 프랑스인들은 프로이센에 격노했고 선생 요구가 거세졌다. 결국 프랑스는 1870년 프로이센에 전쟁을 선포하며 보·불전쟁이 발발했다. 그러나 프로이센은 전력상 프랑스를 압도한 지 오래였다.

전쟁에 패배한 후 프랑스는 나폴레옹 3세가 퇴위당하고 왕정이 폐지되었으며 제3공화정이 수립되었다. 승리 직후 초대 독일 황제가 된 빌헬름 1세의 대관식이 프랑스 절대왕정의 상징 베르사유 궁전에서 거행된 것은 독일 민족이 숙적 프랑스를 제압했다는 강력한 민족주의적 메시지를 담은 '정치쇼'였다. 그리하여 일체감이 약했던 독일 민족은 이제 막 똘똘 뭉치게 되었다. 우리가 아는 독일은 이렇게 수립되었다.

이탈리아 통일과 오스트리아의 쇠퇴를 앞당기다

한편 프로이센의 독일 통일 작업은 이탈리아의 통일에도 영향을 미쳤다. 비스마르크는 이탈리아 황제 비토리오 에마누엘레 2세*Vittorio Emanuele II. 1820~1878*와 함께 오스트리아를 협공했다. 이탈리아는 프로이센을 도와주는 대가로 오스트리아 수중에 있던 베네치아를 받아 1870년 통일을 완수했다. 프로이센의 통일 시도가 이탈리아 통일까지 촉진한 셈이다.

이로써 통일 독일은 '민족 국가'로 올라섰다. 반면 다민족 제국이던 오스트리아는 세력이 크게 약화하여 소수 민족의 반발에 취약해졌다. 결국 오스트리아는 헝가리와 타협하여 상당한 자치권을 보장하는 대신 질서 유지에 도움을 받기로 하고 '오스트리아-헝가리 제국'이 되었다. 이때부터 오스트리아는 유럽의

알프호수 전경

중심에서 밀려나 발칸반도와 동유럽만 바라보게 되었고 발칸의 민족주의 움직임에 특히 민감해졌다. 이것이 후에 제1차 세계대전의 원인이 된다.

알프호수, 맑게 갠 하늘 아래 만끽한 여유

퓌센과 슈반가우 일대는 알프스 자락인 만큼 수려한 경관을 자랑한다. 노이슈반슈타인성이 있던 산에서 알프호수 방면으로 내려오면, 전방의 언덕 위에 호엔슈반가우성이 보인다. 루트비히 2세는 선왕 막시밀리안 2세*Maximilian II. 1811~1864*로부터 이 성을 물려받았고 이번에도 예술혼을 발휘해 성을 취향껏 꾸몄다. 현재 모습은 루트비히 2세 사후 그의 모친 마리*Marie von Preußen 1825~1889* 왕후가 남편 막시밀리안 2세 시절의 모습으로 복원한 것이라고 한다. 노이슈반슈타인성이 유명하지만 바이에른 왕가가 실제 거주했던 성은 호엔슈반가우성이다. 바이에른 왕가의 생활상을 잘 보존하고 있다.

　우리가 알프호수에 도착했을 때는 하늘이 맑게 개어 있었다. 아직 빗물의 잔향이 코를 적셨지만 햇살이 은은하게 내리쬐어 포근했다. 울창한 숲으로 둘러싸인 호수가 자아내는 경관은 황홀경 그 자체였다. 돌아가는 기차를 탈 때까지 여유를 즐겼다. 다시 열심히 걸어 다닐 힘이 생겼다. 여행을 다니며 잘 쉬는 것이 중요하다는 걸 새삼 느꼈다.

호엔슈반가우성

베르히테스가덴

독일-오스트리아 경계의 히틀러 별장

알프스 깊숙이 있는 휴양도시

베르히테스가덴은 알프스 자락의 독일 휴양 도시이지만 귀족적
인 휴양지는 아니다. 히틀러의 별장으로 '독수리 요새'라는 별
명을 지닌 켈슈타인하우스가 있기 때문이다. 독일과 오스트리
아의 국경에 걸쳐 있지만 오스트리아의 잘츠부르크에서 가깝
다. 잘츠부르크에서 버스로 약 1시간을 달리면 베르히테스가덴
에 도착한다. 우리는 도착하자마자 마트에 들러 캔맥주와 납작
복숭아, 바나나 등 간단한 요깃거리를 장만했다. 켈슈타인하우
스를 다녀오면 점심 먹을 시간이 빠듯할 것 같았기 때문이다.

베르히테스가덴은 알프스 산맥에 싶숙이 위치하여 광활
한 경관을 자랑한다. 에메랄드빛 강물 옆으로 깎아지르는 듯한

암석으로 이루어진 산봉우리가 울긋불긋 솟아있고 쾨니히호수, 성 세바스찬 교회, 마리아게른, 소금광산 등 구경거리도 다양하다. 다만 시골인지라 교통이 불편하니 단기 여행자라면 한두 군데만 골라 가보기를 추천한다.

히틀러의 별장, 켈슈타인하우스

버스를 타고 켈슈타인하우스 주차장에 도착했다. 입장하려면 주차장 옆 매표소에서 왕복 셔틀과 입장 티켓을 끊어야 한다. 산비탈에 지어진 옛 건물이라 붕괴 위험이 있어서 입장 인원과 시간을 제한하고 있기 때문이다. 그곳에서 다시 험한 비탈길을 차로 20분 더 달렸다. 길은 꼬불꼬불하고 옆은 아득한 절벽이어서 혹시나 버스가 중심을 잃고 굴러떨어질까 봐 무서웠다. 버스가 이쪽저쪽으로 쏠리니 어떤 사람은 멀미도 했다.

버스에서 내려 시간에 맞춰 입장했다. 입구에서부터 엘리베이터 앞까지는 벽돌이 촘촘히 박힌 긴 터널로 연결되어 있었다. 유사시 벙커로 활용할 생각이었다지만 별장이랍시고 지은 건물이 음산한 터널로 시작한다는 점이 아이러니했다. 그래서일까? 히틀러조차 살아생전 열 번도 안 찾았다고 한다. 이곳은 사실상 버려져 있다가 최근에야 관광지로 개발되었다. 지형이나 규모로 보았을 때 상당한 공을 들여 건축했을 독재 성권의 별장 켈슈타인하우스는 관광지가 되었지만 그 본질은 권력의

베르히테스가덴 중앙역 앞

켈슈타인하우스 가는 길.

방탕함과 압제에 가둫아 있다고 할 수 있다.

　직원의 안내를 받아 엘리베이터를 타고 상층으로 올라가니 바로 산 정상으로 이어졌다. 이곳은 해발 1,834m에 달했다. 앞에는 드넓은 초원이, 뒤에는 높은 산들이 펼쳐져 맑은 날씨와 함께 장관을 이루었다. 정상 중앙에는 유대인 추모비가 있었다. 나치 우두머리의 별장, 유대인 추모비, 수려한 경관. 이질적인 요소들이 한 장소에 결합했다. 주체할 수 없이 아름다운데 뒷맛이 씁쓸했다. 유럽에서 이만큼 오묘한 장소는 또 없을 것이다.

오스트리아와 독일의 경계에 서다

엘리베이터에서 정면으로 쭉 걸어가면 바위로 된 아치가 나타난다. 이 아치를 넘어가면 오스트리아령이다. 히틀러가 독일 민족의 통합을 꿈꾸며 가장 먼저 오스트리아를 병합한 점을 떠올리니 켈슈타인하우스의 위치가 사뭇 절묘하게 느껴졌다. 이 별장이 완공된 때는 1938년으로 오스트리아 병합 연도와 일치한다.

　오스트리아령으로 넘어가니 험한 바위 언덕이 나왔다. 히틀러는 이곳에서 유럽 정복을 확신하지 않았을까 싶었다. 폴란드 침공으로 제2차 세계대전을 일으키기 5개월 전인 1939년 4월 20일 켈슈타인하우스가 개관했고 히틀러의 50번째 생일을 기념하여 그의 생일파티 겸 성대한 개관식이 열렸다. 그날 험준한 바위 꼭대기에 두 발로 서서 세상이 자신의 발밑에 있는 기분을 느끼지 않았을까. 자신이 병합한 오스트리아로 넘어가는 길목에 서서 히틀러는 그 무엇도 심지어 알프스의 험준한 산맥도 자신을 막지 못하리라는 오만에 빠졌을 것이다.

'인간은 대지를 떠나서는 살 수 없어요'

오만은 파멸을 낳는다. 미야자키 하야오 감독의 애니메이션 〈천공의 성 라퓨타〉가 이런 메시지를 다룬다.

먼 옛날 라퓨타 제국은 막강한 과학 기술로 하늘을 날며 인류를 지배했다. 어느 날 제국은 자취를 감추었고 그 후손들은 사라진 '천공의 성 라퓨타'를 찾아 나선다. 악당 무스카는 라퓨타를 찾아내서는 잠든 로봇 병사들을 깨워 인류를 정복하려 한다. 학살당하는 사람들을 보며 자만에 차서 그는 외친다.

"하하, 봐라! 인간이 쓰레기 같구나!"

그러나 주인공 파즈와 시타가 파멸의 주문 "바루스"를 외치자 라퓨타에 달린 살상 무기들은 모두 파괴되고 무스카는 죽는다. 사람은 언제든 추락할 수 있다는 점을 망각해서는 안 된다. 시타는 "땅에 뿌리를 내리고 바람과 더불어 살아가자. 씨앗과 함께 겨울을 나고 새와 함께 봄을 노래하자."라고 노랫말을 읊었다. 그리고 라퓨타가 멸망한 이유를 이렇게 짚었다.

"아무리 무서운 무기를 갖고 있어도 수많은 로봇을 조종해도 대지를

켈슈타인하우스 오스트리아 방면 전경

떠나서는 살 수 없어요."

인간은 자연의 일부로서 자기 한계를 직시해야 한다. 그러나 라퓨타는 하늘에서 마치 자연을 초월한 듯 오만하게 굴었기 때문에 멸망했다. 악당 무스카는 히틀러, 라퓨타 제국은 나치 독일과 겹쳐 보인다. 영화에서도 현실에서도 그들은 파멸했다.

판트, 재활용으로 돈도 벌고 마음도 전하는 방법

✖

내려가기 전까지 느긋하게 벤치에 앉아 알프스 경치와 과일을 안주 삼아 가볍게 맥주 한 캔을 마셨다. 지나가는 구름과 새와 바람을 만끽하다 보니 어느덧 오후 3시가 넘었다. 다시 중앙역에 내려와 마트에 들렀다. 빈 물병 하나와 빈 맥주캔 셋을 반환하여 용돈을 벌기 위해서였다. 캔이나 병 하나에 0.25유로였으니 1유로를 벌 수 있었다.

사실 이 '판트 Pfand 제도' 때문에 과소비하는 느낌도 없지 않았다. 이미 낸 돈을 돌려받는 것뿐인데 공짜로 돈을 번 느낌이었기 때문이다. 판트 덕분인지 독일의 재활용률은 세계 최고 수준이다(참고로 한국은 판트 제도가 없는데 2위다). 공용 쓰레기통 주변에 맥주캔이 가지런히 놓인 모습도 종종 볼 수 있다. 판트 보증금이 필요한 이들에게 남겨둔 것이다. 재활용품을 돈으로 바꿀 수 있는 재화로 만드니 누군가에게 도움을 주는 수단으로 쓰이는 것이다. 개인적인 기부가 사회 모순 해결에 도움이 안 된다는 시각도 있지만 기부 의지를 누구나 쉽게 가질 수 있는 사회는 그렇지 않은 사회보다 사회 모순이 크지 않을 것이다. 타인을 생각하는 공동체 의식이 뿌리내리면 사회 모순의 해결책 마련까지 순조로울 수 있다. 판트는 독일에서 그 일익을 담당하는 것 같았다.

제도를 통해 인간을 완벽히 통제하기란 불가능하지만 기본적인 방향은 설정할 수 있다. 한국에서도 2020년 6월 자원재활용법 개정을 통해 일회용 컵 반환 시 자원 순환 보증금을 돌려주는 '일회용 컵 보증금 제도'를 도입했고 유예 기간 2년을 거쳐 2022년 12월부터 세종·제주를 시작으로 시범 운영되고 있다. 점진적으로 확대하여 페트병, 캔, 유리병처럼 재활용 품목 전체에 적용하면 재활용률도 제고할 수 있을뿐더러 직접적인 가치를 부여하여 '판트'와 유사한 사회·문화적 효과를 낼 수 있을 것이다. 이는 빈곤층이 재활용 체계로 유입되곤 하는 한국에서 더 큰 효과를 낼 수 있다. 현재 재활용은 사설 용역업체 직원이나 '폐지 줍는 노인'이 위험을 감수하면서 해야 할 '천직'으로 인식되고 있다. 이러한 인식은 노인 세대의 가난을 개인의 게으름이나 무지 탓으로 돌리게 하여 국가가 적극적으로 돌보지 않게 만든다. 국가는 이들을 고용하거나 지원하지도 않으면서 재활용 체계의 일부로 이용한다. 즉 그들이 쓰레기장과 골목 구석구석을 뒤지도록 만드는 구조적인 원인은 미비한 복지 체계에 있다. 노인들은 관심과 경각심이 너무도 부족한 상황 속에서 생계를 위해 골목을 전전할 수밖에 없다.

시민 전체가 재활용에 대해 도덕·환경과 관련한 추상적 가치를 넘어 일상에서의 금전적 가치를 실감한다면 가난에 대한 '구별 짓기'를 완화하고 국가가 가난과 재활용에 더 적극적으로 개입하도록 압박할 수 있다. 일회용 컵 보증금 제도는 한국에서 세계 최초로 시행하는 데다 세세히 뜯어보면 결점과 논쟁거리도 많지만 '경제 활동으로서의 재활용'을 일상화하는 첫걸음이라는 측면에서 의의가 크다. 모쪼록 잘 발전시켜 독일보다 더 알뜰하고 따뜻한 나라가 되는 계기로 삼으면 좋겠다.

EUROPE

4부
영광의 뒤안길에서

오스트리아

Wien

빈

옛 영광을 고스란히 간직한 도시

예술의 향기가 느껴지는 로맨틱한 도시, 빈

저녁 늦게 중부 유럽의 동쪽 끝자락 빈에 도착했다. 중세부터 근대 초까지 빈은 유럽 최강 제국 오스트리아의 수도였다. 황제의 도시답게 문화 예술이 발달해 곳곳에 예술의 향기가 묻어나는 건물이 줄지어 서 있다. 빈은 치안과 소득 수준이 높고 도시 절반 이상이 녹지인 데다 자동차 이용률이 낮아 환경 보호 면에서도 선진적이다. 그런 이유에서인지 세계에서 가장 살기 좋은 도시 조사에서 매번 1~2위를 차지하고 있다.

빈 여행은 구시가지에 해당하는 인네레슈타트의 밤길을 걸으며 시작했다. 밤길은 특별했다. 우연한 여행의 만남을 담은 영화 〈비포 선라이즈〉의 두 주인공이 이 길을 밤새 걸으며 사랑에 빠졌기 때문이다. 둘은 기차에서 만나 우연히 대화를 나눈다. 대화의 주제는 나무가 가지를 뻗듯 이리저리 흘러간다. 의식의 흐름을 따라 무심하게 이어지면서도 프랙탈처럼 진실한 가치관이 조각조각 담겨 있다. 서로의 투명한 모습이 드러나는 허물없는 대화에서 우리는 바라본 적도 가질 수도 없었던 어떤 낭만을 사랑하게 된다. 이 영화에서 빈이 더 로맨틱하게 보이는 이유는 아름다운 거리가 진실한 사람과 사랑으로 반짝반짝 채워졌기 때문일 것이다. 영화에서처럼 오후 10시가 넘은 늦은 시간에도 빈의 거리는 불빛으로 반짝였다.

여행의 한 묘미는 역시 사람 구경이다. 거리에서는 이런저런 사람 구경만으로도 즐거웠다. 사람들은 밤마실에 편한 복장으로 다녔다. '비엔나' 사람들은 귀족처럼 명품을 걸치고 다닐 거라 여겼는데 우리와 비슷하게 후줄근했다. 그런데 표정이나 몸짓에는 어딘지 모르게 부티가 흘렀다. 여유와 품위를 가져서였을까? 아니면 의외로 비싼 옷이었으려나.

제국의 잔광이 비치는 구시가지

✕

구시가지에는 즐길 거리도 볼거리도 많았다. 〈비포 선라이즈〉의 두 주인공처럼 앉아 담소를 나누고 싶다면 바에 들러도 좋다. 야외 테이블에 앉아 성 슈테판 성당과 페터 성당 같은 고풍스러운 건물을 바라보면 낭만적이다. 성 슈테판 성당은 빈이 신

옥색 돔이 인상적인 페터 성당

성로마제국으로부터 지위를 인정받은 기념으로 지었다. 오스트리아의 중심이라는 자부심을 한눈에 알아볼 정도로 웅장하고 화려했다. 모차르트의 결혼식과 장례식도 이곳에서 치러졌다고 한다. 빈의 심장이라고 할 만했다.

페터 성당은 옥색 돔이 인상적이었다. 성당 정면 골목에서 바라보니 돔이 골목 너비를 꽉 채워 시야에 들어왔다. 막다른 길에 다다른 듯한 착각이 들 정도로 엄청난 돔의 위용에 위압감이 들었다.

빈의 구시가지는 옛 건물들이 자아내는 고혹미가 그 틈새에 스며든 번화가의 활기와 맞물려 제국의 재림을 알리는 듯했

그라벤 거리에서 만난 페스트 기념비.
조각상과 부조는 과하게 화려했다.

다. 비교적 잘 보존되어 마치 그 시대에 들어와 있는 듯한 희귀한 인상도 받았다. 유럽은 파리, 베를린, 런던, 브뤼셀, 로마, 아테네, 마드리드 등 전쟁으로 파괴되고 재개발이 진행된 도시가 대부분이다. 그래서인지 빈의 온전히 보존된 거리를 걷는 것만으로도 낭만을 느끼기에 충분했다.

황제의 집무실, 호프부르크 왕궁

✄

황제의 도시 궁전 호프부르크 왕궁은 황제가 업무를 보던 공간이다. 1275년부터 합스부르크 황가가 종식되는 1918년까지 황실 궁전으로 이용했다. 내부에 총 2,600여 개에 달하는 방이 있다. 방이 이토록 많은 이유는 합스부르크 가문에서 '이전 황제가 사용한 방을 다음 황제는 사용하지 않는다'는 전통 때문이다. 황제가 바뀔 때마다 증축을 거듭해야 했다. 장대한 규모 덕분에 지금은 각 부분이 대통령 집무실과 의회 사무실, 각종 박물관으로 활용되고 있다.

왕궁 북쪽에는 오스트리아 국립 도서관이, 그 앞 광장에는 요제프 2세 *Joseph II. 1741~1790* 동상이 있다. 왕궁 남쪽에는 빈 미술사 박물관과 자연사 박물관이 자리하고, 두 건물 사이에서 마리아 테레지아 *Maria Theresia 1717~1780* 동상이 위엄을 뽐내고 있다. 합스부르크 가의 인물 중 이 두 사람은 특히 흥미로우니 뒤에서 자세히 살펴보겠다.

빈은 밤 거리도 아름답다. 조명이 화려한 호프부르크 왕궁

국립 오페라 극장 앞 거리

신성에서 오스트리아로: 나폴레옹에게 패하다

✕

이 책에서 신성로마제국, 합스부르크 가문, 오스트리아, 오스트
리아 제국, 오스트리아-헝가리 제국은 거의 빠짐없이 등장한
다. 오스트리아는 유럽사 대부분의 시기를 주도했으며 빈은 그
중심에서 수많은 흔적을 떠안았다. 제국의 유산이 가득한 빈을
즐기고 유럽사 전체의 맥락을 꿰뚫어 보려면 오스트리아 정치
외교사를 아는 것이 중요하다. 지금과 가까운 시대의 오스트리
아 정치외교사를 최대한 단순하게 요약하면 다음과 같은 포함
관계가 성립한다.

“오스트리아 ⊂ 합스부르크 가문 ⊂ 신성로마제국”

신성로마제국은 차례대로 오스트리아 제국, 오스트리아-
헝가리 제국으로 계승되었다. '오스트리아'는 독일계 주민이 거
주하고 합스부르크 가문이 다스리던 지역의 이름이다. 합스부
르크 가문은 오스트리아를 거점으로 독일, 헝가리, 체코, 네덜
란드, 이탈리아와 스페인 등을 광범위하게 통치했다. 합스부르
크 가문은 오스트리아와 헝가리, 체코의 '왕(제후)'이자 수많은
제후국의 집합체인 신성로마제국의 '황제'도 맡았다. 제후 중
가장 강력한 합스부르크 가문이 황제 직위를 맡는다는 관례가
존재했지만 그렇다고 황제가 다른 제후와 주교의 고유 권한까
지 침범할 수는 없었다. 따라서 합스부르크는 신성로마제국에

속하지만 신성로마제국이 합스부르크 가문에 속한다고 말할 수는 없다.

　오스트리아 제국과 오-헝 제국은 신성로마제국의 후신이다. 신성로마제국은 17세기 중반부터 30년 전쟁을 비롯한 무수한 전쟁을 겪으며 쇠퇴했다. 결정적으로 프랑스, 프로이센과 유럽 중원의 패권을 다투다가 19세기 초 나폴레옹 전쟁을 계기로 해체되었다. 나폴레옹은 공화정을 무너뜨리고 스스로 황제에 올랐지만 프랑스 혁명의 정신을 이어받았다. 같은 전제 군주정이지만 혁명 이념으로 무장했기에 신성로마제국에 매우 큰 위협이었다.

　나폴레옹은 혁명 정신을 등에 업고 '압제로부터의 해방'을 전쟁의 명분으로 내걸었다. 이에 신성로마제국 내 많은 군주가 동조하여 '라인 연맹'을 결성한 뒤 합스부르크 왕가에 반기를 들었다. 황제는 선출직이므로 이대로 가면 황제 자리도 위태로워질 터였다. 황제 프란츠 2세 *Franz II. 1768~1835*는 합스부르크 가문의 영향권에서만큼은 지배력을 유지하기 위해 우호 세력을 규합하여 오스트리아 제국을 수립했다. 신성로마제국 해체 2년 전에 오스트리아 제국이 수립된 것이다. 그리고 신성로마제국은 나폴레옹에 패배하여 1806년 공식 해체되었다.

오스트리아-헝가리: 동유럽으로 쫓겨나다

오-헝 제국은 오스트리아가 유럽 중심에서 동유럽으로 쫓겨나면서 새롭게 수립한 제국이다.

나폴레옹 전쟁 초기, 바다 건너 영국과 동쪽 구석 러시아를 제외한 유럽 대륙 전체가 프랑스의 손아귀에 떨어졌다. 나폴레옹은 욕심을 부려 러시아를 침공했으나 추운 기후와 생소한 지형의 영향으로 패퇴하면서 순식간에 무너졌다(겨울이 되면 러시아 흙길은 '진창'이 되어 운송 수단과 사람 모두가 움직이기 힘들어진다). 나폴레옹이 패한 후 러시아와 영국은 유럽의 2대 강자로 군림했다. 오스트리아는 그 둘의 주요 파트너로서 유럽의 중심을 잡는 역할을 부여받았다.

'혁명은 곧 전쟁'이라고 여긴 유럽 군주들은 혁명을 막기 위해 유럽 중심에 있는 오스트리아를 축으로 삼고 러시아와 영국이 배후에서 후원하는 '유럽 협조 체제*Concert of Europe*'를 고안했다. 3국이 긴밀히 협조하여 유럽 각국에서 민족주의와 자유주의 반란이 일어나면 공동으로 진압하기로 합의한 유럽 협조 체제는 오스트리아 수도 빈에서 오스트리아 재상 메테르니히*Klemens von Metternich 1773~1859*가 주도했기 때문에 '빈 체제' 혹은 '메테르니히 체제'라고 부르기도 한다. '반혁명' 혹은 '반동'의 성격을 띠고 있어 정규 교과과정에서는 대개 부정적으로 다룬다. 그러나 이 체제에서는 국가 간 외교가 근대 들어 가장 활발히 진행되었다. 빈 체제 붕괴 후 유럽이 세계대전으로 치달았다는 점에서도 빈 체제의 특성을 엿볼 수 있다.

빈 체제는 러시아·오스트리아·영국이 이권 다툼과 이데 올로기 차이로 소원해지면서 흔들리기 시작했다. 러시아와 영국은 '크림전쟁'[◆]에서 충돌했다. 오스트리아는 약 30년간 러시아와 영국에 의존하여 질서를 유지했기 때문에 둘이 반목하자 외교적으로 중심을 잡지 못했다. 수많은 민족이 섞여 있어 화약고와도 같던 오스트리아 영향권의 구역은 영국과 러시아가 군사적으로 뒷받침해주지 않으면 질서 유지가 어려웠다. 여러 차례 언급했듯이 1848년 유럽 전역에서 기근과 흉작, 열악한 노동 환경에 대한 불만으로 민중이 봉기를 일으켰다. 이는 빈에서도 민족주의와 자유주의 이념을 만나 거대한 '혁명'이 되는 데 일조했다. 메테르니히가 사임하는 것으로 타협이 이루어졌지만, 유럽 협조 체제는 붕괴했다.

오스트리아가 약해진 틈을 타 프로이센, 이탈리아를 위시한 수많은 세력이 민족주의를 내세우며 들고일어났다. 오스트리아는 독일에서 축출당했고 이탈리아마저 상실했다. 황제 프란츠 요제프 1세*Franz Joseph I. 1830-1916*는 남동 유럽에서의 패권만이라도 지키기 위해 남은 제국 내에서 오스트리아 다음으

◆ 크림 전쟁(Crimean War)은 1853년 10월부터 1856년 2월까지 크림반도에서 벌어진 전쟁으로 러시아가 오스만 제국, 프랑스, 영국 등 동맹군에게 패배한 전쟁이다. 러시아는 오스만 제국과의 전쟁에서 승리한 이래로 크림반도를 거점 삼아 흑해에서 세력 확대에 나섰고 이런 러시아의 남하를 막기 위해 영국은 오스만 제국에 적극적인 지원을 했다. 나이팅게일이 이 전쟁에서 활약했다.

로 인구가 많던 헝가리와 협조해야 했다. 결국 1867년 '대타협 Ausgleich'을 맺어 식민지처럼 여기던 헝가리를 오스트리아와 대등한 파트너로 인정하고 폭넓은 자치권을 보장해주었다. 국호는 오스트리아-헝가리 제국으로 변경했다. 독립된 두 왕국을 오스트리아 황제가 통치한다는 의미에서 이러한 통치 형태를 '이중 군주정'이라 부른다.

제국을 제1차 세계대전으로 몰아간 발칸 문제

대타협 이래 오스트리아와 헝가리는 사실상 독립된 국가로 대등한 지위를 누렸다. 그러나 제국 내의 다른 민족들까지 통제하기는 어려웠다. 오스트리아계와 헝가리계를 합쳐도 인구의 절반이 채 되지 않았기 때문이다. 결국 슬라브계가 거주하던 발칸반도의 불가리아, 세르비아가 가장 먼저 독립했다. 이들은 영토 문제로 '발칸 전쟁'을 수차례 벌였고 승자인 불가리아의 영토는 크게 팽창했다. 세르비아는 불가리아에 저지당해 해상으로 나갈 수 없는 육지 국가로 머물러 있다가 제1차 세계대전 즈음 강대국으로 발돋움하고자 다시금 해상 진출을 도모했다. 하지만 그러려면 오스트리아 세력권인 보스니아(보스니아-헤르체고비나)를 장악해야 했다.

　　보스니아는 세르비아에 이웃해 있는 데다 지중해와도 맞닿아 있어서 지정학적 이점이 많았다. 게다가 같은 남슬라브계 민족이 많이 살아서 자국에 편입시키면 세르비아 민족주의라는 대의에도 가까이 다가갈 수 있었다. 그러나 오-헝 제국이 보스니아를 그냥 내줄 리 만무했다.

세르비아에 바닷길을 내어주면 러시아가 그리로 남하해 큰 위협이 될 게 뻔하기에 오-헝 제국은 남아있는 발칸에서라도 지배를 공고히 하고자 보스니아를 비롯한 나머지 지역의 민족들을 구슬리고자 노력했다. 오-헝 제국의 황태자는 제국이 이미 이중 군주정인 마당에 다른 민족들의 지위도 격상시키지 않을 이유가 없다며 오늘날의 미국과 같이 여러 민족의 공동체인 '합중국' 건설을 주장했다. 그 의견에 따라 1908년 오-헝 제국은 발칸의 핵심 지역인 보스니아를 아예 합병했다. 애매한 식민지로 남지 말고 안에서 제대로 자치를 누리라는 의도였다.

이는 보스니아에 눈독을 들이던 세르비아의 불만을 고조시켰고 우발적인 사고를 통해 제1차 세계대전으로 비화했다.

"1914년 6월 28일 보스니아 수도 사라예보에서 황태자 프란츠 페르디난트 대공 부부가 세르비아 민족주의 청년에게 암살당했다."

여기서 말한 대공이 바로 '합중국'을 제창한 뒤 그 전초 작업을 위해 보스니아에 군대를 사열하러 갔던 황태자 프란츠 페르디난트Franz Ferdinand 1863~1914였다. 이 '사라예보 사건'을 계기로 오-헝 제국은 세르비아에 선전포고를 이에 세르비아도 맞불을 놓으면서 제1차 세계대진이 시작되었다. 발칸반도에서의 민족 분규는 독일, 프랑스, 러시아 등 유럽 최강대국의 안보 문제와 직접 연동되어 있었으므로 외교가 부재한 중에 갈등이 가시화된 순간 대전쟁은 불 보듯 뻔했다.

나치와 제2차 세계대전과 냉전을 거쳐 현재로

제1차 세계대전 패전 후 오스트리아 공화국이 수립되었다. 〈베르사유 조약〉은 오스트리아 공화국을 독일과 합칠 수 없도록 규정했으나 민중의 광기는 이 조약을 잡아먹었다. 오스트리아에서도 파시즘과 나치즘의 바람이 불어 친나치 정당이 정권을 잡은 것이다. 독일의 크나큰 과오에 묻힌 감이 있지만 오스트리아 역시 나치즘에 열렬히 동조하여 각종 혐오 범죄를 일으켰다. 히틀러가 오스트리아를 첫 번째 목표물로 정한 뒤 피 한 방울 흘리지 않고 손쉽게 병합할 수 있었던 이유가 여기에 있다. 오스트리아도 히틀러를 구원자처럼 여겼다.

　오스트리아의 국토는 사실상 불모지에 가까웠다. 제국 시절 산업 원동력은 도나우강을 따라 형성된 보헤미아와 헝가리 등지에서 나왔고 오스트리아는 정치 중심지일 뿐이었다. 그런데 제1차 세계대전 패전으로 제대로 된 기반을 모두 잃은 터라 자립 경제를 세우기가 사실상 불가능했다. 당시 오스트리아는 독일과의 연합을 주장하는 세력과 범유럽 운동, 즉 유럽 공동체를 발전시켜 그 안에서 실익을 취하자고 주장하는 세력이 대립했으나 결국 범유럽 운동 세력이 쇠퇴하고 친독일파가 득세하면서 오스트리아는 독일 편에 가담했다.

제2차 세계대전이 끝나자 오스트리아는 독일과 마찬가지로 연합국 각국에 분할 점령되었다가 1955년 오스트리아는 '영구 중립국'으로 남는다는 조건으로 해방되었다. 해방 오스트리아는 냉전기 동서 경계에 위치한 중립국으로서의 이점을 이용해 중견 국가로 발돋움했다. 서방과 친하게 지내면서 소련에도 일정 거리를 유지하며 동서 교역의 중심지가 되었다. 중화학공업을 육성해 동서를 넘나들며 교역했고 천혜의 자연환경을 활용해 관광업을 발달시켰다. 냉전 종식 후인 1995년에는 노르웨이, 스웨덴과 함께 부유한 중립국으로서 EU에 가입했다.

오늘날의 오스트리아가 이렇게 완성되었다. 제국의 영광을 간직한 채 제국이 범한 오류로부터 교훈을 되새기며 오스트리아는 앞으로 나아가고 있다. 영욕으로 뒤범벅된 주연으로 복귀하진 못해도 새 시대에 어울리는 조연으로서.

Wien

빈

황제의 삶과 제국의 죽음

황제의 여름 궁전, 쇤브룬

다음 날은 일찍부터 쇤브룬 궁전으로 향했다. 개장 시간에 맞춰 갔는데도 매우 붐볐고 꽤 많은 사람이 있었다. 쇤브룬 궁전은 합스부르크 가문의 여름 궁전으로 '아름다운 샘'이라는 뜻이다. 황가의 사냥터로 활용하던 숲이었는데, 1612년 마티아스*Matthias 1557~1619* 황제가 이곳에서 아름다운 샘을 발견하여 성을 지었다. 하지만 그때 지은 성은 1683년 오스만제국에 의해 파괴되었고 지금의 궁전은 1696년 레오폴트 1세*Leopold I. 1640~1705*가 착공하여 마리아 테레지아 치세에 완공했다. 이후 마리아 테레지아의 아들 요제프 2세는 정원 일부를 개방하여 일반 사람도 여가를 즐길 수 있도록 했다.

1,441개의 방으로 이루어진 이 궁전은 로코코 양식으로 화려하게 장식된 내부와 웅장한 규모를 자랑하며 신성로마제국의 사실상 마지막 황제였던 프란츠 요제프 1세와 엘리자베트 Elisabeth von Wittelsbach 1837~1898 황후의 유품을 주로 전시하고 있다. '시시 Sisi'라는 애칭의 엘리자베트는 절세의 미모로 유명했다. 전시 내용은 그 둘의 가정사를 중심으로 왕가의 내밀한 역사를 다룬다. 또 마리아 테레지아 시절부터 애용한 궁전이기에 그의 생활상을 볼 수 있다. 그의 딸 마리 앙투아네트 Marie Antoinette 1755~1793가 루이 16세 Louis XVI. 1754~1793와 결혼하기 위해 프랑스로 떠나기 전까지 생활한 흔적도 남아있다. 아기자기한 장신구에 빠져 지내던 소녀가 얼마 지나지 않아 프랑스 혁명 광장의 단두대에 목숨을 잃을 것이라 상상하니 어딘가 씁쓸했다.

비운의 군주, 프란츠 요제프 1세

궁전의 주인공이라 할 프란츠 요제프 1세와 엘리자베트 황후의 이야기는 낭만적이면서도 비극적이다. 두 사람은 당시 왕족으로서는 드물게 연애결혼을 했다. 프란츠 요제프 1세는 원래 시시의 언니 헬레네와 약혼할 예정이었지만 헬레네를 만나러 간 자리에서 동생 엘리자베트에게 첫눈에 반했다. 그가 청혼하자 시시는 승낙하고 황후 생활을 시작했다. 출발은 낭만적이었으나 시어머니인 조피 프리데리케 Sophie Friederike von Bayern 1805~1872와

쉰브룬 궁전 정원

의 갈등은 부부관계를 파탄으로 내몰았다. 시어머니는 황실 예법에 답답함을 느끼는 시시를 못마땅해하며, 체통을 지키지 않는다는 이유로 손자·손녀로부터 격리시켰다. 결국 시시는 궁을 나와 유럽을 떠돌며 여생을 보냈다. 사실상 오스트리아 황가와 결별한 셈이다. 그런데 1898년 스위스 제네바에서 오스트리아 황후라는 이유로 이탈리아 무정부주의자에게 살해당했다.

　프란츠 요제프 1세는 황제로서는 성실했지만 가정사는 비극으로 얼룩졌다. 아내는 객지에서 비명횡사하고 유일한 아들 루돌프 황태자Rudolf Franz Karl Joseph 1858~1889는 부모의 무관심 속에 자라 아버지와 갈등을 벌이다 1889년 자살했다. 프란츠 요제프 1세의 조카였던 프란츠 페르디난트는 루돌프의 죽음으로 어쩔 수 없이 황태자가 된 후 성심성의를 다했으나 황태자라는 이유로 사라예보에서 암살당했다. 프란츠 요제프 1세는 쉰브룬 궁전에서 사망하는 순간까지 이 모든 비극을 지켜보아야 했다.

감정 이입도 합리적 사고의 일부다

쉰브룬 궁전 내부는 모차르트가 아버지와 연주 여행을 다니다가 마리아 테레지아 앞에서 연주한 거울의 방, 프레스코로 장식된 대연회장, 동양 그림을 그려 놓은 만인의 방 등 다채롭고 화려했다. 궁전 밖에는 넵튠 분수가 자리한 한적한 프랑스풍 장미 정원이 있고 정원 뒤 언덕에는 '글로리에테'라는 이름의 개선문이 서 있었다. 글로리에테는 마리아 테레지아가 프로이센과 벌인 7년 전쟁에서 승리하여 1775년 자존심을 회복한 증표로 세웠지만 아이러니하게도 이때부터 오스트리아는 급격히 쇠락하였다.

글로리에테에서 전망을 감상하며 휴식을 취하다가 상념에 빠졌다. 마리아 테레지아를 비롯해 저물어 가던 제국을 일으켜 세우려던 황제들을 상상했다. 특히 매일 글로리에테에 올라 빈 시내를 바라보며 아침 식사를 했다는 프란츠 요제프 1세를 생각하니 씁쓸해졌다. 그가 물려받은 제국은 이빨 빠진 호랑이였고 주변에는 신흥 강자들이 득실거렸다. 성실한 지도자라면 제 나라의 국운이 기울어간다는 사실을 감지할 수밖에 없다. 버팀목이 될 마땅한 가족도 없던 그는 백발의 노인이 되어 사망할 때까지 한시도 일을 놓지 않았다.

프란츠 요제프 1세는 제1차 세계대전도 제국의 멸망도 막지 못한 '전범'이다. 그렇다고 그를 '악마'라고 몰아가긴 어렵다. 객관적 상황을 고려해 '실패한 군주' 정도로 평가해도 충분하다. 그래야 제1차 세계대전이 왜 발생했는지, 오스트리아 제국이 왜 멸망했는지 분석하여 의미를 찾을 수 있다. 역사를 공부하는 일만큼 인물에 감정 이입을 해보면 인물과 사건을 입체적으로 바라볼 수 있을 뿐만 아니라 여행지에서 느끼는 감정도 다채로워지고 깊어진다. 감정 이입은 시민의 덕목이자 여행자의 필수 도구이다.

프란츠 요제프 2세는 글로리에테에서 제국의 미래를 고민했다.

빈 대학, 학업과 여가의 공존

✕

시내로 돌아와 빈 대학교 본관을 찾았다. 합스부르크 왕가가 1365년에 설립한 빈 대학은 16세기경 전성기를 맞았으나 종교 개혁으로 17세 초 크게 쇠퇴하였고 18세기 후반 마리아 테레지 아의 교육 개혁을 통해 다시 명성을 찾았다.

오래된 유럽 대학들은 대개 중세 교회 산하에서 스콜라 철학, 신학, 라틴어 문법 교육에 치중하다가 종교개혁을 거치며 구식 취급을 받고 쇠퇴했다. 그러다 르네상스 시대가 되면서 고 전 인문 열풍을 타고 종합 인재 양성 기관으로 화려하게 부활했 다. 근대에 접어들어 각국이 부국강병을 추구하게 되면서 대학 은 법률과 행정, 과학 기술 등 실용 학문과 민족어(독일어, 프랑스 어 등)를 가르치며 '민족의 지성'으로서의 위상을 획득했다. 이 렇게 본다면 현대의 대학은 참 아이러니한 존재다. 철저히 국가 의 필요에 따라 태어났으면서 학생 운동가들 같은 저항 세력의 요새가 되었으니 말이다.

빈 대학은 현재 독일어권 지역에서 가장 크고 오래된 대학 이다. 20명 넘게 노벨상 수상자를 배출해 위상이 높다. 쿠르트 괴델, 루트비히 볼츠만, 미카엘 하네케, 에르빈 슈뢰딩거, 에른스 트 곰브리치, 조지프 슘페터, 한스 켈젠, 칼 포퍼, 지크문트 프로 이트, 프리드리히 하이에크, 에드문트 후설 등 동문 명단도 화려 하다. 오스트리아 지도자 다수도 이곳에서 학위를 받았다.

때마침 토요일이라 강의실과 도서관은 내부 관람이 안 돼

빈 대학교 아트리움

서 대신 건물 중앙의 아트리움에 들렀다. 아트리움이란 사각형
건물 안 정중앙에 있는 뻥 뚫린 테라스 정도로 보면 된다. 유럽
의 대학들은 대개 아트리움을 작은 공원처럼 조성했다. 이곳도
마찬가지였다. 잔디밭에 벤치와 의자, 해먹이 있어서 학생들은
이곳에서 책을 읽거나 맥주를 마시는 등 자유롭게 휴식을 취했
다. 아트리움 가장자리의 회랑에는 위에서 언급한 유명 동문의
흉상들이 있었다. 지나간 사람과 머무는 사람이 '학교'를 통해
연결되어 있었다.

한국 대학도 이렇게 학업과 여가가 공존하는 공간이 될 수는 없을까. 한국 학생들은 학교에서 공부만 해야 할까? 나는 학교가 공간을 활용하는 방식이 학생들을 규율한다고 본다. 유럽 대학들은 아트리움을 공원처럼 꾸며 학업과 여가를 공존시켰다. 학업과 여가는 '아트리움' 안팎을 경계로 분리되지만, '학교' 안에 함께 머문다. 물론 옛 건물을 그대로 활용한 유럽 대학교와 실용적 목적에 맞게 만들어진 한국 대학교는 다른 점이 많지만 앞으로는 대학 안에서 여가를 조화시키는 공간을 키워나가면 좋겠다.

황실 묘지, 제국의 살림을 보여주다

❊

빈 대학에서 나와 구시가지 중심까지 걸었다. 미하엘 광장에 들어서자 말똥 냄새가 진동했다. 관광 상품으로 마차를 운영하기 때문이다. 근대 중반까지도 유럽 대도시에서는 사람의 분뇨를 창문 밖으로 던져 거리가 더러웠다는데 그 시대를 간접 경험하는 기분이었다. 관광 상품이 역사의 충실한 재현자가 되었다고 해야 하나.

퀴퀴한 공기가 들어찬 거리를 뚫고 한국 가이드북에서는 소개되지 않은 황실 묘지를 찾았다. 합스부르크가는 왕족 사망 시 시신에서 심장과 내장을 꺼내어 따로 보관했다. 속이 비워진 시신은 황실 묘지에 안치하고 심장은 방부 처리를 하여 아우구

황실 묘지

시시(왼쪽)와 프란츠 요제프 1세(오른쪽)의 관

스티너 교회의 한 예배당에, 내장은 마찬가지 방법으로 성 슈테판 대성당에 보관했다.

1618년에 조성된 이 황실 묘지는 황제 12명을 비롯해 왕족 143명의 시신이 안치되어 있다. 합스부르크가의 묘지는 원래 성 슈테판 대성당에 있었지만, 마티아스 황제 부부가 카푸치너 성당 지하에 묻히겠다고 고집하면서부터 황족의 시신이 차례로 안치되어 오늘날 황실 묘지로 발전했다. 가장 잘 보이는 명당자리에 프란츠 1세와 그의 아내 마리아 테레지아의 관이 놓여 있었고, 가장 구석에 비운의 황제 프란츠 요제프 1세의 관이 있었다. 비극적 최후를 맞은 아내 엘리자베트와 아들 루돌프의 관이 양옆에 자리해 가슴을 울렸다. 꼬마일 때 사망한 황족의 관도 있었는데, 크기가 작고 아기자기하게 꾸며져 있어 더 안쓰러웠다.

합스부르크가 사람들은 순수 혈통 유지를 위해 근친혼을 고집한 터라 특유의 '주걱턱'이나 정신질환, 불임 같은 유전병을 앓았고 어릴 때 죽는 사람도 많았다. 근친혼이 합스부르크를 멸망시켰다고 평가받기도 한다. 이곳의 관들은 황가의 화려한 면모 뒤의 미련한 고집을 상징하는 것 같았다.

황실 묘지의 인물 설명은 국내 정치와 가정사에 치중되어 있었다. 전쟁에 천착한 군주의 업적은 자연히 축소되었고, 내치에 집중한 군주의 업적은 확대되었다. 가장 큰 대조를 이루는 두 사람이 모자 관계인 마리아 테레지아와 요제프 2세였다. 마리아 테레지아는 오스트리아의 여명기에 오스트리아 왕위 계승 전쟁과 7년 전쟁을 치르며 무너져 가던 신성로마제국의 '멱살'

을 잡고 유럽 강대국들과의 세력 균형을 지켜낸 여제라는 긍정적 평가와 함께 외교를 뒤로한 채 전쟁에 기대어 국고를 탕진했다는 부정적 평가도 받는다. 그래서인지 시민권 확대나 교육·군제 개혁에 힘썼는데도 그의 내치에 대한 설명은 거의 찾아볼 수 없었다. 남성 중심적인 합스부르크 왕가에서 그가 통치자로 올라서는 과정이나 그의 가정사가 설명의 주를 이뤘다.

그의 아들 요제프 2세는 '계몽 군주'로 알려진 만큼 국내 치적에 대한 설명으로 빼곡했다. 그는 전쟁을 벌일 필요가 없었다. 1789년에 일어난 프랑스 혁명이 대외 전쟁으로 비화하기 직전인 1790년에 사망했기 때문이다. 외교 능력을 논할 일이 없었으니 운이 좋았다고 할 수 있다.

마리아 테레지아의 왕위 계승과 두 번의 대전쟁

어쩌다가 마리아 테레지아는 그토록 전쟁에 시달리게 되었을까. 결론부터 말하자면 그가 여성이라서 그리고 합스부르크가 쇠약해져서이다. 그는 합스부르크가의 영지인 오스트리아, 헝가리 등에서 직접 '왕'으로 통치했지만 신성로마제국 황제로는 즉위하지 못했다. 남편 프란츠 1세를 황제로 앉혀 대리 통치할 수밖에 없었다. 신성로마제국이 여성의 왕위 계승을 금지하는 '살리카 법'을 따랐기 때문이다.

마리아 테레지아가 황제 계승을 시도하기 전까지의 상황

은 다음과 같았다. 마리아의 아버지 카를 6세 *Karl VI. 1685~1740*는 제국 내 세후들을 설득하여 1713년 '국사 조칙'을 발표하였다. 왕위를 이어받을 아들이 없으면 딸이 계승할 수 있다는 내용이 골자였다. 그런데 이는 정치적 선언이었을 뿐 진짜 '법'은 아니었다. 그가 사망하자 제후들이 마리아의 즉위에 반발했다. 정확히는 노른자위 영지를 상속하는 것에 반대한 것이다. 유력 제후들은 1740년 '오스트리아 왕위 계승 전쟁'을 일으켰다. 이 전쟁에서 프로이센의 프리드리히 대왕은 프랑스를 등에 업고 오스트리아를 공격해 슐레지엔 지역을 빼앗았다. 오스트리아의 종주권이 무너지는 굴욕적인 순간이었다.

마리아는 프로이센에 복수하기 위해 딸 마리 앙투아네트와 루이 16세의 결혼으로 숙적 프랑스와 동맹을 맺었다. 오랜 기간 중부 유럽의 패권을 다퉈온 프랑스와의 합심은 상상도 못할 가히 혁명적인 선택이었다. 이를 '동맹의 역전' 혹은 '외교 혁명'이라고 부른다. 또 마리아는 국력을 쇄신하기 위해 국내 개혁도 단행했다. 귀족과 지주, 상인 조합인 길드의 특권을 제한했고 마녀재판도 중지했다. 개혁의 최종 목적은 왕권을 강화하여 효율적인 군제를 갖추고 프랑스와 함께 프로이센에 복수하는 것이었다.

마리아 테레지아는 강화된 국력과 강력한 동맹을 바탕으로 프로이센을 공격했다. 프로이센은 영국과 동맹을 맺어 이 거대한 상대에 맞섰다. 바야흐로 '7년 전쟁'이 시작되었다. 오스트리아는 프랑스, 러시아와 합세하여 프리드리히 대왕을 사지로

4부. 오스트리아

몰아넣었으나 전쟁 막판, 러시아의 표토르 3세*Peter III. 1728~1762*가 갑작스럽게 배신하고 그동안 빼앗은 영토를 프로이센에 넘겨주면서 말짱 도루묵이 되었다. 계몽 군주의 모범인 프리드리히 대왕을 향한 존경심으로 국익에 반한 행동을 한 표토르 3세는 결국 1년도 재위하지 못하고 폐위당한 뒤 사형당했다. 이 사건이 있기 직전까지는 전황이 유리했지만 표토르 3세가 찬물을 끼얹으면서 승부를 낼 결정적 기회를 놓쳤다. 전쟁은 시간만 끌리다가 흐지부지 종결되었다.

최초의 세계대전이 유럽 군주정을 붕괴시키다

1756년에 시작된 7년 전쟁은 최초의 세계대전이라고도 불린다. 유럽 전역이 전쟁에 휩쓸렸고 아메리카, 인도, 동남아 등 식민지까지 연루되었다. 각국의 출혈은 막대했다. 합스부르크 왕가는 전쟁 비용으로 11년 치 예산을 쏟아부었음에도 슐레지엔을 얻지 못했고 반세기 동안 재정 적자에 시달리게 되었다. 신성로마제국은 이때부터 급격히 세가 기울어갔다.

　7년 전쟁의 영향으로 프로이센은 슐레지엔을 얻어 장차 통일 독일로 발전할 기틀을 마련했지만, 국토가 초토화되었고 왕실조차 귀금속과 보석이 아닌 철로 장신구를 만들 정도로 가난해졌다. 이때부터 프로이센에 궁핍에 대한 두려움과 검약 성신이 뿌리내렸으며 이는 나폴레옹 전쟁 당시 유공자에게 수여한 '철십자 훈장'의 기원이 되었다.

또 7년 전쟁은 미국 독립혁명과 프랑스 혁명의 직접적인 원인이 되었다. 영국은 7년 전쟁 이전부터 17~18세기 내내 프랑스, 네덜란드 등과 전쟁을 벌여 막대한 빚을 안고 있었다. 이에 재정 적자를 만회하기 위해 영국 정부는 북미 식민지에서 무리하게 세금을 걷으려 했으나 식민지인들이 "No taxation without representation(대표 없이 과세 없다)."를 외치며 반발했다. 끝내 1776년 미국이 독립했다.

프랑스는 루이 14세 시절부터 재정 적자가 눈덩이처럼 불어난 상황이었다. 7년 전쟁 전비를 조달하는 과정에서 재정이 더욱 최악으로 치달았고 설상가상 식민지까지 영국에 대거 빼앗겼다. 이를 만회하려 루이 16세는 귀족과 성직자에게도 세금을 물리려 했으나 실패하여 평민의 부담이 가중되었고 1789년 프랑스 혁명이 일어났다.♦

7년 전쟁은 유럽 군주정 붕괴의 신호탄을 쏘아 올렸다. 마리아 테레지아의 왕위 계승이 그 빌미를 제공했으니 참으로 묘한 전개다. 마리아 테레지아의 위엄 있는 동상을 제외하면 빈에서는 그에 대해 떠올릴 계기가 없었는데, 황실 묘지에서 간접적으로나마 그의 역사적 위치를 고민할 수 있었다.

♦ 어떻게 보면 루이 16세는 조상들의 실책을 만회하려 노력했으나 시대적 한계를 넘지 못해 목이 달아난 비운의 인물이다.

중앙묘지, 음악가들의 무덤

음악의 도시인 빈에 와서 정작 음악과는 인연이 없었다. 베토벤 〈합창 교향곡〉을 초연한 세계 3대 오페라 극장인 빈 국립 오페라 극장도 가보지 못했다. 공연을 보지 못한 아쉬운 마음에 도시 외곽의 공동묘지인 중앙묘지에 가보기로 했다. 음악의 도시인만큼 모차르트, 베토벤, 프란츠 슈베르트, 요하네스 브람스, 요한 슈트라우스 등 유수의 음악가들이 이곳 중앙묘지에 잠들었다. 중앙묘지에는 이들 무덤을 포함해 총 3만 3천여 기의 무덤이 있다.

트램에서 내려 묘지에 들어서니 의외로 평범한 공원 같았다. 지위고하에 따라 크기와 재질, 장식이 다른 비석들이 줄지어 서 있었다. 풀과 꽃이 풍성하고 나무도 빼곡히 자라 있어서 운치와 여유가 넘쳤다. 한낮엔 맑았는데 늦은 오후가 되니 비가 쏟아졌다. 나무 아래에서 비를 피하면서 차분하게 묘지 분위기를 느꼈다. 비에 젖은 풀 내음과 한적한 풍경이 음악의 불멸성과 죽음의 무상함을 떠올리게 했다. 작곡가는 죽어도 음악은 죽지 않는다. 그들이 남긴 화려한 업적에 매료되어 이 도시를 찾았다가 마주한 것이라곤 겉치레 없이 묻힌 말 없는 해골과 무심한 비석이었다. 아무리 대단한 것이라도 끝이 있다는 회의감, 육신이 죽어도 기억될 수 있다는 설렘이 동시에 가슴을 쳤다. 머릿속에 선율들이 어렴풋이 들려 왔다. 아, 나는 그들을 기억하고 있구나. 나도 기억되고 싶다. 무엇이 날 기억하게 할까. 아

음악가들이 잠들어 있는 중앙묘지. 묘지라기 보다 공원 같았다.

니 기억되어야 할까, 그저 잊혀도 괜찮겠다, 아니 기억되고 싶다⋯. 죽는 날까지 풀지 못하고 머릿속을 맴돌 질문이 가슴에 새겨졌다.

이곳을 끝으로 빈 여행도 끝이 났다. 빈은 중세·근대 유럽 중심의 장엄함을 뽐내고 있었다. 가장 찬란한 시대부터 가장 굴욕적인 시대까지 겪은 만큼 볼거리도 생각할 거리도 넘쳤다. 나중에 〈비포 선라이즈〉의 주인공처럼 여유 있게 걸어보고 싶다. 옛 제국의 수도를 떠나 여행 마지막으로 향할 곳은 긴 시간 온갖 압제에 맞서며 '역동' 그 자체를 걸어온 헝가리의 수도 부다페스트다.

베토벤 묘비

슈트라우스 묘비

EUROPE

5부
굳세게 미래를 향하여

헝가리

독일

폴란드

체코

오스트리아

○부다페스트
헝가리

부다페스트

헝가리 민족의 뿌리를 찾아서

헝가리는 어떤 나라인가

✂

헝가리는 유럽 중남부와 북동부 길목에 터를 잡은 내륙국이다. 국토는 남한보다 약간 작고 인구는 975만 명(2020년 기준), 화폐 단위는 포린트_HUF_이다. 주요 민족은 '마자르족'이다.

헝가리는 국토 대부분이 평원이다. 오스트리아, 슬로바키아, 우크라이나, 루마니아, 세르비아, 크로아티아, 슬로베니아와 국경을 접하고 도나우(다뉴브)강이 국토를 관통한다. 도나우강은 독일 레겐스부르크, 오스트리아 빈, 슬로바키아 브라티슬라바, 세르비아 베오그라드를 거쳐 루마니아 동쪽의 흑해로 흘러 들어가는 국제 하천이다. 총길이는 2,860_km_로 유럽의 하천 중 러시아 지역의 볼가강 다음으로 길다. 헝가리의 수도 부다페스트는 도나우강의 중역에 위치한 지리적 요충지로서 합스부르크 왕가 치하에서도 핵심 지역으로 꼽혔다.

부다페스트는 전략 요충지로서 러시아, 오스트리아, 오스만 제국 등의 내로라하는 강대국들이 서로를 견제하기 위해 이곳을 거쳤다. 제2차 세계대전 전까지 합스부르크(오스트리아)와 오스만 제국에 지배당한 점에 있어서는 발칸 국가가 국가의 역사와 궤를 같이한다. 제2차 세계대전 이후에는 공산권에 편입되어 소련의 탄압에 시달렸다는 점에서 체코 같은 북동부 내륙 국가와 유사하다.

부다페스트의 파란만장한 역사

부다페스트는 오래전부터 헝가리의 수도였다. 본래 '부다'와 '페스트'는 도나우강 좌우에서 따로 발전하다가 1873년 '부다페스트'로 합쳐졌다. 부다와 페스트는 헝가리와 시작을 함께했다. 마자르족이 900년경 이 지역을 점령한 이래 이슈트반 1세 *Szent István 975~1038*가 1000년 가톨릭을 받아들이고 페스트를 수도로 삼아 헝가리 왕국을 창건했다.

이후 헝가리 왕국은 가톨릭 유럽의 동부 최전선에서 숱한 고난을 겪었다. 1200년대 중반 헝가리 왕국은 몽골에 점령당해 파괴되었다가 몽골이 쇠퇴하사 인근에서 가장 높은 지대인 부다를 수도로 삼고 부흥을 도모했다. 그러다 부다는 1541년 오스만 제국에 점령당했고 페스트는 그때부터 오랫동안 서민 거주지로 버려져 있었다.

합스부르크가의 비호 아래 부다페스트는 헝가리 왕국의 중심지로 되살아났다. 1686년 오스트리아가 헝가리를 도와 오스만을 몰아내고 부다와 페스트를 함께 점령하면서 왕위 계승권을 가져갔다. 부다 지구는 1723년부터 제국의 행정 기관을 유치하며 발전을 거듭했고 19세기에는 페스트 지구도 행정 구역 통합이 되면서 함께 발전했다. 1849년에는 부다와 페스트 두 구역을 잇는 세체니 다리가 놓이고 1873년 마침내 부다와 페스트가 '부다페스트'로 통합되었다. 한편 헝가리가 1867년 '대타협'으로 상당 수준의 자치권을 확보하면서 부다페스트는 성장에 가속이 붙었다. 낙후했던 페스트는 1896년, 건국 1,000년을 기념해 재개발되어 지금의 발전된 형태를 갖추었다. 부다페스트는 2019년 기준 인구 170만여 명이 거주하며 EU 도시 중 10번째로 큰 도시가 되었다.

성 이슈트반 성당과 바치 거리

페스트 지구에 있는 성 이슈트반 성당에 들렀다. 부다페스트에서 가장 큰 가톨릭 성당이며 로마네스크 양식으로 지어졌다. 헝가리 초대 국왕 이슈트반 1세를 기리고 건국 1,000주년을 기념하기 위해 1848년 착공하여 1905년 완공했다. 오랜 시간을 투

성 이슈트반 성당

바치 거리의 뚱뚱한 경찰관 동상

자한 만큼 규모도 웅장하고 내·외부도 아주 화려했다. 우리가 방문한 때는 마침 일요일 정오경이라 예배를 마무리하는 오르간 소리가 예배당을 울렸다. 웅장한 사운드에 압도되어 절로 경건한 마음이 들었다.

도나우강 방향으로 조금 걸으니 흥미로운 동상이 하나 나왔다. 투구를 쓰고 콧수염과 빵빵한 배를 자랑하는 경찰관 동상이었는데, 구글 지도에도 '뚱뚱한 경찰관 동상'으로 소개되어 있었다. 유럽 관광지에 있는 주요 동상이 으레 그렇듯이 신체 부위 중 한 곳이 유독 반짝반짝 빛났는데 이 동상은 배가 그랬다. 분명 경찰관의 배를 만지며 빌면 소원이 이뤄진다는 속설이 있을 터였다. 부다페스트의 첫인상은 대성당과 익살스러운 동상 덕분에 매우 활기찼다.

성 이슈트반 성당에서 바치 거리까지 이어지는 길에는 각종 상점과 음식점이 즐비했다. 햇살이 강렬했지만 공기는 선선했다. 건물들은 4층에 외관도 비슷비슷했지만 건물마다 약간씩 변주가 있어 단조로운 느낌은 아니었다. 바치 거리는 부다페스트에서 가장 트렌디한 공간이었다.

세체니 다리가 부다페스트를 낳았다

세체니 다리는 부다페스트 여행의 필수 코스로 부다 지구와 페스트 지구를 잇는 상징적 다리이다. 1839년부터 10년에 걸쳐 건설되어 부다와 페스트를 잇게 되었는데 사실상 세체니 다리가 놓인 1849년은 '부다페스트' 역시의 원년이다. 세체니 다리 중간에는 개선문 모양의 두 탑이 서서 현수를 연결하고 있다. 다리 양 끝의 사자상과 함께 고풍스럽고 진취적인 분위기를 풍긴다.

세체니 이슈트반, 민족 독립과 자치의 딜레마

이 다리 이름의 주인이자 다리 건설의 주역 세체니 이슈트반 Széchenyi István 1791~1860을 알게 되면 이 다리가 더욱 특별하게 보일 것이다. 세체니는 19세기 헝가리 자유주의 정치인으로 현대 헝가리의 초석을 놓은 개혁가로 추앙받는다. 당시 오스트리아는 절대주의 통치를 고수하여 헝가리를 억압했다. 이에 반발하여 세체니는 헝가리어 허용, 표현의 자유와 종교 관용을 부르짖었다. 다른 한편으로는 헝가리 과학 아카데미를 설립하고 해운 및 조선을 비롯해 실용 산업을 육성했으며 예술과 문화 사업도 지원했다. 현수교 세체니 다리를 착공한 뒤에는 교통부 장관으로 임명되어 부다페스트의 교통체계를 정립했다. 이처럼 그는 자유롭고 실용적인 개혁가였다.

　그러나 공교롭게도 뒤에서 소개할 1848년 헝가리 혁명에서 세체니는 혁명의 반대편에 섰다. 당시 혁명을 이끌던 코슈트 러요시 Kossuth Lajos 1802~1894는 오스트리아로부터의 완전한 독립과 민족 국가 건설을 추구했다. 하지만 신분을 막론하고 민족 감정

부다와 페스트를 잇는 세체니 다리

이 강한 헝가리인들의 민족주의를 자유주의 개혁으론 연결하지 못했다. 지주·귀족이 헝가리 민족주의를 이끌었기 때문이다. 오스트리아 황제 요제프 2세가 지주의 면세권과 사법권을 폐지하고 농노를 해방하려 할 때도 헝가리 귀족들은 민족 자치를 빌미로 거세게 반발했다. 그 중심에는 러요시가 있었다. 그는 오스트리아 관료가 아닌 헝가리 귀족이 농민을 지배하고 헝가리인이 크로아티아인, 세르비아인, 루마니아인 등 전체 소수 민족을 지배해야 한다고 주장했다.

세체니는 자유주의자로서 이에 반대했다. 그는 귀족 중심으로 독립하기보다 오스트리아 제국에 남아 자유주의적 개혁을 수용하며 점진적으로 자치를 확보해야 한다고 보았다. 헝가리가 독자 왕국을 세우면 헝가리 지역 인구의 반을 차지하는 소수 민족이 들고일어날 것이라고도 경고했다. 러요시는 세체니와 농민의 의견을 반영해 자유주의 헌법을 통과시키고 지주와 귀족의 정치적 특권을 많이 축소했다. 그러나 오히려 지주의 경제적 특권은 강화되면서 민족 국가 건설 운동은 더 격해졌다. 결국 오스트리아는 헝가리 내 소수민족의 민족주의를 부추겨 혼란을 일으킨 뒤 러시아군과 함께 진입해 반란군을 진압했다. 혁명 지도자들은 처형되거나 외국으로 망명했다. 오스트리아가 프랑스와 이탈리아, 독일에 패한 뒤 헝가리에 도움을 요청하는 1860년대까지 헝가리는 자치권을 빼앗긴 채 오스트리아의 속국으로 남아있었다.

헝가리 귀족의 독립운동과 제국의 억압적 지배, 그 어느 것도 세체니는 바라지 않았다. 그는 헝가리 혁명이 진압되는 모습을 무기력하게 바라보며 신경쇠약과 우울증을 앓기 시작했다. 노력을 배반당했다고 여겨서였을까, 자신이 놓은 세체니 다리 위를 걸어보지도 못한 채 그는 1860년 최후를 맞았다.

세체니 다리를 걸으며 '세체니'라는 이름이 헝가리인에게 어떤 의미일지 떠올려보았다. 약자 편에 섰으나 제국에 기대었고 민족을 사랑했으나 독립에는 반대했다. 세체니는 회색지대에 놓인 비운의 민족주의 개혁가였다. 자치론과 독립론 사이의 갈등은 식민 지배 경험이 있는 우리에게도 익숙한 딜레마다. 무엇이 좋을지는 각자 판단할 몫이지만 한 가지는 분명하다. 세상에는 선과 악이 명확하게 구분되지 않은 경계가 불분명한 회색 의견이 더 많다는 점이다.

부다페스트의 핵심, 부다 왕궁

부다 왕궁으로 향했다. 왕궁은 해발 50~200m 사이의 바르 언덕에 자리한다. 바르 언덕은 '성채의 언덕'이라는 뜻이며 언덕 전체가 유네스코 세계 문화유산으로 지정되어 있다. 보통 미니버스나 케이블카에 탑승하여 언덕을 오르거나 20분 정도 걸어서 올라갈 수 있다.

웅장하고 큰 부다 왕궁은 언덕의 중심을 잡아주고 있었다. 기존 성채들은 몽골, 오스만에게 파괴당했고 지금 왕궁은 17세기에 와서야 세워졌으나 유럽의 많은 건물이 그러하듯 두 차례 세계대전 동안 손상을 입어 1950년 복원되었다. 오늘날 각 건물은 국립 현대 미술관, 부다페스트 역사 박물관, 국립 세체니 도서관 등으로 활용되고 있다.

왕궁과 정원은 무료로 둘러볼 수 있다. 정원에는 헝가리 민족의 자긍심이 묻어나는 조형물이 설치되어 있다. 또 옛 건물의 잔해가 땅에 반쯤 묻혀 있어 발굴 현장처럼 보였다.

부다 왕궁

민족의 자부심, 마차시 성당과 어부의 요새

※

바르 언덕 위에서 중턱까지 쉴 새 없이 볼거리가 이어졌다. 그
중에서도 마차시 성당과 어부의 요새가 화려한 자태를 뽐내고
있었다. 마차시 성당은 13세기 벨러 4세 *IV. Béla 1206~1270*가 건축한
고딕 양식의 건물로 헝가리 왕의 대관식과 결혼식이 이곳에서
치러졌다. 오스만 지배기에는 모스크로 쓰였고, 오스트리아 지
배기인 17세기에는 성당으로 환원되면서 바로크 양식도 섞여
들어갔다. 제국 황제가 헝가리 왕을 겸하던 시절, 빈에 있던 황
제들은 이곳까지 적어도 한 번은 이곳에 와야 했다. 헝가리 왕
즉위 절차를 별도로 진행해야 했기 때문이다. 오랜 세월을 거치
며 성당은 낡아 갔고 19세기 말에 대대적인 보수를 진행했는데
그때 다시 고딕 양식으로 되돌렸다.

성당은 특이한 외관이 돋보였다. 촘촘한 모자이크가 다채
롭게 채색된 지붕은 유럽의 다른 종교 건축물에서는 흔히 볼 수
없었다. 첨탑은 군데군데 울퉁불퉁했고 창백한 흰색으로 덮인
난간은 유려한 곡선이 마치 동물의 뼈처럼 보였다.

마차시 성당에서부터 언덕 중턱까지 이어지는 공간에 어
부의 요새가 있었다. 어부의 요새는 1848년 헝가리 혁명에서
어부들이 활약한 사실을 기리기 위해 19세기 말 축조한 요새이
자 기념비이다. 마차시 성당 복원 설계를 담당한 슐렉 프리제슈
가 디자인했다. 곡선이 주를 이루고 옅은 회색으로 덮여 있어
묘하게 화려했다. 벽 곳곳에 크고 각진 구멍을 숭숭 뚫어 두었

는데, 마치 사진 프레임 같았다. 이 부분을 통해 도나우강과 국회의사당을 조망할 수 있었다. 요새 중간중간 세워진 7개의 원뿔 모양 탑은 헝가리를 세운 마자르 7부족을 상징한다. 어부의 요새는 부다페스트 최고 뷰 포인트로 사진을 찍으려면 줄을 서서 기다려야 한다.

혁명의 1848년과 어부의 요새

아름다운 어부의 요새는 헝가리인에게는 민족의 성지라고 할 수 있다. 1840년대 중반 기록적인 흉작이 유럽 대륙을 휩쓸자, 이탈리아를 시작으로 곳곳에서 반란이 터졌다. 반란은 자유주의와 민족주의라는 명분을 얻어 혁명으로 확대되었다. 프랑스에서는 2월 혁명으로 국왕 루이 필리프*Louis Philippe Ier. 1773~1850*가 쫓겨나고 공화정이 선포되었으며 독일 베를린, 오스트리아 빈, 헝가리 부다페스트 같은 주요 도시에서도 봉기가 일어났다.

1848년 이전까지는 민란이 간헐적이고 산발적으로 발생했다. 그런데 1848년은 이전 봉기들과는 질적으로 달랐다. 프랑스혁명으로 응축된 자유주의와 민족주의 열기가 용암처럼 터져 나왔다. 유럽 전역에서 혁명이 일어나 보수 지도자들이 대거 퇴진했다. 유럽은 본격적인 자유주의·민족주의 시대로 접어들었다.

헝가리에서는 코슈트 러요시가 시민군을 조직하여 독립과 공화정을 선포했지만 이듬해 오스트리아·러시아 연합군에게

개성넘치는 마차시 성당

어부의 요새

제압당했다. 오스트리아는 헝가리에 대한 종주권을 지켜야 했고, 러시아는 자신이 지배하는 지역에 헝가리 혁명의 불꽃이 옮겨붙지 않도록 막아야 하는 이해관계가 맞아떨어진 것이다. 러시아가 오스트리아에 연합을 제안하고 오스트리아가 이를 수락하여 부다페스트로 출병했다. 이들을 상대로 헝가리군이 최후 항전을 벌였던 장소가 어부의 요새이다.

이곳은 외관만큼이나 그에 담긴 이야기도 뜻깊다. '유명 관광지'를 넘어 헝가리 민족주의의 공간이기도 하다. 이곳에서 헝가리 국민은 근현대 국가가 발명한 종교인 애국심과 민족주의의 주문을 읊으면서 경건한 마음을 느끼지 않을까 싶다.

부다페스트

제국에 맞선 힘겨운 저항의 역사

자유의 상, 소련 지우기에서 살아남다

부다 왕궁에서 도나우강을 한눈에 조망할 수 있는 위치에 서니 오른쪽으로 '자유의 상'이 보였다. 1947년 소련이 부다페스트에서 나치를 격퇴한 뒤 해방을 기념하겠다며 세운 동상이다. 근방에서 제일 높은 해발 235m 겔레르트 언덕에 40m짜리 기단을 두고 그 위에 14m 높이로 세웠다. 자유의 상은 승리의 월계수 잎을 두 손으로 들고 진취적인 자세와 표정을 하고 있다.

　1990년 헝가리 정부는 이곳 언덕에 공산당 체제 선전용으로 서 있던 소련이 세운 동상을 모조리 철거하려 했다. 자유의 상도 함께 철거 목록에 올랐다. 그러나 그나마 공산당 색채가 덜하다는 이유로 겔레르트 언덕에서 유일하게 살아남았다.

또 도나우강 건너편 멀리 보이는 영웅광장은 1896년 헝가리 건국 1,000주년을 기념해 조성된 곳으로 1989년 소련에서 해방되고 그 의미를 새롭게 획득했다. 너지 임레*Nagy Imre 1896~1958*의 재매장 의식을 이곳에서 거행했기 때문이다.

너지 임레는 냉전 시절 소련에 의해 가장 고통 받은 도시인 부다페스트에서 그 수난을 함께한 인물이다. 구체적으로 무엇을 하던 사람이고, 소련은 헝가리를 비롯해 동유럽 국가들을 어떻게 대했는지 지금부터 살펴보기로 하자.

패전국의 굴레와 친나치 정권의 등장

20세기 초 헝가리 민족은 독자 정부 수립을 수차례 시도했다가 번번이 오스트리아에 제압당했다. 겨우 기회가 찾아온 때는 오스트리아가 제1차 세계대전을 일으켰다가 패전한 순간이었다. 이중 군주정이 해체되어 헝가리는 드디어 독립했고 카로이 미하이*Károlyi Mihály 1875~1955*를 수반으로 한 독자 정부를 수립했다.

그러나 연합국은 '민족 자결주의'를 명분으로 헝가리 영토 상당 부분을 루마니아, 세르비아, 체코슬로바키아 등 인접국에 넘겨주었다. 1920년 연합국과 헝가리 사이에 체결한 〈트리아농 조약〉에서 헝가리는 트란실바니아 지역을 비롯해 영토의 71%, 인구의 66%를 잃었다.

승전국의 처분에 대한 반발로 헝가리는 소련에 의탁하자

부다 왕궁에서 바라본 도나우강

는 목소리가 커졌고, 1919년 '헝가리 소비에트 공화국'이 수립
되었다. 그러나 헝가리 공산당 지도자 쿤 벨러 Kun Béla 1886~1938 정
권은 숙청을 남발하여 신망을 잃고 군부를 비롯한 반혁명 세력
에 의해 133일 만에 전복되었다. 이어서 군인 출신 호르치 미클
로시 Horthy Miklós 1868~1957가 수구 정권을 수립했다.

하지만 소련이 내전에 휘말려 헝가리에 신경을 못 쓰고
있는 사이 독일은 헝가리가 잃은 트란실바니아를 되돌려주겠다
고 구슬렸다. 또 독일은 1934년 헝가리와 무역협정을 맺어 세
계 시장 가격보다 비싼 값으로 헝가리 농산물을 사들이며 헝가
리 경제의 독일 의존도를 높였다. 미클로시 정권은 친나치로 기
울었고 헝가리 국민도 친나치 '화살십자당'을 조직해 동조했다.
독일 패망 후 미클로시는 전범 재판에서 '참고인'으로 조사받고
는 여생을 평화롭게 보냈으나 헝가리는 소련 치하의 엄혹한 시
절로 빨려 들어갔다.

독일인과 헝가리인이 히틀러에게 열광하게 된 이유

✕

헝가리의 친나치 행적을 접하면 생각이 많아진다. 동서고금을
막론하고 극단주의가 통하는 이유는 무엇일까? 사람들이 지루
하고 느린 민주적 의사 결정보다 '사이다'를 자처하는 인물에
게 마음을 주어서는 아닐까? 독일 사상가 헤겔은 역사가 '정'과
'반'을 거쳐 '합'으로 이어진다고 말했다. 이 의미를 비틀자면

현재의 합에 도달한 시점에서 정은 승리자의 것이고 반은 패배자의 것이다. 우리가 누리는 '합'은 지금이야 합이지만 그대로 이어질지 완전히 뒤집힐지는 아무도 알 수 없다.

그렇다면 어떤 행위나 사건의 의미는 역사의 향방에 따라 사후적으로 결정된다고 할 수 있다. 같은 논리를 스탈린주의, 나치즘에 적용하면 이들은 '결과적으로' 틀렸다고 판명이 났을 뿐, 당대엔 다수에게 진리로 여겨졌을 수 있다. 지금 우리 세계가 개개인의 자유와 다양성을 중시하는 방향으로 발전했기에 그에 반대되는 그 이념들을 배척하게 되었을 뿐이다.

지금은 모두 나치의 악마성을 인정하지만 그 당시에 과연 누가 나치를 악으로 몰아갈 수 있었을까? 인간은 베일에 싸인 타자를 두려워하거나 악으로 단정하는 경향이 있다. 어쩌면 나치즘과 파시즘은 인간의 그런 성향을 양분 삼아 당대 상황에 어울리는 형태로 발현된 극단주의였는지도 모른다. 그러니 나치와 그 협력자들을 비판하려면 그들이 당면했던 시대적 한계가 무엇인지부터 규명해야 한다. 시대성을 소거하고 남는 것이 있다면 그것이야말로 시대를 초월해 21세기 민주주의 정체에도 적용할 수 있는 교훈일 것이다.

불안한 시대일수록 선명성 투쟁은 깊어지기 마련이다. 세계대전과 대공황 같은 큰 혼란의 시대에 사람들은 속 시원한 해결을 기대했고 히틀러는 사람들의 마음을 사로잡았다. 당대엔 베르사유 체제와 관련해 국가 간 이해관계가 충돌했고 사람들의 피해의식과 분노도 커져 있었다. 파산한 독일에서 히틀러는 전임 정부의 디플레이션 정책을 비판하며 완전 고용을 약속했다. 노조를 파괴하고 강제 노동을 도입했으며 공산당에 버금가는 수준으로 기업과 시장을 통제해서 완전 고용을 이룩했다. 개인은 사라지고 체제만 남았지만, 잘 살 수 있다는 희망을 보여주자 사람들은 히틀러에게 마음을 주었다. 자유 민주 시민에서 퓌러Führer◆의 충실한 신민으로 전락시켰다.

히틀러는 제한 없는 권력을 통해 이룩한 성과를 바탕으로 더 많은 나라와 사람을 설득하는 데 성공했다. 또한 영국 등 연합국이 독일 은행에 예치한 금융 자산을 압류하여 그 재원으로 동유럽을 지원하겠다고 공약했다. 헝가리인에게 히틀러는 난세의 영웅으로 보였고 그래서 헝가리인들은 자신과 이웃하던 유대인을 멸절하겠다는 나치에 동조하게 되었다. 연합국에 모든 걸 빼앗긴 상황에서 연합국을 골려주는 듯한 히틀러를 어찌 쉽게 거부할 수 있었겠는가.

너지 임레, 비운의 혁명가

✕

제2차 세계대전에서 독일이 패배하자 소련은 헝가리에서 나치를 몰아낸 후 1949년 8월 헝가리 공산당이 통치하는 '헝가

◆ 독일 나치당 치하 국가 원수이자 정부 수반, 당의 최고 지도자이다. 정식 명칭은 지도자 겸 국가수상Führer und Reichskanzler이다. 총통이라고 번역하기도 한다.

리 인민공화국'을 출범시켰다. 최고권력자 라코시 마차시*Rákosi Mátyás 1892~1971*는 스탈린을 충실히 따랐다. 그러다 1953년 스탈린이 죽자, 개혁의 열기가 동유럽 전역을 강타했다. 그해 7월 라코시는 공산당 당권을 유지하되 개혁파 너지 임레에게 총리직을 주는 선에서 민중과 타협했다.

너지는 급진적인 개혁을 추진했다. 정치적으로는 사법부 독립과 종교적 관용을 제도화했고 반체제 인사를 잡아넣던 강제 수용소를 폐지했다. 경제적으로는 사유 재산의 범위를 넓게 허용했고, 민중에게 필요한 소비재 생산을 늘리고 노동자 임금을 인상했다. 1955년 4월 라코시를 위시한 수구파는 너지의 거침없는 행보에 위기감을 느끼고 그를 총리에서 해임했다.

그러나 1956년 흐루쇼프가 스탈린 격하 운동을 시작하자 개혁파에 대한 민중의 지지는 계속 확대되었다. 같은 해 폴란드에서 개혁파 고무우카가 소련 개입 없이 개혁에 착수한 일도 민중의 열망을 자극했다. 결국 그해 10월 23일, 민중의 지지를 등에 업은 개혁파는 너지를 총리에 복귀시켰다. 수구파의 지원 요청에 따라 소련군이 부다페스트에 들이닥쳤으나 별일 없이 철군했다.

민중의 거센 개혁 요구에 부응하기 위해 너지는 다당제와 자유선거 도입, 바르샤바 조약기구*Warsaw Pact*(이하 WP) 탈퇴 선언이라는 과격한 수를 두었다. 여기에 결정적으로 너지는 국제 연합이 오스트리아의 중립을 인정한 것처럼 헝가리를 중립국으로 인정해달라고 요구했다.

부다페스트

이를 계기로 너지와 개혁파는 완벽하게 소련의 눈 밖에 났다. 소련 입장에서 다낭제와 WP 탈퇴, 중립화는 단순한 개혁이 아니라 소련 공산당 패권에 대한 심대한 도전이었다. 이를 허용했다간 자칫 제국의 패권이 흔들릴 수 있었다.

며칠 뒤인 11월 4일 소련은 헝가리를 침공하여 반체제 세력을 무참히 짓밟았다. 4천여 명이 사망했고, 15만 명이 넘는 사람이 체포되거나 해외로 도피했다. 너지는 서방에 구원을 요청했다. 그러나 서방은 종전 당시 헝가리를 소련 관할 구역으로 인정했다는 이유로 묵묵부답이었다. 너지를 포함한 지도부 5명은 이내 소련군에게 붙잡혔다. 헝가리 공산당은 1958년 6월, 비운의 혁명가 너지 임레를 교수형에 처했다.

카다르의 굴라쉬 공산주의

1956년 너지의 실각 시점부터 1989년 해방까지의 헝가리 체제를 흔히 '굴라쉬 공산주의'라고 부른다. 여행자들이 한 번씩은 맛보는 '굴라쉬'는 헝가리식 갈비찜으로 영양이 풍부하여 풍요의 상징처럼 여겨진다. 너지의 후임 총리 카다르 야노시 *Kádár János 1912~1989*가 국민에게 공산당에 대한 충성을 요구하는 대신 '굴라쉬' 같은 경제적 풍요를 안겨주었다며 그의 집권기를 '굴라쉬 공산주의'라고 한 것이다.

카다르는 친소 노선을 채택해 소련 서기장 브레즈네프의

부다페스트 시내. 이 날은 날씨가 무척 좋았다.

신뢰를 확보한 뒤 천천히 국내 개혁을 추진했다. 사유 재산을 부분적으로 인정하고 정부의 가격 통제를 단계적으로 폐지했으며 소비재 생산을 증대하는 한편 관세 무역 일반 협정 *GATT, General Agreement on Tariffs and Trade*(세계무역기구 체제 이전의 체제)과 IMF에 가입하여 국제 경제에 첫발을 내디뎠다. 문화 수입을 허용하여 이때부터 바치 거리에 패스트푸드점이 들어오는 등 부다페스트를 서방 문화의 최전선으로 자리매김했다.

이 체제를 두고 민중과 정권이 풍요와 권력을 거래했다고 말한다. 카다르 야노시 시절 헝가리의 사회경제적 여건은 동구권 최고 수준으로 올라갔으며 시장 경제 요소도 순조롭게 확대되어 갔다. 그러나 이 체제도 동구권 전체가 경제 위기에 휩싸인 1980년대 말 흔들렸다. 동구권 국가들은 무역 적자에 시달리며 서방에게 막대한 빚을 졌다. 200억 달러에 달하는 헝가리 채무액은 헝가리 한 해 수출액의 약 2배였고 오일 쇼크로 세계 경제가 위축되면서 더는 이런 방식으로 경제를 운용하기 힘들어졌다. 결국 경제 위기가 정치 위기를 불렀다. 1989년 카다르가 퇴진하면서 헝가리는 자유화되었다.

동유럽 개혁의 성패와 소련의 통치 방식

✕

너지와 카다르의 차이는 무엇이었을까? 비교적 평화롭게 개혁을 추진해나갔던 폴란드와 달리 왜 헝가리는 큰 유혈 사태를 겪으며 좌절해야 했을까? 이는 소련의 지배 이데올로기와 맞물려 있다. 역사상 어떤 제국도 강압적 수단에만 의존하지는 않는다. 무력에 의존하는 경우 조금이라도 경계가 허술해지는 틈을 타 반란이 일어날 것이기 때문이다. 따라서 현명한 제국이라면 토착 세력과 협조해 대중의 지지를 얻는다.

현명한 제국은 종교의 자유나 자치를 인정해주되 정치적 반발은 엄격히 통제하고, 일정한 세금을 물리거나 노동력을 징발하여 영향력을 유지한다. 쉽게 말해 '나는 강자고 너는 약자야. 선을 지키면 나도 선을 지킬 테니 좋게 나아가자'가 제국의 마음가짐이다. 강압적 수단에만 의존하는 제국은 대화하지 않는다. 그러니 기마병으로, 공포 정치로, 탱크와 군홧발로 권력을 지키려 안달한다. 그것이 몰락의 원인이 된다.

소련의 통치 이데올로기는 '형식은 민족주의, 내용은 사회주의'로 요약할 수 있다. 동유럽에서는 1848년 민중 봉기부터 제2차 세계대전 종식까지 민족 운동이 이어졌고, 여전히 제대로 된 민족 국가 수립에 목말라 있었다. 동유럽에서는 노동자 계급도, 순수한 민족도 아닌 '사회주의-민족'이 역사의 주체가 되었다. 제대로 완성되지 않은 민족 국가를 마저 완성하여 '민족'을 기본 단위로 사회주의를 실현하겠다는 기조였다. 따라서 소련은 동유럽 위성국들을 현명하게 통치할 방법으로 각 민족의 언어와 문화를 장려하는 토착화 정책을 시행했고 일정 수준의 사치권을 보상했다.

동유럽 사회주의자들은 민중의 지지 없이 소련의 비호 아래 정권을 잡았다. 그래서 사회주의를 억지로 내세우기보다 민족 수호자를 자처했다. 소련과 달리 동유럽에서는 부르주아에 맞선 노동자의 계급 투쟁을 설파할 사상적 지반이 약했다. 사회주의를 민중의 정서에 부합하는 다른 가치와 혼합해야 했다. 동유럽 권력자들은 집권 이전 시기를 '민족 해방을 위한 사회주의적 토대를 놓은 시기'로 재해석하고 소련의 대리자로서 민족주의가 노골화되지 않도록 조율하는 역할을 부여받았다. 이러한 측면에 착안하여 《동유럽 근현대사》의 저자 오승은은 소련 치하 동유럽사를 "각 국민의 민족주의 열망과 소련의 제국주의 욕망 사이의 긴장 관계 속에서 균형을 맞추면서 새로운 국가를 구축하고자 한 역사"라고 규정한 바 있다.

소련은 제국이었다

1953년 스탈린이 죽고 후임자 흐루쇼프가 스탈린 격하 운동을 시작하며 동유럽에도 변화의 바람이 부는 듯했다. 억압의 대명사 스탈린 시기 소련의 통치 기조는 '사회주의로 이르는 길은 모스크바를 거쳐야 한다'였다. 이는 각 민족은 소련의 통제 아래에서만 움직일 수 있다는 뜻이었다. 이와 달리 흐루쇼프는 스탈린의 잔인함과 비인도주의를 비판했고 '사회주의 발전의 경로와 형태를 결정하는 데 있어 어느 쪽도 주관적 관점을 부과해서는 안 된다'라고 말했다. 1956년 폴란드, 헝가리에서 공산당 개혁파가 움직인 데는 이러한 시대적 배경이 있었다.

그런데 두 나라의 운명은 엇갈렸다. 폴란드는 고무우카를 주축으로 순조롭게 개혁을 추진했다. '독립'과 같은 급진적인 구호를 억눌러 흐루쇼프와 소련 지도부를 안심시켰기 때문이다. 반면 헝가리에선 너지 임레를 위시한 개혁파가 철저히 숙청당했다. 흐루쇼프가 허용할 수 있는 '선'을 넘어버렸기 때문이다. 위에서 살펴보았듯이 헝가리에서는 소련의 종주권을 위협하는 급진적 목소리가 통제되지 않고 정책화되었다. 이는 제아무리 흐루쇼프여도 용납할 수 없었다. 흐루쇼프는 헝가리를 탱크로 짓밟았다. '제국' 소련의 본질을 간과하고 지나치게 과감하게 움직인 결과, 너지 임레는 동료 카다르나 폴란드 지도자들과 달리 비극적 최후를 맞았다.

소련이 제국이라는 사실을 보다 적극 수용하고 그에 맞춰 처신했다면 헝가리의 역사는 피로 얼룩지지 않을 수 있었을까? 역사에 만약은 없고 인물과 나라의 궤적도 비교할 수 없다. 그저 헝가리에 다른 길이 있지 않았을까 궁리해볼 뿐이다.

부다페스트

극우주의와 유럽의 미래

헝가리식 갈비찜, 굴라쉬

✼

부다페스트 하면 야경을 빼놓을 수 없다. 야경을 보러 가기 전에 저녁 식사로 굴라쉬를 먹으러 갔다. 큼직하게 깍둑썰기한 채소와 소고기가 내는 담백함, 파프리카로 맛을 낸 약간의 얼큰함이 우리나라 갈비찜과 유사했다. 익숙한 방식으로 만든 음식이라 그런지 입에 무난히 잘 맞았다. 가격도 비싸지 않았다. 가이드북에 소개된 식당은 손님 절반 이상이 한국인이었다. 처음엔 다소 민망했지만 음식이 맛있어서 정신없이 먹고 나왔다. 어느새 해가 졌다.

불타는 황금 궁전 같은 국회의사당

해가 진 뒤 도나우강 쪽으로 향했다. 부다페스트 야경은 비현실적으로 낭만적이었다. 그 중심에 네오고딕 양식의 장대한 헝가리 국회의사당이 있었다. 건국 1,000주년을 맞아 민족정신을 선양하는 의미에서 1884년부터 20년 동안 자국 기술과 인력만으로 지은 국회의사당은 중앙의 돔을 중심으로 뾰족한 첨탑들이 기세 좋게 뻗어 있다. 국회의사당은 도나우강에서 수직으로 불과 몇 미터 떨어진 거리에 딱 붙어 서 있다.

오후에 어부의 요새에서 국회의사당을 보았을 땐 외벽이 새하얗게 칠해져 있어 그 자체가 하나의 유람선처럼 보였는데 건물 불이 대부분 꺼진 밤이 되자 도나우강변은 칠흑같이 어두웠다. 가까이 가면 강물은 흐느적거리며 우릴 빨아들일 것처럼 느껴졌다. 빛이라곤 가로등 조명이 유일한 도나우강변에서 국회의사당은 홀로 빛났다. 조명이 빈틈없이 비추어 황금 궁전처럼 보았다.

아름다운 국회의사당은 극우의 성지

사실 국회의사당은 악명 높은 극우의 요람이기도 하다. 헝가리는 피데스*Fidesz* (청년 민주 동맹)의 수장 오르반 빅토르*Orbán Viktor* *1963~* 총리가 이끌고 있다. 그는 우파 민족주의를 내세우며 이슬

헝가리 국회의사당 야경. 비현실적으로 아름답다.

람, 난민, 성소수자, 부랑자, 나아가 외국인에 대한 적개심을 노골적으로 드러내고 있다. 또한 사법부를 장악하려 들고 정부에 비판적인 언론을 탄압했으며 EU 회원국이지만 자유 민주주의 제도를 버젓이 어겼다. EU가 제재하려 들자 총리가 직접 EU 탈퇴를 시사하기도 했다.

2018년에는 국회의사당 앞 광장에 있던 너지 임레의 동상이 시내 구석의 한적한 공원으로 이전되었다. 너지 동상이 철거된 자리에는 오래된 헝가리 민족 영웅들의 동상이 들어섰다. 정부가 권위주의와 배타적 민족주의를 강화하는 상황이라는 점, 너지 임레가 소련에 저항한 자유 투사라는 점을 고려하면, 정부의 이런 행동은 탐탁지 않다. 헝가리는 자유 민주주의를 잃어가고 있다. 어이없게도 오르반 총리는 수십 년 전 너지 임레를 추모하는 연설로 유명해져 유력 정치인으로 부상했다. 너지 임레의 민족주의는 가고 오르반의 민족주의가 오는 것일까?

이런 이유로 국회의사당을 마음 편히 바라보진 못했다. 국경을 개방하고 시민권을 확대하는 EU의 방향은 대체로 긍정적이지만 최근 유럽 통합이 부침을 겪고 극우가 부상하면서 신뢰가 흔들리고 있다. 영국은 끝내 EU를 탈퇴했고 폴란드와 헝가리에서도 탈퇴 여론이 고개를 내밀고 있다. 특히 헝가리에서 이탈 조짐이 도드라진다. 오르반 총리는 2010년부터 현재까지 압도적인 지지를 얻으며 집권하고 있다. 2022년 4월 총선에서는 야권이 연대했음에도 오르반에게 패배했다.

유럽의 독선: 유럽 재정 위기와 난민 위기

극우와 권위주의가 경계되는 것은 사실이지만, 이와는 별개로 지금의 유럽을 비판적으로 성찰할 필요도 있다. 독일을 제외하고 유럽 전역에서 좌파 포퓰리즘이나 극우 민족주의 혹은 권위주의, EU 탈퇴 목소리가 커지는 현상은 우연이 아니다. EU 차원에서 민주주의를 잃어간다는 비판은 전부터 꾸준히 제기되었다. 이에 불을 붙인 대표적인 사건이 2010년 남유럽발 유럽 재정 위기와 2015 유럽 난민 위기였다.

2008년 미국발 금융 위기의 여파로 2010년 이탈리아, 그리스, 스페인, 포르투갈 등 남유럽 국가들의 거품이 꺼졌다. 경제가 급격히 침체했고 파산과 실업이 속출했다. 각국이 다양한 수단을 강구하려 해도 유로존에 묶여 자유로운 정책 집행이 불가능했고, 독일과 프랑스가 장악한 유럽중앙은행ECB, European Central Bank(이하 ECB)의 처분에 따라야 했다. ECB는 자금 지원 조건으로 혹독한 긴축을 내걸었다. 즉 사회 복지 예산과 같은 정부 지출을 줄이라고 요구했다. 외환 위기 당시 IMF가 한국에 내민 구제금융 조건과 유사했다.

유로존 안에서는 나름대로 산업 분담이 이루어져 남유럽은 독일, 프랑스 등에 비해 농업과 관광업 의존도가 높고 2차·3차 산업 경쟁력이나 물가, 임금 수준은 낮았다. 그런데 위기가 닥치자 독일과 프랑스가 주도하는 ECB가 냉정하게 나오니 남유럽은 배신감을 느꼈다. 이미 경제가 침체해 있는데 정부 지출까지 줄이라고 하니 실업과 빈곤이 폭증할 수밖에 없었다.

한편 2015년 난민 위기는 중심국들, 특히 독일이 거의 일방적으로 각국에 난민 수용 쿼터를 할당한 데서 비롯됐다. 주머니 사정이 좋지 못한 남동부 유럽에서는 '유럽의 이상주의자들'에 대한 비판 여론이 일었고 난민 반대를 시작으로 비백인이나 비기독교도, 특히 무슬림에 대한 혐오가 성행했다.

2015년을 기점으로 유럽 전역은 극단주의 정당이 자리를 잡아갔으며 그리스와 스페인에서는 아예 극좌 정당이 집권했다. 동유럽 국가들에도 자국이 식민지가 되어간다는 인식을 기반으로 극우가 세를 크게 넓혔다. 유럽 재정 위기와 난민 위기, 두 사건을 통해 EU는 비민주적이라는 비판에 시달리게 되었다.

극우를 막으려면 유럽연합의 '민주화'부터

유럽의 가장 큰 문제는 주변부 민중이 느끼는 '소외감'이다. 다수의 연구에 따르면 주민의 경제적 불만 혹은 불안정성이 높은 지역일수록 극우 정당을 지지하는 경향이 강하다. 원래 보수 이념을 지지하는 사람일수록 극우를 지지하는 경향이 강하다는 점도 확인되었다. 즉 중앙정부(혹은 EU)의 조처에 불만이 큰데 기존 보수 정당이 자신을 대변해주지 못한다고 생각하면 극우로 이동하는 경향이 있다. 진보 쪽도 마찬가지다. 대표적으로 그리스와 스페인, 최근 프랑스에서는 중도 좌파가 몰락하고 극좌가 득세하고 있다.

한편 종교와 인종을 위시한 '정체성' 같은 문화적 요인은 극우와 큰 상관이 없는 것으로 밝혀졌다. 즉 우리가 극우를 이야기할 때 주로 제시하는 특징은 사실상 명분이나 상징에 불과하고 근본적인 원인은 아니다. 혐오해서 혐오하는 것이 아니라 삶이 불안해지니 '낯선 대상'에게 화풀이하는 것이다.♦

실제 선거와 조사 결과도 이 분석을 뒷받침한다. 영국의 브렉시트♦ 투표에서는 주로 옛날 탄광·철강 도시 같은 소외된 동네가 찬성에 표를 던졌고, 런던을 위시해 금융업 집중의 혜택을 누린 '잘 사는 동네'는 반대편에 섰다. 독일의 극우 정당 독일을 위한 대안당은 비교적 낙후한 구동독 지역을 거점 삼아 성장했다. 마린 르펜의 정당으로 유명한 프랑스 국민연합도 경제적으로 낙후한 지역에서 강세를 보였다. 동유럽에서도 실업률 등의 경제 변수가 극우 정당의 지지율과 밀접한 상관관계를 드러냈다. 헝가리에서는 압도적 다수(82%)가 '국가 경제에 악영향을 미친다'는 이유로 난민 수용에 반대한다. "바보야, 문제는 경제야."라는 한국의 선거 구호가 유럽에도 들어맞았다.

경제도 문제지만 정치도 문제다. 극우의 부상과 권위주의

♦ 「극우정당의 유럽의회 진출요인에 대한 연구」 윤석준, 『유럽연구』 한국유럽학회, 2015 외 참조

♦ 브렉시트(Brexit)는 영국의 EU 탈퇴를 뜻하는 말로 영국은 국민투표를 통해 2020년 말 EU에서 탈퇴했다.

의 귀환을 막으려면 의사 결정 과정을 쇄신해야 한다. 경제 정책이 불만을 양산한다면 그 정책을 수립하는 과정 자체가 비민주적이지는 않은지 자문해야 한다. 지금 EU에서는 집행위원회(유럽연합의 행정부)와 유럽의회가 각국 정부를 압도하는 형세다. 이들 구성원은 전체 유럽의 대표로 활동하며 시장·관세를 위시해 많은 분야에서 각국 정부에 일정한 조치를 부과할 수 있다. 즉 초국가 기관들이 각국 정부에 우위를 갖는다.

EU 내에 각국 정부 대표로 구성된 유럽이사회가 존재하여 앞의 기관들을 견제하는 역할을 맡지만 기본적으로 독일, 프랑스 등 강대국이 집행위원회와 발을 맞추기 때문에 약소국 입장에서는 큰 위안이 되지 못한다. 다시 말해 집행위원회를 통한 초국가적 의사결정 자체는 큰 문제가 없을 수 있으나 지적한 것처럼 집행위원장과 그 외 기관원들이 독일과 프랑스를 중심으로 한 강대국의 입장에 경도되어 있다면 문제가 된다. 각국의 의사를 공평하게 반영하지 않는다거나 주요국들이 도덕적 명분을 무기 삼아 자기 입장을 강요할 수 있기 때문이다.

"하나의 유럽"이라는 EU의 이상이 불안하게나마 견지되고 있는 지금이 어쩌면 개혁의 분수령이 될 수 있다. 여러 위기에 대처하는 과정에서 EU 기구들이 드러낸 독선적인 면모는 극단주의 열풍을 불러일으켰다. '민주주의의 결핍'을 시정하여 기층의 불만을 줄여야 사람들이 유럽인으로서의 정체성을 확고히 하고 너그러워질 수 있다. 다행히 우크라이나 난민에 대한 환대와 같은 최근의 사례는 유럽인들이 아직 유럽 공동의 정체성을 포기하지 않았음을 입증한다. 무슬림 난민 수용을 거부하던 국가들도 같은 유럽 민족인 우크라이나 난민은 적극적으로 수용하고 있다.

유럽에서 이상을 엿보고 이를 모델로 한반도와 동북아의 평화를 구상하는 사람으로서, EU가 더 겸손하고 유연해져 오래도록 번영하기를 바란다.

부다페스트의 튀르키예식 온천

국회의사당에서 숙소로 느지막이 돌아와 휴식을 취한 뒤 느긋하게 일어나 온천을 즐기기로 했다. 헝가리에는 450여 곳에 달하는 온천이 있어 나라 전체가 온천으로 유명하다. 1931년에 문을 연 세체니 온천은 궁전 같은 화려함 덕에 필수 관광지로 자리 잡았다. 고대 로마인들은 헝가리 지역의 물에 무기질이 풍부하다는 이유로 온천을 대거 개발했다. 이 전통이 이어져 16세기 오스만 제국 지배기에는 튀르키예식 온천이 다수 건설되었다. 부다페스트에는 개보수를 거듭하여 현재까지 운영 중인 터키 전통 온천이 여럿 있다.

우리는 유럽형 온천인 세체니 대신 튀르키예식 키라이 온천에 가보기로 했다. 키라이 온천은 튀르키예 전통식인 데다 아담하고 소박해서 여독을 풀기에 적합했다. 이 온천은 1570년 오스만 제국의 술탄이 도나우강변에 세운 부다페스트에서 제일 오래된 오스만 시대 건물이다. 거대한 돔 아래 커다란 온탕이 자리하고 냉탕과 열탕이 구석에 작게 마련되어 있다. 천장의 정중앙에 구멍을 뚫어 태양광을 조명으로 사용한다. 유럽 문명에 푹 빠져있다가 튀르키예식 온천에 들어오니 느낌이 달랐다. 20명 남짓의 사람들이 나긋나긋 나누는 목소리가 자장가처럼 들렸다. 온몸의 피로가 싹 풀렸다.

시나고그와 테러하우스

✺

온천에서 나와 마지막 목적지 시나고그로 향했다. 부다페스트에서는 유대교 회당인 시나고그와 테러하우스 박물관도 들를 만하다. 시나고그는 1859년에 완성된 유럽 최대의 유대교 회당으로 같은 해 설치된 오르간은 프란츠 리스트가 연주해 유명해졌다. 시나고그는 제2차 세계대전 중 유대인 수용소로 사용되었고 현재는 유대인 희생자들의 묘가 정원에 있다. 테러하우스는 원래 헝가리 나치(화살십자당)와 공산당이 연달아 사무실로 활용한 건물이다. 지금은 억압적 체제가 저지른 만행을 보여주는 박물관으로 활용되고 있다.

우리는 시간도 체력도 없어서 입장을 포기하고 벤치에 앉아 웅장한 외관을 감상하며 분위기만 즐겼다. 시나고그를 끝으로 이번 여행의 마침표를 찍었다. 헝가리를 떠날 시간이다.

유대인 회당 시나고그
시간도 체력도 바닥나서 들어가보진 못했다.

작별의 순간, 또 다른 여행의 약속

중동부 유럽 여행을 통해 사고가 한층 열린 기분이다. 이 여행이 없었다면 중동부 유럽은 영영 미지의 영역으로 남았을 것이다. 이 여행 덕분에 더 많이 공부했고, 분위기를 온몸으로 즐길 수 있었다. 다시 여행하게 된다면 가보았던 곳과 찾아가보지 못한 소도시도 함께 여행해보고 싶다. 보면 볼수록 정감 가는 농유럽에 다음을 기약해 본다.

유럽이 건넨 말들

초판 1쇄 발행 2023년 7월 10일

지은이 권용진

기획편집 도은주, 류정화
마케팅 박관홍

펴낸이 윤주용
펴낸곳 초록비책공방

출판등록 제2013-000130
주소 서울시 마포구 월드컵북로 402 KGIT 센터 921A호
전화 0505-566-5522 팩스 02-6008-1777

메일 greenrainbooks@naver.com
인스타 @greenrainbooks @greenrain_1318
블로그 http://blog.naver.com/greenrainbooks
페이스북 http://www.facebook.com/greenrainbook

ISBN 979-11-91266-95-5 (03810)

어려운 것은 쉽게 쉬운 것은 깊게 깊은 것은 유쾌하게

초록비책공방은 여러분의 소중한 의견을 기다리고 있습니다.
원고 투고, 오탈자 제보, 제휴 제안은 greenrainbooks@naver.com으로 보내주세요.